鯨の哭《な》く海

内田康夫

角川文庫
20731

目次

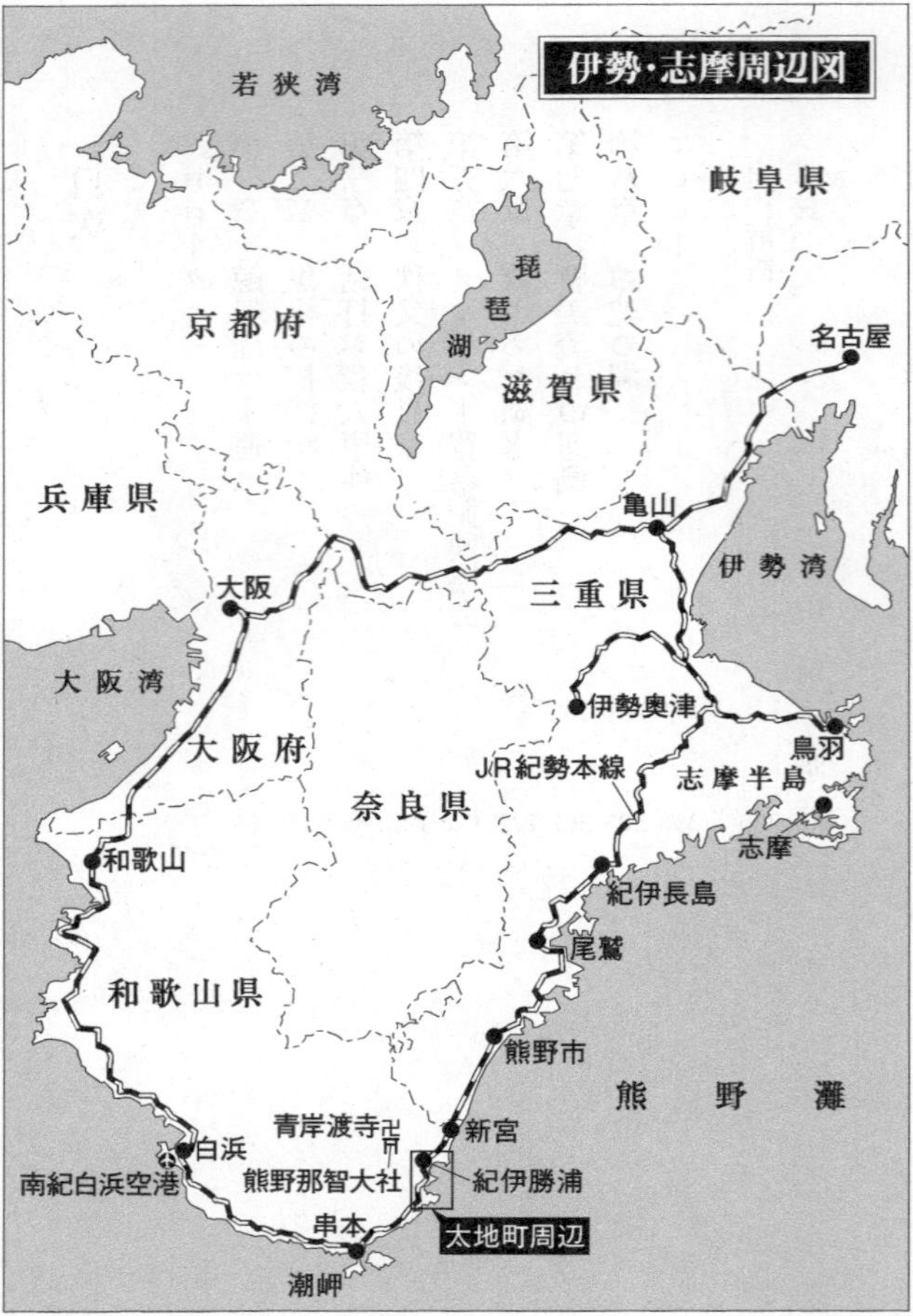
伊勢・志摩周辺図
若狭湾
岐阜県
琵琶湖
京都府
名古屋
滋賀県
兵庫県
亀山
伊勢湾
大阪
三重県
大阪湾
伊勢奥津
大阪府
鳥羽
JR紀勢本線
志摩半島
奈良県
志摩
和歌山
紀伊長島
尾鷲
和歌山県
熊野市
熊野灘
青岸渡寺
新宮
白浜
南紀白浜空港
熊野那智大社
紀伊勝浦
串本
太地町周辺
潮岬

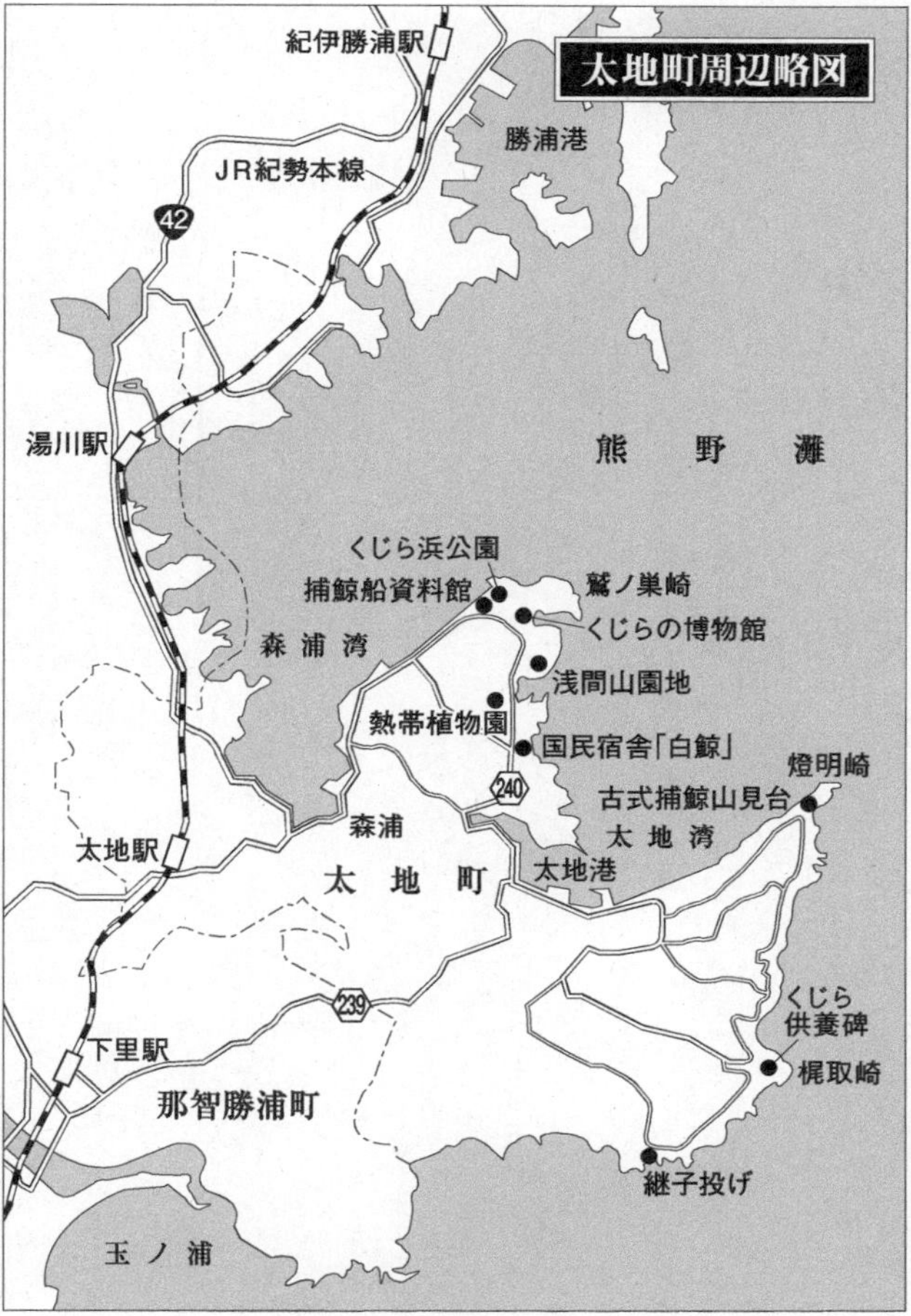
太地町周辺略図
紀伊勝浦駅
勝浦港
JR紀勢本線
42
湯川駅
熊　野　灘
くじら浜公園
捕鯨船資料館
鷲ノ巣崎
くじらの博物館
森浦湾
浅間山園地
熱帯植物園
国民宿舎「白鯨」
燈明崎
240
古式捕鯨山見台
森浦
太地湾
太地駅
太地港
太　地　町
239
くじら
供養碑
下里駅
梶取崎
那智勝浦町
継子投げ
玉ノ浦

プロローグ

秩父《ちちぶ》夜祭りの夜のことである。

秩父警察署刑事課巡査部長の鈴木《すずき》圭太《けいた》は、私服で市内の警備に当たっていた。夜祭りの二日間、市内は人で溢《あふ》れ、それに比例するように事件・事故の発生も増加する。スリ、ひったくり、窃盗のたぐいはもちろん、迷子、喧嘩《けんか》、それに泥酔者の面倒まで見なければならない。

夜祭りは十二月二日と三日——つまり初冬の夜間に行なわれる。初冬とはいえ、秩父盆地の冷え込みはきつい。泥酔者が放置された結果、死に至ったケースが過去にあった。そこまで酔っぱらうのは最終的には当人の責任にはちがいないが、警察が知っていながら黙過したと見做《みな》され、保護義務を怠ったと県議会で追及された。

そういうことのないように——と、祭り初日の朝、署長の訓示があった。署長は赴任から二年を経過して、間もなく、来春には県警本部のほうに異動が発令されるはずだ。退官までの花道に、うまくすれば警務部長あたりをあてがわれるかもしれない。そのためには何よりも大過なく秩父署長を勤め上げる必要がある。

十二月は歳末特別警戒態勢に入るので、どこの署も人員が不足しがちだ。たとえ「秩父夜祭り」であっても、近隣署からの応援を要請するわけにいかない。通常の限られた人員を目一杯こき使うことになる。

秩父夜祭りは、いうまでもなく秩父神社の祭礼である。秩父神社は「延喜式神名帳《えんぎしきじんみょうちょう》」にすでに載っているほどの古社で、埼玉県西部にある秩父地方の総鎮守として栄えた。

夜祭りは、正式には旧暦の十一月三日を中心として行なわれる「霜月《しもつき》祭り」で、収穫に感謝する「新嘗祭《にいなめさい》」である。かつてこの地方の主産物であった麦と繭の豊作を喜ぶ祭りの当日に、絹取引の市が重なったことから、近隣近在から人を集め、祭りを賑《にぎ》わせ、豪華にしていった。「秩父音頭」には次のような歌詞がある。

秋蚕《あきご》仕舞うて　麦まき終えて
秩父夜祭　待つばかり

祭りのクライマックスは、何といっても六台の屋台・笠鉾《かさぼこ》の「宮参り」だろう。屋台は歌舞伎の舞台を模したといわれ、前後唐破風《からはふ》造りの屋根を持つ、豪華できらびやかなものだ。欄干に囲われた舞台の長さは十メートルほど、幅は三メートルほどある。舞台裏の楽屋では「秩父屋台囃子《ばやし》」が奏され、舞台上では三番叟《さんばそう》や連獅子《れんじし》などの踊りが奉納される。

重さ約十トンという巨大な屋台を、百五十人ほどの「曳《ひ》き子」が、囃子と呼吸を合わせて町々を曳行《えいこう》する。それに伴って見物の群衆が動く。スリがはびこるのはこういうチャンスである。

警備に出動している警察官の多くは制服で、主として交通整理や群衆の誘導などに当たる。とてものこと、スリやかっぱらいの警戒にまで注意が及ばない。そっちのほうは私服の刑事が目を光らせることになる。鈴木圭太は部下の村松伸一《むらまつしんいち》と組んで、群衆に紛れるようにして歩いた。

町々を曳かれた屋台は、やがて「団子坂《だんござか》」というちょっとした上り坂にかかる。ここが百五十人の曳き子たちの力の見せ所で、大太鼓、小太鼓、笛、鉦《しょう》の囃子方も、ここを先途と演奏し、観衆からも声が飛ぶ。屋台が動きだすと群衆も波のように揺れる。近くの羊山《ひつじやま》公園では花火が打ち上げられ、カメラのフラッシュとともに祭りの列を照らし出す。

スターマインという連続して打ち上げられる花火の明るい光で、鈴木は妙な動きをする人物に気づいた。誰もが屋台に視線を注いでいる中にあって、その人物の顔だけがあらぬ方角に向いている。そういうのが最も油断がならない。

鈴木は村松に「おい、あの男、おかしくねえか」と注意を促した。村松は「はあ？」と、少し間抜けな声を出したが、鈴木の指さす方角を見て、すぐに納得した。

「臭いですね、追いますか」

「うん」

二人はさり気なさを装い、移動を始めた。群衆の流れに逆行するので、歩きにくいが、相手の男の動きも鈍そうだ。群衆が邪魔で急げない——というのではなく、急ぐ意志がなさそうにも見える。二人の刑事から男までの距離は十メートル以上はある。夜目ではっきりしないが、風采《ふうさい》や着ているものはあまり立派とはいえない。

刑事としては、相手がどこへ行こうとしているのか、あるいは誰か特定の人物に狙いを定めているのかに関心があるのだが、それははっきりしない。そのうちに、男はふいに動きを停め、屋台に視線を移した。

（気づかれたか——）と、二人の刑事も立ち止まった。いくら怪しくても、テキが何もしない以上、手を出すわけにいかない。

双方間の距離はかなり近づいて、花火のたびに男の表情まで見て取れる。年齢は六、七十代か。がっしりした体型や、いかつい横顔を見るかぎり、なかなか逞《たくま》しそうな男である。しかし、服装は思ったとおり、うらぶれた感じだった。いかにも安物の、それもかなりくたびれた黒いコートは、（ひょっとすると元刑事か？——）と思わせる。

男はまた視線を行列の後方に向け、しばらく考える素振りを見せてから、頭を半周させて向きを変え、すぐ近くの喫茶店に入って行った。

「なんだ……」

鈴木は村松と顔を見合わせ、肩を竦《すく》めた。とんだ見込み違いということか。村松もニヤリと笑った。

鈴木がその男と再会したのは翌朝である。夜勤明けで帰宅しようと、署を出てかなり歩いたところで、携帯電話が鳴った。変死体発見の一一〇番通報があったので、すぐに戻ってこいということだ。

通報は「羊山公園」の一角にある「武甲山《ぶこうざん》資料館」に勤務する女性からのもので、通勤途中、公園内の道路脇の植え込みの中に倒れている男を発見、近寄って確認したところ、すでに死亡していることが分かったということだ。

現場は秩父市街地の南側の丘陵で、かつて羊を飼育していたことから「羊山」と名付けられたところである。山頂一帯が削り取ったように平坦《へいたん》で、そこに約千本の桜が植えられていて、春の花見、秋の紅葉の頃はそれぞれに賑わう。園内には若山牧水《わかやまぼくすい》にちなんだ「牧水の滝」や歌碑、フィールドアスレチック、テニスコートなどが点在し、市民ばかりでなく、遠方からの観光客にも人気がある。しかし初冬のこの季節だけは稀《まれ》に武甲山資料館を見学する人が訪れるほかは、閑散としている。

武甲山は「武光山」とも「蔵王山《ざおうさん》」「秩父嶽《だけ》」とも呼ばれ、古くから霊山として信仰の対象になっていた山だ。標高は千三百メートル近くあり、かつては山頂に御嶽《みたけ》神社が祀《まつ》られ、四方から登山道が通じていた。全山石灰石よりなる険しい岩峰で、石灰石の埋蔵量は三十億トンといわれ、そのために長い期間にわたって採掘が行なわれた。武甲山資料館は採掘によって移り変わってゆく武甲山の全貌《ぜんぼう》が一目で分かる資料館で、過去の繁栄と破壊の鎮魂の場でもあった。

羊山公園にはこの資料館まで、麓《ふもと》から車道が通っている。もちろん、夜間はまったく人通りがないところだ。昨夜は花火を上げるための関係者が山頂にいたが、その人たちも午後十時頃までには引き上げた。

道路脇の植え込み付近には争ったような足跡の乱れなどはなかった。被害者の男はどこか別の場所で殺害され、ここまで運ばれたものと見られる。

鈴木が現場に到着した時は、すでに検視が始まっていた。被害者はうつ伏せになっていたので、顔は見えなかった。検視が終わって死体を移動させる段になって、鈴木は男の顔を見た。

（あれ？――）と思った。

「おい、ムラよ、昨夜の男じゃねえか？」

村松に声をかけると、村松も「あっ」と驚いた。間違いなかった。昨夜、屋台の行列に逆らって歩いていた、あの怪しげな男だ。

「なんだ、きみら、知っているのか」

刑事課長が面白くもない――と言わんばかりの顔をした。鈴木は「知っている」理由を話したが、そのことがあって、事件捜査の中心には、否応《いやおう》なく鈴木と村松が組み込まれる羽目になった。

男の死因は絞殺によるものであった。鈍器様の凶器で頭を殴られ、失神したところをロープで首を絞められたという、きわめて古典的なありふれた方法だ。死亡時刻は昨夜の零時前後ではないかと見られる。つまり、祭りの騒ぎが去って、暗闇が街を支配した頃合いだ。

男の所持品はほとんど無いに等しかった。身元を示すものといえば、くたびれたコートにあったネーム刺繍《ししゅう》だけである。刺繍はローマ字で「SEKO」とあった。

「瀬古《せこ》っていうマラソン選手がいたな」

課長がそう言い、他の連中も「瀬古」という名前を連想した。瀬古はそう沢山ある名前ではない。「鈴木」なんかに較べれば、はるかに希少価値が高い。鈴木は実際、自分の名字が好きでなかった。「鈴木、高橋《たかはし》、馬のなんとか」というくらい、ありふれた名前だ。そこへゆくと「瀬古」はかっこいい。マラソンで先頭を切って走った、あの瀬古選手を思い浮かべる。

県警から捜査一課長の率いる捜査スタッフがやってきて、所轄の刑事たちはその指揮下に入った。機動捜査隊を含め、二百人体制の初動捜査が始まったのは、秩父夜祭りが終わった十二月四日のことであった。

第一章　鯨料理は永遠に

1

市ケ谷《いちがや》にあるミッション・スクールに通っている姪《めい》の智美《さとみ》が、帰宅して浅見《あさみ》の顔を見るなり、思いつめた様子で「叔父《おじ》さん、クジラを食べるって、ほんと？」と訊《き》いた。

「いや、僕はあまり好きじゃないよ」

「ううん、そうじゃなくて、一般論として、人間はクジラを食べるのって訊いたの」

「ああ、それは食べるね。世界中の人間がすべて食べるとは言わないけど」

「じゃあ、日本人はクジラを食べるの？」

「うん、食べる。クジラを食用にする国は日本のほか、ノルウェーなんかもそうだね」

「ほんとに？」

「ああ、本当だよ……だけど、それがどうかしたの？」

浅見はようやく、智美のただならぬ様子に気がついた。日本人が「クジラを食べる」ということを浅見が認めたとたん、叔父を見つめるつぶらな瞳《ひとみ》に涙が浮かんだ。

智美はカトリック系ミッション・スクールの女子高の一年である。小学校から一貫教育の学校だから、多少、純粋培養ぎみなところがあるかもしれない。頭がよく、もちろん成績も常にトップクラスだし、家庭での躾《しつけ》のよさにも疑問の余地はない。礼儀正しく、適度にユーモアのセンスもある。いまどきの女子高生としては、信じられないほど申し分のない「いい子」だが、しいて言えばその真面目さが気にかかる。

「そうか、智美はクジラを食べるなんてこと、思いもよらなかったんだね」

これはちょっとした驚きであった。いくら純粋培養でも、高校一年生がそんなことも知らないとは――。

「そうなの、食べるの……」

智美は悄然《しょうぜん》と肩を落として、階段を上がって行った。

浅見はその話を夕食のテーブルで持ち出した。智美はもう、その問題に触れられたくなかったのか、浅見が雪江《ゆきえ》に向けて、「お母さん、今日、智美ちゃんがですね」と切り出したとき、眉《まゆ》をひそめ、叔父を睨《にら》んだ。

「あら、智美ちゃん、知らなかったの？」

雪江も孫娘の「無知」には驚いた。

「ええ、知らなかったわ。だって、そんなこと考えられないでしょう。あんな可愛いクジラを、どうして食べたりできるのか、信じられません。あの、もしかして、お祖母《ばあ》ちゃまも召し上がるんですか？」

「えっ？　いえいえ、わたくしは戴《いただ》きませんわよ。歯が悪くて、とてもとても……」

智美の剣幕に、さすがの雪江も気押されたのか、弁解がましく言って、手を横にヒラヒラと振った。

「でもね、昔は戴きましたよ。わたくしばかりじゃないのよ。あなたのお父様、陽一郎《よういちろう》さんも、それに和子《かずこ》さんも召し上がったでしょう？」

「ええ、戴きました」

「えーっ、お母様も？……」

智美は悪魔でも見るような絶望的な目で、母親を見つめた。

「そうよ。学校の給食に必ずといっていいくらい、クジラが出ましたもの。竜田揚げだとか、大和煮《やまとに》だとか」

和子の言葉に雪江は力を得たようだ。

「そうねえ、戦争直後の十年くらいは、クジラの大和煮の缶詰と鮭缶がご馳走《ちそう》でしたよ。お魚屋さんの店先にも真っ赤なクジラのベーコンが並んでいて。その頃は牛肉や豚肉は滅多に手に入らないし、お高いし、大和煮とかベーコンというと、クジラの肉のことみたいだったものなのよ。日本人が生き延びられたのは、クジラという動物性たんぱく質に支えられていたと言ってもいいのじゃないかしら」

雪江にしてみれば、むしろ懐かしい思い出を語っているつもりなのだが、智美の受けた打撃は相当なものがあったらしい。ほとんど進んでいない食事を中断して、箸《はし》を置くと、か細い声で「ご馳走さまでした」と席を立った。

「あら、どうしたの、智美？……」

和子は呆気《あっけ》に取られて、中座の不躾《ぶしつけ》を叱ることも忘れて、娘の後ろ姿を見送った。

「ほんと、どうしちゃったのかしら？」と、雪江も呆然《ぼうぜん》としている。

「だめですよお母さん、あんなことをおっしゃっちゃ」と、浅見は苦笑した。

「智美ちゃんは、人間——とくに日本人にクジラを食べる習慣があるってことで、ひどくショックを受けたんですから」

「まあ、そうだったの……でも、どうしてかしらねえ？」

「それはお祖母ちゃま、クジラがかわいそうだからに決まってるじゃない」

それまでは食事に専念して、会話に加わらなかった雅人《まさと》が、事も無げに言った。雅人は区立中学の二年生。姉よりも「世俗」に揉《も》まれているせいか、逞《たくま》しい。

「あらまあ、そう、そういうことなの。それで、雅人ちゃんはどうなの。やっぱり智美ちゃんと同じ？」

「どうかなあ。僕はそんなこと、考えもしなかった。試しに食べてみたい気もするけど、何が何でも食べたいとは思わない。ほかにも食べる物はいくらでもあるんだし、それに、やっぱりかわいそうっていう感じですね」

「かわいそうっていうなら、牛を食べることだって、かわいそうじゃありませんか。智美ちゃんも、スコルピオーネに行くと、いつも仔牛《こうし》のカツレツを注文するわよ」

雪江は行きつけのイタリア料理の店の名を言った。

「うーん、それはそうだけど、だけどクジラと牛とは違うと思うな。牛は食べるために人間が飼育しているでしょう。それに対して、クジラは自分で子供を育てています。ようやく大きくなったら人間が獲《と》って食べちゃうなんて、そんなの卑怯《ひきょう》ですよ」

「じゃあ、鹿はどうかしら。日本でも鹿の肉は売っているし、ヨーロッパでは鹿肉料理はふつうでしょ。鹿も人間が飼育していないのだから、クジラがだめで鹿はいいってことはないわよねえ」

「うん、鹿とか熊とかは食べるべきじゃないですよ」

「マグロはどうかしら?」

「マグロですか? マグロは食べてもいいんじゃないかな。哺乳類《ほにゅうるい》じゃないし」

「ああ、そうなのね、哺乳類は食べちゃいけないってことなのね」

「そう、かな、たぶん……」

決めつけられると、雅人もそれほど自信がないのだろう。それにしても、七十二歳の女性と十四歳の少年のディスカッションは面白い。

「でもね雅人ちゃん、人間が生きてゆくためには、いろいろな生き物を食べなければならないものよね。クジラばかりでなく、例えばイノシシだとかカモだとかも食べているけど、そういうのは日本人の古くからの慣習で、食文化というべきものじゃないのかしら」

「そんなの、古くから慣習があるなら許されるっていうなら、古くから人を食べる慣習があれば、人を食べてもいいってことになるじゃないですか」

「雅人、ばかなことを……お祖母様に向かって、なんてことを言うの」

和子が目を剝《む》いて叱った。

「いいのよ和子さん。もしかすると、雅人ちゃんの言うことが正しいのかもしれないわ。クジラを食べていいかどうかなんて、わたくしだって、いままで一度も考えなかったことですもの。光彦《みつひこ》はどうなの？　さっきから黙って笑ってばかりいるけど、あなた、なんとかおっしゃいな」

ついにおはちが回ってきて、次男坊としても逃げるわけにはいかなくなった。

「そうですねえ、僕も気持ちとしてはクジラを食べるのはかわいそうだと思いますね。このある学説によると、クジラとヒトは元を遡《さかのぼ》ると親戚《しんせき》みたいなものだそうです。このあいだ船の旅行をしたとき、クジラの親子が仲良く泳いでいるのを見て、彼らを殺すのはしのびないと思いました。それに、僕もクジラは何度か食べたことがあるけど、そんなに旨《うま》いとは思いませんしね」

「あら、そうかしら。わたくしは美味《おい》しいと思いましたよ。それは、いまはもう歯がだめだけれど、尾の身のところのお刺身を戴いたときは、ほんとに美味しかったのを憶《おぼ》えていますもの」

「そういうのは趣味とか嗜好《しこう》の問題でしょうね。しかし、総じて言えば、牛肉のほうが旨いし、マグロの刺身のほうが美味しいのじゃないですか。確かに、珍しいっていうことはあります。ホヤを絶対に食べられない人がいる反面、こんな旨いものはないと思う人もいるのと同じように、クジラの肉は何にも勝ると主張する人だっているでしょう。しかし、その人だって何がなんでもクジラの肉でなければ承服できないとは言わないでしょう。焼肉屋でカルビを焼いたり、ビビンバを食べているに決まってます。それは確かに、さっきお母さんがおっしゃったとおり、終戦後の物資のない頃は、クジラの肉はそれがなければ生きていけないほどの必需品だったでしょうけど、現在は違います。むしろ、その頃お世話になったクジラに感謝して、獲ったり食べたりしないのが礼儀だと思いますよ」

キッチンから顔を覗《のぞ》かせたお手伝いの須美子《すみこ》が、パチパチと手を叩《たた》いた。

「あら、須美ちゃんもクジラは食べない派？」

「はい、私は食べたことがありませんし、これからも食べたいとは思いません」

「そうなのねえ。いまどきの若い人は、クジラは食べないものなのねえ」

雪江はなかば慨嘆するように言ったが、しかし必ずしもクジラを食べることに固執するつもりはなさそうだ。歯が衰えたこともあるけれど、次男坊の考え方に、痛いところを突かれたのかもしれない。

「そうだわねえ、クジラさんには本当にお世話になりましたものねえ。みだりに獲ったり食べたりしては、申し訳ありません」

そう述懐したのが、この場の結論のようになった。

　ところが、浅見の「クジラ談義」はこれだけでは終わらなかったのである。そのきっかけは、今度は藤田《ふじた》が持ち込むことになった。

2

「旅と歴史」の藤田編集長から「晩飯を奢《おご》るよ」と言われたとき、浅見は不吉な予感がした。ドケチで有名な藤田から、過去に二度、食事を奢ってもらったことがあるが、そのいずれのときも、交換条件つきだった。誰もやりたがらないような、きつい条件の仕事を押しつけられた。

　今回もどうせ似たようなものだろうと思ったが、しかし断る理由はなかった。年末も近づいていたし、銀行預金の残高も心細い状態である。この辺りで仕事をしておかないと、三カ月先のソアラのローンの引き落としが怪しいかもしれない。

　渋谷《しぶや》のハチ公前で待ち合わせた。道玄坂《どうげんざか》を少し上がったところで、藤田は「ここだ」と暖簾《のれん》をくぐった。暖簾に大きく白抜きで「くじら」と染めてあった。

「えっ、クジラ料理の店ですか」

「ああ、そうだけど、クジラは苦手かね」

「いや、そういうわけじゃないですが」

　つい最近、クジラ問題で家族会議があったばかり――とは、言いそびれた。

漁師小屋のような雰囲気のある店だ。忘年会シーズンということもあるのか、時間はまだ早いが、お客はそこそこ入っている。小上がりの座敷に入って藤田と差し向かいに座った。お仕着せの筒袖《つつそで》を着た女性が注文を取りにきて、藤田は五千円のコース料理とビールを頼んだ。メニューを覗いたが、思ったよりは安価だ。

煮物、揚げ物、刺身、そして鉄板焼きと、出てくるものは当然、クジラづくしである。藤田はよく飲み、車を置いてきた浅見も少しはグラスを傾けた。

「これは何クジラ？　ナガスクジラ？」

女性をつかまえて、藤田は半可な知識で、たぶん一つ覚えのクジラの名前を言った。

「いえ、いまはそういうのは獲ってはいけないそうで、これはミンククジラです」

「あ、そうなの、ミンククジラね」

おうむ返しに言ったが、藤田がミンククジラの何たるかを、きちんと知っているかどうかは疑問だ。

「ミンククジラは捕獲が許されているのですか？」

浅見は訊《き》いた。

「ええ、詳しいことは知らないですが、調査捕鯨の対象になっているみたいです」

女性もそんなに詳しいわけではないのだろう。肉の焼き方を伝授して、去った。

「ところで浅見ちゃん」と、藤田は頃合いを見計らったように切り出した。

「いま、日本が抱えている最も難しい国際問題とは何か、分かる？」

「そうですね、貿易摩擦とか、太平洋戦争当時の被害国に対する補償問題とか、外国人の密入国や不法就労問題とか、いろいろあるんじゃないですか」

「まあそうだけどさ、しかしそんなのは何十年も昔からえんえん続いている、言ってみれば誰でも知っていることだ。そういうのじゃなくて、国民の多くがあまりよく知らない、それでいて日本にとって重大な国際問題があるのだな。じつはね、今度のきみの仕事はそれをルポってもらいたいってわけ」

「だめですよ」

浅見は言下に断った。

「おいおい、何も話を聞かないで、いきなりだめはないだろう」

「いや、聞くまでもありませんね。だいたい僕は、そういう日本がどうにかなるとかいう話は苦手なんです。政治、経済、学術、およそ専門知識を必要とするような問題はすべてだめ。最初から引き受けないほうがいいですね。申し訳ないけど、このクジラを食べ終わったら、すぐにさよならします」

「なんだ、すべてだめだけど、クジラはいいのかね」

「ははは、そんな厭味《いやみ》を言わなくてもいいでしょう。クジラぐらいはご馳走《ちそう》してください」

「いや、そうじゃなくて、クジラならいいのかって訊いているのさ」

「いいっていうか、それなりに旨いですよ。けっこういけます」

「いいんだね？」

「ええ、いいですよ」

そう答えながら、藤田の妙にしつこい訊き方が気になった。

「だったら引き受けてよ。今度の仕事っていうのが、その『クジラ』なんだから」

「はあ？……」

浅見は完全に意表を突かれた。

「だいたい浅見ちゃん、おれが何の目的できみをここに誘ったと思っているんだい。単にクジラを食わせるためのはずがないだろう」

「ええ、それは確かに、おかしいとは思いましたよ。どうせ何かよからぬ魂胆……いや、深慮遠謀があるのだろうと」

「そういうことだよ。つまり要するに、クジラの話を書くについては、まず相手をよく知らなければならないからな。というわけで、とりあえずクジラを腹中に収めた。あとは書くっきゃないだろう。消費税込みで金一万数千円也《なり》の投資を無にしないためにもだ」

どうも言うことがいじましい。藤田にしてみれば、それだけの「投資」をした以上、退路を絶ったつもりなのだ。そんな姑息《こそく》な情実作戦に負けるのは業腹だが、浅見の側にも強いことばかり言ってはいられない現実というやつがある。

「クジラを書くって、何をどう書けばいいんですか。クジラを食べていいかどうかぐらいのことなら書けますけどね」

「それ、まさにそれだよ」

藤田はほとんど感動的な声を出した。

「突き詰めて言えばそういうことなんだ。クジラを食うべきか食わざるべきか、ザットイズ、クエスチョンてね」

シェークスピアを気取っている。

「それだったら、僕なりに結論は出ていますよ。クジラは食べるべきじゃないと」

「おいおい、さんざん食っといて、いまさらそれはないだろう」

「それはこの場の成り行きです。まさか、店に入ってここに座ってから、『僕帰る』なと駄々っ子みたいなことは言えません」

「分かった分かった。まあ、きみの主義主張はともかくとして、クジラ問題が国際的な大問題であることは事実なんだ。じつはつい最近まで、おれも知らなかったんだけどね、単に好き嫌いや、可愛いとかかわいそうとかいうレベルの問題ではないらしい。放置すれば早晩、世界的な食糧危機に繋《つな》がる可能性を内包しているというのだな」

「食糧不足をクジラで補えっていうことですか。終戦直後の日本みたいに」

「終戦直後……ふーん、よく知ってるね」

「その程度の知識はありますよ。クジラのベーコンとか、大和煮の缶詰とか」

つい最近、仕入れたばかりの知識だ。

「そうそう、おれも憶《おぼ》えているなあ。学校給食によく出たもの。だけど、いま問題になっているのはそんな、食糧不足をクジラで補うといった単純なことではない。クジラを獲《と》らないと海洋資源が枯渇すると言っているのだよ」

「誰が言っているんですか？」

「学者と、それに水産庁の役人だな」

「それはあれでしょう、日本の捕鯨を正当化するための理由づけでしょう」

「そうかな、どうかな、いや、そうかもしれない。おれはその説を聞いて、なるほど、一理も二理もあると感心したけど、少なくともオーストラリアやニュージーランドやアメリカなんかの捕鯨反対国の連中はそう考えるだろうな。日本の環境保護団体だって、疑心暗鬼になるに決まっている」

「僕だってそう思いますよ」

「そうだろう？　だからこそ、この仕事は浅見ちゃんにやってもらいたいってわけ。問題の核心をはっきりさせるのは、浅見ちゃんみたいな疑《うたぐ》り深い目で見て、ひねくれた想像力を働かせるタイプにかぎるんだ」

「なんですかそれ、褒めたつもりですか」

「え？　ああ、あははは、もちろん褒めているのさ。おれは浅見ちゃんの特殊能力を高く評価しているよ。真っ当な人間だと、相手の言うことを鵜《う》呑《の》みにしちゃうから、面白いルポが書けるわけがない。そこへゆくと浅見ちゃんは……」

「分かりましたよ、ひねくれた見方をするって言うんですね。いいでしょう、ご期待に添って、せいぜいひねくれた視点に立ったルポを書くことにします」

「そう、やってくれるわけね。それはよかった」

藤田は珍しく手放しで喜んで、ビールを追加注文した。

「それで、クジラを獲らないと海洋資源が枯渇するというのは、まるで逆説みたいですが、どういうことですか？」

浅見は訊いた。

「つまりね、海洋資源に関して、クジラと人間は競合関係にあるということだ。ある調査によると、世界中の人類が一年間に食う水産物はおよそ九千万トンであるのに対して、クジラが捕食する海洋資源は二億八千万トンから五億トンだといわれている。しかも、クジラは毎年四パーセント増殖しつつあるので、このまま放っておくと、やがて人類の食う水産物は逼迫《ひっぱく》してしまう。したがって、現在、ほとんど限りなくゼロに近く規制されている商業捕鯨を再開し、適正な量のクジラを捕獲しなければならないというわけだ」

「本当ですかね？」

「ほんとに本当かどうかは浅見ちゃんに調べてもらうしかないが、しかしこういうデータと事実はある」

藤田はポケットから紙片を出した。一枚はインターネットで引き出したデータで、調査捕鯨で捕獲したミンククジラの胃の内容物を調べたところ、膨大な量のサンマだったというもの。もう一枚は新聞の切り抜きで、山口県北部沿岸の定置網にクジラが迷い込み、網揚げ作業をしていた漁師二名が、クジラの尻尾《しっぽ》で叩《たた》かれ負傷したというものだ。

「ほかに、アメリカ西部の海岸にクジラが座礁したとか、エサ不足で餓死するクジラが出ているとかいうニュースもある。要するにこれは、クジラが増えすぎて、人間の生活するテリトリーに接近してきている証拠なのだろうね」

「しかし、もしそれが事実なら、日本ばかりでなく、世界中の国々が危機感を抱くべきじゃないですか」

「まったくそのとおりさ。ところがだね、捕鯨反対国はハナから聞く耳を持たないのだそうだよ。いくら科学的調査データを突きつけても、完全に無視するらしい。理論や道理でなく、感情論ばかりだという」

いつもはホラばかり言っている藤田編集長が、真剣そのもののような表情で喋《しゃべ》るから、聞いているうちに、だんだん本当にそうなのかな――という気になってくる。

それにしても、全人類が食べる水産物が九千万トンで、クジラがその五倍も捕食しているというのは驚異だし、それが事実なら、魚好きの日本人にとっては恐ろしいことだ。やがて、食卓から魚料理の姿が消えてしまうことだって、現実にありうるのかもしれない。

初めは気乗りのしない仕事に思えたが、浅見は次第に興味を惹《ひ》かれていった。捕鯨国日本と諸外国との対立という構図が、太平洋戦争の連合国に包囲された日本を連想させて、なんだかかわいそうに思えてもきた。

3

引き受けてはみたものの、じつは浅見はクジラのことはほとんど知らないも同然だった。もっとも、いまどきの日本人でクジラ問題に精通している人は、それこそ捕鯨や鯨肉の輸入に関係している漁民や業者や一部の役人ぐらいなものだろう。

とにかくまず、藤田編集長から貰《もら》った、ごく基礎的な資料を頼りに、「クジラとは何ぞや？」というところから勉強のし直しをすることにした。早い話、浅見はイルカがクジラだとは知らなかったほどだ。イルカとは体長四メートル以下の、れっきとした「クジラ」なのである。

その他、小さい順にゆくと、ミンククジラ、ツチクジラ、コククジラ、イワシクジラ、ザトウクジラ、マッコウクジラ、セミクジラ、ホッキョククジラ、ナガスクジラ、シロナガスクジラ等々、世界には八十種類もの鯨類が生息している。

渋谷で食べたミンククジラは体長七〜八メートル、体重五〜八トン。「竜涎香《りゅうぜんこう》」という「麝香《じゃこう》」によく似た香料が採れることで知られるマッコウクジラは十六、七メートルで四、五十トン。最大のシロナガスクジラは体長三十メートルに達し、重量は百トンから百五十トンもあるというから、大型の漁船なみだ。

この中で最も価値の高い種類はもちろんシロナガスクジラということになる。かつて捕鯨が盛んだった頃は、日本やノルウェーなどの捕鯨王国を筆頭に、各国の捕鯨船団がこぞってシロナガスクジラを獲りまくった。食糧難を解決するためという本来の目的を逸脱して、単なる競争心理に突き動かされていたことは否めない。その証拠に「捕鯨オリンピック」などという言い方もあったらしい。

その結果、初期にはおよそ二十万頭生息していたと推定されるシロナガスクジラが、一九六〇年代には五百頭にまで激減し、絶滅の危険さえあった。六四年以降、シロナガスクジラの捕獲は禁止されたが、現在に至ってもようやく千二百頭程度にまでしか回復していないという。

一九八二年に商業捕鯨の一時停止が国際捕鯨委員会（ＩＷＣ）で議決、八八年に実施された。日本の捕鯨船団は壊滅し、船団を抱えていた大手漁業会社は存立の危機に晒《さら》された。その後、日本は「調査捕鯨」という窮余の策を考え出し、クジラ資源の実情を調査する名目で、ミンククジラなど、小型で比較的資源の潤沢なクジラを捕獲している。現在、専門のクジラ料理店や店頭で売られているのはこれである。

ただし、捕鯨反対国から見れば、「調査捕鯨」が、調査に名を借りた商業捕鯨の疑いありとするのは当然ともいえる。それは勘繰りすぎだとしても、少なくとも「調査」が資源の保全や回復を目的としたものではなく、捕鯨再開を目指したものであることは間違いない。素人の浅見が考えても、そんなふうに見えるのだから、グリーンピースに代表される国際環境保護団体を始め、捕鯨反対国の日本に対する風当たりが強いのも仕方がなさそうだ。

こんなふうにやられっぱなしの日本の捕鯨に対して、国内からもあまりバックアップする気運が盛り上がらない理由は、大きく分けて二つある。

第一に、国民の「クジラばなれ」だ。とくに若者を中心に、クジラを食べる習慣がない。姪《めい》の智美がいみじくも言ったように、クジラを食べること自体に抵抗を感じる人が増えている。そういう特別な理由がなくても、単にクジラを食べる必要がない時代であることも確かだ。

第二に、外交問題——ことに貿易摩擦の問題がある。反捕鯨国はアメリカ、イギリスを筆頭に日本の貿易相手国が多い。捕鯨国であることを理由に、非買運動でも起こされたらたまったものではない。現に、かつては捕鯨競争で世界最強を誇った水産大手の「M社」などは、他の製品の輸出に影響するからと、捕鯨関連事業から早々に手を引いた。

政府も積極的に「捕鯨推進」の旗幟《きし》を鮮明に掲げないのは、貿易摩擦を警戒するからである。クジラ関連の産業規模は、たかだか年間五十億円程度のものだ。倍に増やしたところで百億。そのために他の産業に悪影響を及ぼすわけにいかない。電機、自動車など、輸出立国日本を支える主要企業から、はげしいクレームがつくことは目に見えている。

こうして考えてくると、日本の捕鯨を巡る環境は、きわめて悲観的としか言いようがない。それでも「クジラは獲《と》るべし、食べるべし」と主張するには、よほどの理論的裏付けがなければならないし、それよりも、相当な度胸と覚悟が必要にちがいない。

ところが藤田に言わせると、それがあるというのである。クジラは獲っていいどころか、獲らないと海洋資源が枯渇する——というわけだ。確かに、クジラの捕食量が人類の五倍という数字は、事実だとすればかなりショッキングなものだった。しかも、クジラの増殖は毎年四パーセントと推定されるから、複利計算でいくと十六、七年でおよそ二倍になる。そのうちに、食卓から魚が消えてしまうという。

浅見同様、数字に弱い藤田が、そんな理論を思いつくはずはない。もちろんそれは受け売りであって、「理論」の出所は永野稔明《ながのとしあき》という水産庁OBの評論家だった。

永野は自分のホームページを持っていて、インターネットを通じて自説を披露するいっぽう、賛成・反対の意見を求めている。ホームページを覗《のぞ》いてみると、なかなか面白い。永野の大胆な論法をよしとする賛成意見もあるが、どちらかというと反対する意見のほうが多いようだ。やはりパソコンを駆使できるのは若者が中心だから、捕鯨には批判的な傾向があるのだろう。

永野は水産庁時代、国際捕鯨委員会に日本代表団の一員として参加した経歴の持ち主である。現役当時から、過激な発言が多かったらしい。ページを開くと、そこには反捕鯨国の横暴を非難し、時にはほとんど無能呼ばわりをしている個所が随所に見られる。ホームページに寄せられる反対意見に対しては、強い論調で圧倒し、完膚なきまで叩き伏せずにはおかない。東大法学部卒のエリートのようだから、よほど自信があるのだろう。まだ四十代の若さで役所を去ったのは、その過激さが災いしたのかもしれない。

浅見は永野に会うことにした。インタビューの申込みは雑誌「旅と歴史」のほうからしてもらったが、思ったよりあっさり応じてくれたらしい。もちろんなにがしかの謝礼と、雑誌に発表する前のチェックについては確約させられた。

永野稔明の事務所は九段下《くだんした》のホテル・グランドパレスの向かい側、オフィスビルの五階にあった。広いとは言えないが、個人の事務所としてはずいぶん贅沢《ぜいたく》なものだ。秘書か事務員か、女性が二人いる部屋の奥に、永野の部屋がある。アポイントを取ってあるので、女性はすぐに奥の部屋に案内してくれた。

永野は背も高く、がっしりした体軀《たいく》の紳士だった。スーツもネクタイもきちんとして、いかにもエリート官僚という印象を与える。独立しても過去の輝かしい経歴をしっかり継続させているように思えた。

名刺を交換するとすぐ、永野は「浅見さんはどの程度、クジラについて知っていますか?」と訊《き》いた。返答しだいでは、インタビューの内容を考えるか、場合によっては中止する気なのかもしれない。

浅見はこれまでに仕入れた知識を精一杯、披露した。

「なるほど、ある程度は分かっているみたいですな。しかし、私があちこちで書いたり話したりしたものを、箇条書きにして詰め込んできたとも言える。クジラ問題の実情はそんなものではありませんよ」

それから猛烈なスピードで持論をぶち上げた。

永野の主張は大きく分けて三つある。第一に、クジラ資源はすでに捕鯨再開に十分な程度、あるいはそれ以上に回復していること。第二に、クジラが増えすぎたことによって、サンマ、カタクチイワシ、スケトウダラの漁獲高が減少しているなど、人類に必要な海洋資源に打撃を与えつつあるということ。第三に、その現実に対して、国際捕鯨委員会を構成する主要国の中の、反捕鯨国がまったく冷淡であり、危機意識を持たないこと等々である。

どれも、これまでに浅見が下調べしてきたことを、さらに詳細に事例を挙げて話したのだが、その論調はやはり相当に激しい。とくに、国外国内を問わず、「正論」に耳を藉《か》そうとしない反捕鯨論者の頑《かたくな》な態度には、いらだちを隠さない。

「たとえばですよ、インド洋やカリブ海などで、マグロのはえなわ漁をやっていると、はえなわにかかったマグロの三十パーセント近くがオキゴンドウというクジラに食われてしまう。やつらは利口でしてね、はえなわの針にかからないように、マグロの頭だけはそっくり残して行くのです。また、ノルウェーではニシンやシシャモを獲っていると、クジラが網に飛び込んでくる。これは日本近海でも見られる現象で、つい最近、山口県北部の沿岸で、定置網に入ったクジラの尾に叩《たた》かれ、漁師が二人負傷したでしょう。そのほか、静岡県の砂浜にクジラが打ち上げられたり、名古屋《なごや》ではシャチが河口に迷い込んだりしている。庶民はともかく、マスコミまでもが面白がっているだけだが、とんでもない話で、これはじつは憂慮すべき事態なのです。

アメリカの太平洋岸では、例年の二倍近いコククジラの死体が打ち上げられた。死体はどれも痩《や》せていて、死因は餓死と推測された。学者の多くは、餓死の原因を『温暖化の影響で、餌が十分に育たなかったため』と発表したが、私はそうは思わない。これこそ、過剰保護によって、クジラ類が増えすぎたために、餌不足になった証拠にほかなりません。日本中、どこへ行っても、漁民は口々に著しい漁獲減を訴え、その多くがクジラの食害によるものだと考えていますよ。そのことは水産庁の下部職員なら、誰でも分かっている。ところが上層部や政治家連中はさっぱり行動に移そうとしない。クジラ問題を提起しても、得になることはないからなのですな。

その一方ではホエールウォッチングのツアーなんてものが流行している。ほうぼうの水族館ではイルカショーが人気を呼んでいる。ホエールウォッチングはあんた、あんな危険なものはないのですよ。何十トンもあるクジラが、突然、船の真下から浮上したり、体当たりしたら、ちっぽけな漁船なんかひとたまりもないでしょう。それも知らずに観客は喜んでいる。

まあそれはともかくとして、クジラは可愛くて、見て楽しむものだというアピールばかりするが、クジラが人類にとって重要な食物資源であることをなぜ知らせないのか。それどころか、海洋資源を荒らす天敵、食害獣であると教えるべきなのです」

ほぼ、こういった趣旨のことを、客に口を挟む余裕を与えずに、一気にまくし立てた。

カセットテープレコーダーを用意してきているからいいが、うかうかしていると聞き漏らしかねない、猛烈な早口だ。

ときどき要点をメモしながら聞いていて、浅見は漠然と、永野とのあいだに横たわる、埋めようのないギャップがあることを感じた。具体的に何かと言われると困るが、ひょっとすると、それは持って生まれた体質のようなところに、起因するのかもしれない。

永野の言っていることはたぶん「正論」なのだろう。少なくとも彼はそう信じて疑わないにちがいない。だからそれに気づかなかったり、あるいは耳を傾けようとしない反捕鯨の連中がアホに見えるのだろう。いまのところ、浅見はまだ何も発言していないが、ちょっとでも反対めいた意見を言おうものなら、とたんに罵詈《ばり》雑言《ぞうごん》を浴びせられそうな予感がした。

「いくつか質問させていただいても、よろしいでしょうか」

浅見はきわめて遠慮がちに言い出した。

「まずクジラが魚を食い荒らすという問題についてですが、クジラが魚を食べるのは太古からのことで、それによって海洋資源の減少を言うのは、いかがなものでしょうか」

「物を知らない連中は、誰もがそう言うんですよ」

案の定、鼻先で笑われた。

「しかしね、昔と今じゃ、人類の水産物需要がまるで違うのですな。世界の漁獲高は、わずかここ十五年で約十四、五万トンも増加している。放っておけば当然、水産物資源は減少しますよ。だから漁獲高や漁法などが大きく規制されることになった。たとえば日本では、一九九九年にマグロ漁船を二割も減船した。ところが、水産物資源に関して人類と競合関係にあるクジラは保護ばかりされ、どんどん増殖している。そっちのほうは規制どころか、目を向けようともしない。海洋資源は魚だけでなく、クジラについても、バランスよく捕獲するべきなのです。そうすることが海洋資源を守ることに繋《つな》がる。クジラだけを優遇するようなことは、将来の食糧危機に拍車をかけるようなものです」

「マッコウクジラは、人間が食べない深海に生息するイカを食べているので、人類とは競合しないという意見がありますが」

「そういう単純な思考しかできないから困るんですな。競合問題だけを言うのでなく、海洋資源の利用効率を高めることにも思いを致さなければならない。いいですか、たとえば南氷洋《なんぴょうよう》のオキアミなんかは人間は食いませんよ。だが、オキアミを捕食するクジラを通して、利用できる。深海のイカにしたって同じです。深海のイカには手が届かないが、マッコウクジラを食べることによって、つまりはイカを食糧にできることになる。そういう発想で未利用の資源を利用していかなければ、爆発的に増えつづける人類の食糧確保など、不可能なのです」

「クジラのような可愛い野生動物を殺すのはかわいそうだ。食糧危機のことを言うのであれば、ウシなどの飼育量を増やせばいい——という意見も多いですね」

「それこそ無知蒙昧《もうまい》で幼稚な感情論ですな。クジラはかわいそうだがウシは可愛くないなんて思うほうがおかしい。むしろ、牧場で生まれたときから手塩にかけて育て上げたウシのほうが、飼い主にとってははるかに可愛いはずです。しかし、人間が生きてゆくためには、そのウシでさえ市場に売り、食糧にしなければならない。第一、ウシの飼育が環境を破壊している現実を知らないから困る。大手ハンバーガー会社が南米の熱帯林を牧草地帯に変えたりしているほうが、よほど環境破壊じゃないですか。熱帯林に生息していた野生動物を駆逐するし、地球温暖化を促進する結果を招く。いったん伐採した森林は復元までに長い歳月がかかるが、クジラは毎年四パーセントも増殖しつづけています。その増殖分だけを利用すればいいのです。それだけでも世界で数万頭のクジラが利用できる計算なんですよ」

「なるほど」

浅見は感心した。永野の言うことにはそれぞれ納得できる根拠がある。日本人の——というより、人類の将来の食糧需要を真剣に考えれば、永野の言うとおり、クジラ資源の有効利用は不可欠だし、それも、生態系のバランスが破壊的に崩れてしまわないうちに、早期に手を打つ必要があるのだろう。

4

永野の事務所を辞去して、帰途につきながら、浅見はみごとに論破されたと思った。それこそ、無知蒙昧かつ幼稚に（クジラがかわいそう——）と思っていた自分が恥ずかしいくらいだ。

しかし、そう考えつつ、浅見はどこかで違和感を覚えていた。完璧《かんぺき》なはずの永野の理論に服従しきれないものがある。（なんか違うな——）と思う。少なくとも自分の感性とは相容《あいい》れないものが永野の話にはあった。それは何だろう——と問い詰めて、やがて（そうか——）と思い当たった。

永野稔明はあくまでも「人類」の視点に立ってものを考え、主張しているのだ。当たり前のことと言ってしまえばそれまでだが、彼の考えはすべて、人間側の都合だけに立脚している。クジラの都合や、クジラがどう思うかとか、クジラ側の悲哀などということには思いを致していない。完全に冷徹に、クジラを食糧資源として捉《とら》えている。そこに浅見は違和感を覚えたのだ。

浅見は船旅のときに見た、親子連れのクジラの、のどかで、どこかユーモラスな光景を思い浮かべた。急ぐでもなく、船が接近しても襲われることを警戒する様子もなく、時折、波間に沈んでは潮を吹き上げながら、のんびり遠ざかって行った。あのクジラの親子に、どうして敵愾心《てきがいしん》など燃やせるだろう。

クジラは一度に一頭の子を産み、泳ぎ方や餌の取り方などを教えながら、大海原をはるかまで旅する。それはまるで、人間の親子と同じようだ。事実、南氷洋にはシロナガスクジラの「家」がある——という表現をする学者もいた。

まだ近代捕鯨が導入される以前の、漁師が自ら銛《もり》を投げ刺してクジラを獲《と》っていた時代には、親子連れのクジラは獲ってはいけないし、誤って親クジラを殺した場合には、子クジラも殺さなければならなかったと聞いたことがある。親を失った子クジラはひとりでは生きていけないからだそうだ。

そういうことを知りながら、「捕鯨オリンピック」と言われるような、過剰な競争心でクジラを獲っていた時代がある。そのとき捕鯨に携わっていた人々は、どのような思いだったのだろう。

野放図にクジラを獲りつづけた結果、資源が荒廃し、とくにシロナガスクジラなどはほとんど絶滅寸前であることを悟って、ようやくブレーキがかかったが、それもIWC(国際捕鯨委員会)という外圧がなければ、日本の商業捕鯨はストップしていたかどうか、保証のかぎりではない。

人間の歴史上、似たような事例はいくらでもある。日本だけでも、例えばニホンオオカミ。例えば佐渡《さど》のトキ。例えば北海道のニシン、ケガニ。北陸地方のズワイガニなど、すでに絶滅種に数えられるもの、絶滅の危機にあるもの、あるいは資源が著しく減少しつつあるものは少なくない。

そのすべてが人間の都合や事情によって行なわれてきた。食用に供することはもちろんのこと、そうでなく、森林の開発や灌漑《かんがい》、埋め立てなどによって、野生生物の生息する場所を奪ったり、環境を破壊したりする。

さらにいえば、野生動物の生息する地域に移住したり、新たな開墾を行なったりすることによって、生命の安全を脅かされることや、作物に損害を受けるという理由から、彼らに「害獣・害鳥」のレッテルを貼って駆除・殺害する。殺される側から言えば、まことに理不尽な行為と言わざるをえない。

まったく、人間ほど神を恐れず、勝手に振る舞う生物はほかにいない。いや、神という架空の存在を信じる（ふりをする）ことによって、辛うじて殺戮《さつりく》をセーブしているともいえる。それがなければ、いや、それがあってもなお、人間は人間同士の殺し合いをやめようとしないのだ。

そんなのはふつうの状態ではなく、狂気に駆られた特殊な場合だと言うかもしれない。しかし、人間は常に狂気に駆られる危険を内蔵した生き物だ。狂気まではいかないにしても、節度を見失うことは誰にでもある。「神」という、自分たちより一段上の存在に対する畏怖《いふ》を忘れ、人類こそが地球上の最高の存在であるという思い上がった立場に立てば、クジラごときを殺戮することに、何の抵抗を感じなくても不思議はないだろう。

かつて、文明先進国が発展途上国に侵略して、抵抗を武力で排除し、殺戮をほしいままにした思想と、クジラを捕獲していいとする思想とには、どこか共通するものがあるのではないか――と浅見は思った。

智美や雅人が「クジラは食べない」と言い切ったことこそ、人間が持っている本来の優しさなのだと、浅見は思いたかった。永野のように平然として、冷徹に「クジラは食うべし」と言い放って憚《はばか》らない思想は、いったいどういうところから発するのだろう――

と、そのことに強い疑問を抱いた。

永野稔明は一見した印象では、明らかに教養豊かな紳士であった。その永野が「クジラは食うべし」と確信するに至ったプロセスに、浅見は恐れと同時に興味が湧いてきた。永野にしたって、生まれたときからその確信があったわけではあるまい。智美や雅人と同じような幼い頃には、たぶん「クジラは可愛い」と思っていたはずだ。それが一転して「クジラは食うべし」に宗旨がえした動機は何だったのだろう？

自宅に帰り着くとすぐ、浅見は永野に電話した。「先ほどはありがとうございました」と丁寧に礼を述べてから、本題を持ち出した。

「申し訳ありません、一つだけお聞きするのを失念したのですが、先生が捕鯨再開に積極的なお考えをお持ちになったのは、いつごろからなのでしょうか？」

「うん？　ああ、そうですなあ……」

永野もこの質問は予期していなかった様子だ。しばらく思案してから言った。

「確信を持って発言するようになったのは、一九八〇年代に入って、ＩＷＣに出席するようになってからですが、考えてみると、私にはもともと、そういう思想が備わっていたのかもしれない。つまり、物心ついた頃からと言ってもいいでしょう。何しろ生まれ育った環境が環境ですからな」

「と、おっしゃいますと、先生のご出身はどちらで？」

「なんだ、あんたそのことも知らずにインタビューに来たの？　私は和歌山県の太地《たいじ》の生まれですよ」

「太地……あ、そうでしたか。それじゃ、生まれながらにしてクジラとご縁のある環境だったのですね。これは失礼しました」

浅見はうろたえながら電話を切った。永野が不快そうに言ったように、出身地を知らずにインタビューに出かけたのは、浅見にしては不用意だった。しかもそれが「捕鯨発祥の地」ともいうべき太地だったとは、二重の意味で迂闊《うかつ》なことであった。

もっとも、浅見は永野が「東大法学部卒」というだけで、それ以前の経歴はあまり問題視しなかったようなところがある。むろん、それは兄陽一郎の影響によるものだ。浅見家の「落ちこぼれ」である次男坊には、陽一郎の「東大卒」が眩《まぶ》しくてしようがない。そのせいか、「東大卒」の壁の向こう側に何があろうと、どういう非行歴があろうと、東大という名のフィルターを通れば、すべて不問に処すような思い込みが働くのだ。

永野稔明が和歌山県太地の出身と聞いて、目を洗われたようにイメージが浮かんだ。とはいっても、浅見は太地についてそれほど詳しく知っているわけではない。漠然と「青い海青い空」という情景を思い描くだけだ。そして「捕鯨発祥の地」を連想した。

ただし太地が本当に日本捕鯨の発祥の地なのかどうか、確信があるわけではない。何となくそんなような気がしている。

念のために『角川日本地名大辞典』で「太地」の項を引くと、「太地村」の項のところに次のように書いてあった。

〔慶長《けいちょう》十一年、当村の和田頼元が泉州堺《せんしゅうさかい》の伊右衛門と尾州知多郡師崎《びしゅうちたぐんもろざき》の伝次をかたらい、鯨突きを始めたのが、熊野《くまの》地方捕鯨業の嚆矢《こうし》と伝え、延宝《えんぽう》五年には網とり捕鯨が創案され、初めは藁網《わらあみ》、のちに苧網《からむしあみ》に変えて捕獲量が伸び、天和《てんな》元年暮から翌年春にかけて九十五頭をとったという。〕

慶長十一年というと一六〇六年、いまから四百年近い昔だ。そのことから見ても、捕鯨発祥の地というのは間違いなさそうだ。

それにしても、太地の人間が、わざわざ泉州（大阪）堺の人間と、知多郡（愛知県）の人間を「かたらった」というのが面白い。なぜわざわざそんな遠くの人間に声をかけなければならなかったのか、そこにいったいどういう「物語」があったのか、余計なことだけれど、そっちのほうにも興味を惹《ひ》かれた。

いろいろ思いを巡らせているうちに、例によって浅見の「悪い癖」が頭を擡《もた》げてきた。まだ見ぬ太地の「青い海青い空」が、「おいでおいで」と手招きをしているような幻想が浮かんでくる。

そうは言っても太地は遠隔の地である。地図で見ると、気が遠くなりそうに遠い。最も早くて簡単なのは、南紀白浜《なんきしらはま》まで飛行機で行くことだが、それは浅見のほうでご遠慮申し上げたい。もし行くなら、ソアラを駆って行くことになるが、それだと丸一日がかりのドライブになりそうだ。それは苦にならないとしても、問題は旅費である。ドケチの藤田編集長が、気前よくポンと旅費を出すとは思えない。たかがクジラのルポにそんな経費をかける道理がないのだ。

あれこれ思い悩みながら、それでもルポの原稿は書き始めた。パソコンでクジラ関係の記事をデータベースから引き出すと、いろいろな出来事が起きていることが分かる。

宮城県牡鹿《おしか》町は明治期以来、有数の捕鯨基地だったが、一九八八年に商業捕鯨が終わってから十年ほどで人口が激減した。牡鹿町鮎川《あゆかわ》港には、全国で五隻ある沿岸捕鯨船の一隻があるが、ミンククジラの捕獲が禁止されている現在、国際規制を受けない小型のツチクジラとゴンドウクジラを獲《と》っているにすぎない。しかし、この小型クジラは地元で消費されるだけで、全国的に出回っているのは、南氷洋の調査捕鯨で獲ったミンククジラだ。

この状態では経営が成り立たないばかりか、捕鯨技術や解体技術を持つ者が、どんどん老齢化して、ついには後継者がないまま、捕鯨そのものが消滅しかねない——と、捕鯨船を保有する会社の社長は嘆き、一刻も早いミンククジラ漁の解禁を訴えている。

おそらく、この社長の嘆きは全国の捕鯨業者に共通したものだろう。ＩＷＣ（国際捕鯨委員会）への働きかけを政府に要望する声は、かなり切実なものがあるにちがいない。政府としてもそれに応《こた》えていないわけではないようだ。水産庁ＯＢの永野稔明が提唱している過激な「再開論」は、業者や政府の意を代弁する、ある種のアドバルーンなのかもしれない。

事実、水産庁は、「増えすぎたクジラが魚を大量に食べるから、漁獲量が減った」という、まさに永野の理論を丸飲みにしたような理由で、調査捕鯨の対象として、従来のミンククジラにニタリクジラとマッコウクジラを加えた。

ところが、そのことがアメリカの貿易制裁手続き入りを誘発した。マッコウクジラはアメリカの法律で三十年前から「絶滅危惧《きぐ》種」に指定されているからだ。しかし、日本の水産専門家によると、「マッコウクジラは、最近よく日本近海で目撃されたり、浜に打ち上げられたりしていて、絶滅の心配などまったくない」のだそうだ。

その一方で、浅見家で話題になったとおり、日本人の「クジラばなれ」は着実に進んでいるという。捕鯨廃絶が消費者側からも既成事実となっていきそうな傾向に、関係者は苛立《いらだ》ちがつのるばかりだろう。

「水産庁は反捕鯨国と論争するだけでなく、資源としてのクジラの必要性を国民に理解してもらうべきだ。それには何よりも、クジラを食べるわが国固有の食文化を絶やさないようにすることが大切だ」

そういう悲鳴にも似た発言もあった。その切実な願いは、浅見のような都会人にはなかなか理解しにくい。永野とのあいだにあるギャップは深いのである。永野やその背後にいるであろう捕鯨関係者たちの思いを知るためには、やはり彼らの置かれた環境に、自らも身を置くところから始めなければならないのかもしれない。

浅見はあらためて太地行きを思った。藤田が何を言おうと、かりに適正な旅費が望めなくとも、太地へ行こう——と思った。太地へ行けば、永野のあの一途《いちず》な激しさを生み出した、根源のようなものに出会えそうな予感もあった。

第二章　黒枠の招待状

1

「旅と歴史」の藤田編集長は、予想外な取材費を出してくれた。彼との長い付き合いの中で、こんなことは初めてである。クジラ料理をご馳走《ちそう》してくれたのも薄気味が悪いが、それより何より、クジラのルポをご指名で依頼してきたこと自体、なんとなく胡散臭《うさんくさ》い気がしないでもなかった。そこへもってきてドカンと取材費を出すという。いや、世間並に言えばドカンというほどではないが、藤田の日頃のドケチぶりを知る者から見ると、驚異的とも言える金額だ。

（何か裏があるな――）と浅見は警戒した。しかし、たとえ何があろうと、取材費は取材費である。使ってしまえばこっちのものだ。ルポの出来が悪かったから、金を返せとまでは、いくら藤田でも言わないだろう。彼の気が変わらないうちに、さっさと太地へ出発してしまうにかぎる。

太地へは、東京から那智勝浦《なちかつうら》までフェリーで行くことに決めた。浅見は過去にこのフェリーを利用したことがある。高知県の「平家《へいけ》の里」を訪ねる旅（『平家伝説殺人事件』参照）のときだった。

フェリーの運賃は、車の航送料金と運転者の2等料金コミで三万円弱だ。地上を行くガソリン代と高速料金を考えると、それほどの差はない。安ホテル一泊分を加算したと思えば、楽しただけ得かもしれない。最も安い2等客室は定員二十名の畳敷きの広間で、夜具はマットレスに毛布という簡便さだが、ただ眠るだけなら別に問題はない。この時季に船で観光旅行する物好きは少ないのか、お客はトラックの運転手らしき男が数人いるだけで、閑散としたものだった。

フェリーは午後七時五十分に東京有明《ありあけ》を出て、最終目的地である高知まで行くのだが、夜間の航行の後、途中の那智勝浦港に立ち寄る。那智勝浦から太地までは十数キロ、車でほんの二十分程度の距離だ。

初冬の太平洋は、まだ季節風もそれほど強くなく、快晴の朝を迎えた。那智勝浦入港は午前八時過ぎ。伊勢《いせ》から南紀にかけての、複雑に入り組んだリアス式海岸は、いつ見ても美しい。黒潮が寄せる紀伊《きい》半島の気温はあまり低くない。熊野の山々を吹き下りてくる微風が、むしろ爽《さわ》やかなくらいだった。

国道沿いの小さなドライブインでコーヒーを飲んで、時間を調整してから、太地町へ向かった。

太地町は国道42号から東に分岐した道を行く岬の町である。「鷲《わし》ノ巣崎《すざき》」と、その南東にある「燈明崎《とうみょうざき》」という二つの岬に抱かれた入江に、かなりの規模の漁港がある。自然の入江と防波堤によって作られた太地港は、大型台風の際の波浪にも強く、この地方きっての良港といわれている。

鷲ノ巣崎の西側も、那智勝浦町とのあいだに「森浦《もりうら》」という大きな入江が形成されていて、入江に面した平坦《へいたん》な海岸は、熱帯系の植物が茂り、南国ムードが漂う。道路と海岸線のあいだには、いくつかの旅館や「くじら料理」の看板を掲げた店が並ぶ。

この辺りから先、鷲ノ巣崎の突端一帯はまさに「クジラ」一色。入江を出外れる手前には「捕鯨船資料館」があり、かつて南氷洋で活躍したキャッチャーボートがそっくりそのまま展示されている。「捕鯨船資料館」の隣には、公園緑地を隔てて「くじらの博物館」が建っている。

「くじらの博物館」は鉄筋コンクリート三階建てのスマートな建物だ。正面と右手の二階から屋上部分までの壁面全部をキャンバスのようにして、それぞれ巨大なクジラが描かれている。正面は江戸期にクジラ漁の様子を描いた浮世絵の、クジラの部分だけを抜き取って、そのまま拡大している。右手のクジラの絵はセミクジラをリアルに描いたものである。

博物館の開館時間は、小中学校などの団体見学に便宜を与えるためか、午前八時三十分からとなっている。しかし、さすがに師走《しわす》に入ったこの時季、見学者はあまりいないのだろう。建物の前の広い駐車場にもほとんど車はなく、入口付近にも人影は見当たらなかった。チケット売り場の脇に「永野稔明先生講演会」のポスターが貼ってある。「十二月二十八日午後六時、太地町公民館」だそうだ。永野ほどの著名人が、年の瀬の押し詰まった時に、こんな小さな町で講演するのは、やはり地元ならではのことなのだろう。

入口を入って見上げると、一階から三階までの吹き抜けホールに、長さ約十五メートルもある実物大のセミクジラが空中を泳ぐ姿に驚かされる。この巨大な獲物を追い詰めるように、古式捕鯨の「勢子《せこ》舟」が天井から吊《つ》り下げられている。

三階のフロアから眺めると、その情景はなかなか迫力がある。勢子舟にはこれまた等身大の漁師が十五人、ある者は艪《ろ》を操り、ある者は銛《もり》を構え、目をらんらんと光らせて、眼下のクジラに立ち向かう。

「すごいな、これは」

浅見は思わず声を洩《も》らした。こういう作り物に対する興味は女性よりも男性のほうが強い。率直な驚きは少年の頃からあまり進歩も退歩もしていないものである。交通博物館やプラネタリウムなどの観客も、たぶん圧倒的に男の子のほうが女の子を上回っているにちがいない。

反面、服飾だとか色彩感覚といった、情緒的な感性を必要とする対象物には、男の子はさほど興味を示さないのがふつうだ。近頃はモノセックスとかいって、男の子の女性化、女の子の男性化が進んでいるようだが、少なくとも浅見の少年時代はそうだった。

吹き抜けホール三階の壁面には、太地の海で行なわれていた古式捕鯨のジオラマが、いくつものシーンに分かれて見られるようになっている。十数隻の勢子舟が荒波を蹴立《けた》てて、波間に見え隠れするクジラの群れを追う勇壮なシーンは、動きそのものは簡単だが、面白く、「男の子」がそのまま育ったような浅見は見飽きることがなかった。

展示物を見ながら、ゆっくりフロアを歩いて行って、ふと視線を移した先に女性の姿があるのに気づいた。そこは例の勢子舟の実物大の模型が展示してある傍らである。女性は浅見から見ると模型の向こう側に佇《たたず》んで、展示物を見つめている恰好《かっこう》だ。

(ほう――)と浅見は意外に思った。若い女性がそういう物に興味を抱くのは珍しい。

女性は三十歳前後ぐらいだろうか。青い鍔広《つばびろ》の帽子をかぶっているせいで、ここからだと細かいところまではっきり分からないが、薄い色のサングラスをかけた都会的な顔だちに思える。帽子と同系の鮮やかな青いコートの襟を立て、コートの裾《すそ》から形よく伸びた脚にもやはり青い、やや踵《かかと》のある靴を履いている。ファッションに詳しくない浅見の目にも、青ずくめの服装は珍しく、鮮烈なものに映った。

女性の熱心な様子に、浅見は無意識に足音を忍ばせるようにして歩いた。女性はまったく動こうとしない。視線も一カ所に釘《くぎ》付けにしたままだ。

(何を見ているのだろう?――)

女性の視線が向いていた先には吹き抜けの天井から吊るされたあの巨大クジラと、それを追う等身大の勢子舟がある。浅見もついさっきまで、ずいぶん長いこと眺めていたつもりだが、いまの女性には敵《かな》わない。

浅見が見ていたのは勢子舟がクジラに襲いかかる光景の正面からで、一人一人の漁師たちの表情も面白かった。そのほうが見る位置としては迫力満点のはずだ。勢子舟の背後から見ても、あまり楽しいとは思えないのだが——。

浅見は彼女の興味を惹《ひ》いている対象が何なのか、展示物よりもそのほうが気にかかった。次第に近づいて、見るともなしに見ているうちに、サングラスの奥の女性の目が、セミクジラの模型ではなく、勢子舟の模型に焦点を合わせていることに気がついた。

その瞬間、女性は浅見に視線を移し、なぜか片頬を歪《ゆが》めるようにして笑った。

浅見は面食らって、視線を逸《そ》らせるついでに、女性が見つめていた方角を向いた。

（彼女はいったい、何に興味があったのだろう？——）

しばらく眺めていて、浅見は「あっ」と叫びそうになった。現にこの目で見ているものがちょっと信じられなかった。

十五人いる漁師の一人、船首で銛を構えた勢子の背中に、銛が突き刺さっていた。もちろん相手は人形だから、銛が刺さっていようと平然として銛を握っている。古式捕鯨ではこういう事故もあったという意味かな？——と一瞬、思ったが、そんなはずはない。かといって、まさか展示した際の間違いやジョークだとは思えないから、たぶん誰かのいたずらなのだろう。それにしても妙なことをするものである。

いずれにしても、女性が長いこと見つめていた理由に納得できた。ショックが大きかったたそう思って振り返ると、そこにはもう女性の姿はなかった。

めか、足音が遠ざかるのに気づかなかったので、浅見はなんだか狐につままれたような気分であった。

とにかく階下に下り、事務所のドアを開けて職員に知らせた。

「えっ、ほんまかァ?」

職員は二人いたが、二人とも椅子を蹴飛ばすようにして飛び出してきた。浅見を追い越して階段を駆け登り、問題の「展示物」を発見して顔色を変えた。

「参ったなあ、何の目的でこんなアホなことをするんやろ」

一人が言い、もう一人が「警察に通報したほうがええぞ」と言った。

「いや、そこまでせんでもええで」

「そうかなあ、いたずらもここまで度が過ぎたら、許されんで」

押し問答しているうちに、二十人ばかりの団体客が上がってきた。ふつうなら気づかずに素通りするところだが、何やらただならぬ雰囲気に立ち止まり、銛を刺された勢子に気がついて、「何やろあれは?」と口々に騒ぎ立てた。館内アナウンスが「間もなくイルカのショーが始まります」と告げて、旗を立てたツアーの添乗員に急《せ》かされ、ようやく立ち去った。

結局、職員は警察に通報することにしたようだ。

「すみませんが、最初の発見者として、警察に事情を話したってくれませんか」

職員は浅見に頼んだ。

「いや、第一発見者は僕ではありませんよ。僕の前に女性がいました」

「どんな女性でしょう?」

「もう行ってしまいました。青いコートを着た女性です」

しかし女性の姿は見えない。

「弱ったな……」

職員は懇願するような目をしたが、浅見は逃げだすことにした。こんなところで警察の事情聴取に付き合って、足止めされたのではたまったものじゃない。

博物館の建物の裏手に出たところにちょっとしたスタンドがあって、その前でイルカショーが始まった。飼育係の掛け声や動作に反応して、イルカがジャンプをしたり、顔を出して餌を欲しがったり、愛嬌《あいきょう》を振りまいている。浅見は適当に切り上げて、隣に建つ水族館の建物に入った。

ここの水族館は、六百三十トンという巨大水槽に囲まれた水中トンネルを歩いて行けるようになっている。観客はさながら海中にいるように魚たちの生態を見学できる仕組みだ。

暗い海の底を泳ぐ魚が目の前を横切る様子や、明るい水面を背景に回遊する魚の群れを見上げる風景は、スキューバダイビングを体験しているような気分である。

そのとき、水槽の反対側の窓に人影が見えた。さっきの女性のように思えた。暗い「海の底」にいるというのに、サングラスをかけたまま、じっとこっちを見ている。もちろん眺めているのは魚たちだろうけれど、浅見は自分が見られているような気がして、また目を逸らせてしまい、ふたたび視線を戻したときには、彼女の姿は消えていた。

水族館を出ると、目の前に大きな海水の池が広がっている。入江の奥まったところを仕切って人造の池のようにしたものらしい。そこに小型のクジラとシャチとイルカが、ほぼ自然のかたちに近く飼育されている。岸辺近くまでシャチが遊弋《ゆうよく》してくると、あらためてその巨大さに圧倒される。

クジラとイルカが寄ってきて、まるで犬が餌をねだるように、すぐ足元の水中で身を斜めにして、悲しげな鳴き声を上げる。

池の背後には小高い山が聳《そび》えている。裾は岸壁だが、その上は濃密な緑に覆われた美しい山だ。案内図によると、池を半周した先にある裏門を出ると、岬の先端の岩場を通る遊歩道が続いている。遊歩道は山裾を迂回《うかい》して、その先をどんどん行くと、「くじらの博物館」とはずいぶん離れたところで道路に出るようだ。

池の畔《ほとり》を浅見が歩くと、イルカがついてきた。黒い小さな目が、訴えるようにじっとこっちを見つめているのは、可愛さを通り越して、むしろ哀れを催す。

（彼らを殺しちゃいけないよな――）と、浅見は単純に思った。捕鯨反対国の連中が「クジラは保護すべき対象であって、殺したり食べたりするなどとは考えられない」と主張する気持ちが分かるような気がする。資源保護だとか、そういう問題以前に、ごく素朴に、情緒的な見地からいっても、彼らを殺すのは野蛮行為だと思った。

イルカは、池が次第に浅くなり、岩場にぶつかるギリギリのところまでついてきて、諦《あきら》めたようにひと声鳴いて、去って行った。

2

鷲ノ巣崎の先端付近は幾重にも連なる岩礁である。遊歩道の足元近くまで波が寄せる場所もある。冬は西寄りの季節風が吹く日が多いので、いまは穏やかだが、台風シーズンの波はさぞかし猛烈だろう。

岩場を行く遊歩道は幅が一メートルばかりのコンクリート道で、歩き易い。抜けるような空の色を映した海が、岩に砕けて純白のしぶきを上げる情景を眺めながら、のんびりと歩いた。

最先端の岩場を回ったとき、前方にさっきの女性の後ろ姿が見えた。女性はファッションモデルのような颯爽《さっそう》とした歩き方で、その先の岩壁をくり抜いたトンネルの中に入って行った。

浅見のいるところからトンネルまでは百メートルほどだ。浅見は歩みを速めて、女性との距離を縮めようとした。別に何の下心があるわけではないが、彼女が展示室で、銛《もり》の刺さった勢子を眺めていて、最後にニヤリと笑ったことには関心があった。トンネルは トンネルの中は暗く、中ほどで曲がっていて、女性の姿は見えなかった。

それほど長くなく、せいぜい五、六十歩で通り抜けた。向こう側は外洋の波が直接当たらない、静かな入江だ。道は左に海を見ながら崖《がけ》の下をうねるように行く。女性の姿はなかった。

意外だった。浅見はかなりの早足で歩いたから、当然、女性との距離は接近したものと思っていた。それ以上早く歩くとなると、ほとんどジョギングのように駆け去ったとしか考えられない。

（逃げたか？——）

ストーカーか何かに間違われたのかと、いささか不愉快だった。

遊歩道が終わる入江の最奥部は、この付近の海岸では珍しく、小さいながら砂浜である。キスでも釣っているのだろうか、老人が独り、長い竿《さお》を振っていた。

浅見はしばらく「太公望《たいこうぼう》」に付き合ってから、「さっき、ここを女の人が通りませんでしたか？」と訊《き》いてみた。

老人は振り向いたが、「いや」と首を横に振った。無愛想というのではなく、笑顔を見せてもいた。それにしても、たぶん走り過ぎたであろう女性に気づかなかったというのはおかしい。老人が海に面している角度は、遊歩道に対して後ろ向きというわけではない。砂浜は遊歩道に直角とはいえないまでも、ある程度は視野に入る角度である。

「青い帽子をかぶり、青いコートを着た女性ですが」

浅見は重ねて訊いた。

「いや、見てへんな。そんな変な恰好《かっこう》してたら、すぐ気ィつくやろ」

「変」かどうかはともかく、確かに老人の言うとおりだ。にもかかわらず見ていないとすると、どういうことだろう。

(消えたか？——)

馬鹿げたことを思った。しかし、トンネルを出たところで女性の姿が見えなかったときは、正直、そんな想像が走ったことも事実である。ちょうど、マジックショーで、箱の中の人間が消滅したのを見たときと、同じようなショックを感じた。

入江と道路を隔てた正面には「熱帯植物園」がある。寄ってみたい気もしたが、取材の本来の目的であるクジラに専念することにした。車を置いた「くじらの博物館」の駐車場までは、およそ三百メートルほど歩いた。博物館の前にはパトカーが停まっていた。

浅見は野次馬根性だけでなく、真面目な関心をもって様子を窺《うかが》いに行ってみた。

調べは片がついたのか、制服の警察官が二人と、博物館の職員が二人、何かを話しながら建物から出てきた。

「あっ、あの人です」

職員が浅見に気づいて、こっちを指さしながら警察官に言った。

「ちょっと、お話を聞かせていただけませんか」

浅見に声をかけてきたのは、巡査部長の襟章のある、やや年配の警察官である。那智勝浦の交番から駆けつけたそうだ。

「あんたが第一発見者やそうですな」

「いや、厳密に言うと僕じゃなく、僕の前にもう一人、女性がいたのですが」

「ああ、この人にもあなたはそう言うたのやそうですが、その女性なるものがいたかどうか、確認されへんのですよ。したがって、あなたが第一発見者いうことになります」

「えっ？　じゃあ、あの女性のことは誰も見ていないというのですか？　そんなはずはないでしょう。だって、あの時刻はほかにお客さんはほとんどいなかったし、青い帽子や青いコート、それにサングラスという恰好は、かなり目立つ存在でしたよ。チケット売り場の女性にも訊いてみたんですか？」

「もちろん訊きましたよ。しかしぜんぜん気ィつかへんかったそうです」

「ふーん、そうですかねえ……」

職員のほうに目を向けると、二人とも視線を合わさないように俯《うつむ》いている。それなりに事情聴取はされているのだろう。警察に対して知らないと言ったものを、浅見の立場でさらに追及するいわれはない。

「分かりました、まあいいでしょう。どっちにしても、大した問題じゃありません」

「いや、いちがいに問題がないとは言えへんのです。事件捜査の基本は、まず第一発見者を疑えいうことですよってな」

「ははは、なるほど」

浅見は笑った。第一発見者をうんぬんするほどの大事件ではないと思うのだが、巡査部長はどこまでも真剣な顔で「笑いごとやないで。一応、住所氏名を聞いておきましょか」と言った。

浅見は免許証を見せた。部下の巡査が手帳に引き写している。それから、いつ太地に来たのか、目的は何か、同行者はいるのかといった質問をした。最後に今晩の宿はと訊かれたが、まだ宿泊先は決めていなかった。

「そしたら、宿が決まったら自分のところまで連絡してください」

巡査部長はそう言って名刺をくれた。「和歌山県新宮《しんぐう》警察署　防犯課巡査部長　白数《しらす》裕之《ひろゆき》」とあった。今日はたまたま那智勝浦の交番に詰めていたが、ふだんは本署のほうに勤務しているそうだ。

「白数さんとは珍しいお名前ですね」

「そう言われます。シラス干のシラスから来ているんでないかいう説があるが、ほんまにそうかどうか、分かりませんな」

冗談を言ったのかと思ったが、あくまでも真顔である。ユーモアやジョークの通用しない相手らしい。

どうにか「無罪放免」されて、浅見はソアラに戻った。この後は町役場を訪ねる予定である。「くじらの博物館」を後にして、さっき岩場から出てきた砂浜を通り過ぎる。釣りの老人はまだ竿を振っていた。そこからほんのわずかで、役場の前に出た。

近頃はどこへ行っても町村役場の立派さに目をみはるが、ここは鉄筋コンクリート二階建ての慎ましやかな建物である。太地から捕鯨の灯が消えて久しいことを、建物の古さが物語っているような気がした。

役場の企画観光課を訪ねて、末席の女性に太地の捕鯨について取材したいと告げると、いちばん奥のデスクにいる中年の男性に名刺を通じてくれた。名刺は「旅と歴史」のもので、肩書には「記者」と印刷してある。雑誌名を知っているのか、男性はすぐに立ってきて、応接室に案内した。

渡された名刺には「課長補佐　海野好詔《かいのよしつぐ》」とあった。痩《や》せ型だが、漁師のように日焼けして、精悍《せいかん》な印象を受ける。

「太地の捕鯨の、どんなことを取材されるのでしょうか？」

海野は眼鏡の奥から、まっすぐこっちを見て言った。姿勢も上半身を直立させ、やや前倒しにしている。きわめて真面目な性格であることを窺わせた。

「最近、わが国では、商業捕鯨のモラトリアム（一時停止）解除を求める気運が盛り上がってきているということを聞きまして、その背景にあるものを探るのが、今回のルポのテーマなのです。それにはまず、捕鯨発祥の地ともいうべき太地の歴史と現状を知り、そこに住む人々が、捕鯨の将来についてどのような展望をお持ちか、お聞きすることから始めようと考えております」

「なるほど……だとすると、企画観光課よりも教育委員会のほうがいいかもしれんね」

「いいえ、そういう硬い記事にはしたくないのです。せっかく風光明媚《めいび》の太地に来たのですから、観光記事としても十分、楽しめるような内容にするつもりです。写真もふんだんに使いたいと考えています」

「ほう、そうですか、そういうことであるなら当方としてはありがたいですね。そしたら私がご案内しましょう。太地には写真になるところが、いくらでもあります」

海野課長補佐は勢い込んで立ち上がった。おまけに、浅見のソアラは置いて、自分が運転するカローラに乗せてくれるという。道の狭いところがあるので、小回りの利く車のほうがいいのだそうだ。

海野としては観光中心の記事にしてもらいたいのだろう。それは浅見の本来の目的とはいささか異なる。しかし彼の好意に水を注《さ》すようなことは言い出せなかった。

観光案内の定番からいうと、まず「くじらの博物館」見学が最初なのだが、そっちのほうはすでに終えている。そのことを言い、ついでに、勢子の背中に銛《もり》が刺さっていた事件と、突然消えた青いコートの女性のことを話した。

「えっ、ほんとうですか？」

海野は口をあんぐり開けて、しばらく目を点にしていた。驚きというより、恐怖に駆られた表情であった。銛が突き刺してあったといっても、「被害者」はたかが作り物の人形である。それとも女性が消えたことに驚いたのだろうか。いずれにしてもそんなに恐ろしがらなくてもいいだろうに――と、奇妙に思えた。

「展示されている人形に銛を突き刺すなんて、ずいぶん悪質で、ただのいたずらとは思えないのですが、海野さんには何か、思い当たることがあるのでしょうか？」

浅見は水を向けてみた。

「ああ、いや、そういうわけでは……」

海野は動揺したように視線を逸《そ》らした。「くじらの博物館」の職員が見せた反応と、そっくりだった。

「なるほど、あのいたずらには何か意図があるというわけですか」

浅見はなるべく醒《さ》めた目を作って、海野の顔を見つめながら言った。

「え、ああ。そうですなあ、たぶんそうではないかと思い当たることはありますけど……しかし、その話は後にして、とりあえず太地をご案内させてください」

逃げるように応接室を出た。役場の中ではややこしい話はしたくないのだなと察して、浅見も後に続いた。役場の建物を出ると、降り注ぐ陽光がまぶしい。こんな明るい風景の土地でも、陰湿な事件が起きるものだと、浅見は憂鬱《ゆううつ》な気分であった。

「今晩の宿はどこですか？」

車に乗ると、海野は訊《き》いた。

「まだ決めていません」

「そしたら『白鯨《はくげい》』にしたらええですよ。国民宿舎ですので、料金は安いです」

浅見はすぐにそこに決めた。「白鯨」という名前も取材目的に合っているし、何よりも料金が安いのが気に入った。海野は携帯電話で「白鯨」に予約までしてくれた。「太地の観光記事を書いてくれるルポライターさんやよって、サービスしてくれやな」と言っていた。

3

案内の最初に太地漁港で車を降りた。真昼の漁港は気が抜けたようにガランとしたものである。朝のうちに仕事は終えたのか、広い港には係留された漁船の数も多い。水揚げで賑《にぎ》わうはずの市場にも人影があまりない。

「この港でイルカの追い込み漁が行なわれるのですか？」

浅見は半可な知識に基づいて言った。

「いや、追い込み漁はここと違います。この隣の入江、熱帯植物園の前の入江が、ちょうど巾着《きんちゃく》のように入口が狭く、奥が広がっとって、中に入り込んだイルカやクジラが逃げられんようにするには都合がいいのです。時には何百頭も追い込んで、入口に網を張って巨大な生《い》け簀《す》のようにしておいて、銛で突くのです。私は漁師ではないが、見とっても心が躍る、まあ勇壮なもんです」

「それは僕も記録映画で観ました。確かに勇壮だと思いますが、外国——ことに捕鯨反対国では評判が悪かったようですね」

「えっ……」

海野は慌てて周囲を見回した。

「浅見さん、ここでそういう話はせんといてくれませんか。私の立場いうもんがありますから」

「あ、そうでした、すみません」

浅見はペコリと頭を下げた。海野はそそくさと車に戻った。

「そろそろ昼食にしませんか。朝食を抜いているものですから、お腹が空《す》きました」

浅見は提案した。時刻は間もなく正午になろうとしていた。

「和食、洋食、どっちがええですか？」

「どちらかというと和食がいいですね。せっかく太地に来ましたから、クジラ料理にしましょうか」

「いや、それは夜、『白鯨』でコース料理が出ますので、昼はふつうの魚料理にしたほうがよろしいのとちがいますか。昔、網元をしていた家が料理屋をやってますので、そこへご案内しましょう」

浅見に異論はなかった。

「それとですね……」と、海野はしばらく逡巡《しゅんじゅん》してから、言った。

「そこやったら、昔のクジラ漁の話も、それと、浅見さんがさっき言うてた『くじらの博物館』の変な出来事のことも、何か聞けるかもしれんのです」

また携帯で予約を入れてくれた。「お客さんは一人やけど、よろしゅう頼んまっさ」

と言っている。

「あれ？　海野さんは一緒では？」

「いや、私は愛妻弁当があるさかい、一時頃になったら、またお迎えに来ます。それに、私がいてないほうが、いろいろ聞ける思いますので」

連れていかれたのは板塀のある料理旅館だった。網元をしていた名残で、太い門柱に「太閤丸《たいこうまる》」と書いた看板がぶら下がっている。総檜造《そうひのきづく》りで、瓦葺《かわらぶ》きの屋根の四隅に反りが入った建物は、いかにも元網元という風格がある。浅見が「高そうですね」と言うと、「そんなでもありまへん、安心してください」と海野は笑って行ってしまった。

太閤丸の玄関を入ると、式台のところで、年配の女性が膝《ひざ》をついて迎え、長い廊下を通って、庭の見える部屋に案内した。

「ここは旅館なんですね」

「そやけど、いまの時季はお泊まりのお客さんはめったにありません」

五十代半ばぐらいだろうか、その歳にしてはきれいにしているし、着物の着こなしもちゃんとしたものだ。ひょっとすると昔はきれいどころだったのかな――と思わせる。

「失礼ですが、女将《おかみ》さんですか？」

浅見が訊くと、「いいえ、ただの仲居ですよ」と笑った。

部屋も上等だし、庭の手入れもいい。いよいよこれは高そうだなと心配になったが、テーブルの上のメニューを見ると、それほどのことはなかった。メニューの中にはクジラ料理もあったが、予定どおり刺身定食を注文した。

他に客はないのか、人の話し声も聞こえない。料理を運んできた仲居に、浅見は「くじらの博物館」での出来事を話した。勢子の人形の背中に銛が刺さっていたというと、仲居は大げさでなく、料理の盆を取り落としそうに驚いて「ああ、こわ……」と言った。本当に恐ろしそうな引きつった顔であった。

浅見のほうがむしろ、彼女の反応に驚かされた。彼女の驚きと、「くじらの博物館」の職員のただならぬ様子と、それに白数巡査部長の、いささか事大主義に思えた事情聴取とを思い合わせると、その背後にあるものが見えてくるような気がした。

「なるほど、それと似たような事件が、以前あったのですね？」

「はい……」と、不用意に肯定して、仲居は（しまった——）という顔になった。

「いや、さっき白数巡査部長がそんな話をしていたのですよ」

浅見はカマをかけた。

「殺人事件だったそうですね」

「はい、そうでした」

「やっぱり、背中に銛を刺された」

仲居は黙って、恐ろしげに頷《うなず》いた。

「被害者は誰ですか？」

「森浦の笹尾《ささお》正晴《まさはる》さんいう人です。出稼ぎの衆を仕切っていた家の、二番目の息子さんでした」

「出稼ぎ——というのは？」

「いまは無《の》うなりましたけど、クジラを獲《と》ってもよかった時代には、捕鯨船に乗り込む人を集めていたし、クジラを獲れんようになってからは、北海道とか、石巻《いしのまき》とか、下関《しものせき》とか、遠洋漁業の船に、太地やらこの近くの人を送り込む仕事をしてます」

「なるほど。それで、その笹尾さんを殺した犯人は捕まったのですか？」

「いえ、それがまだ、誰が犯人やらも分からへんのです」

仲居はちょっと言い淀《よど》んでから、聞き取りにくいほどの小声で続けた。

「正晴さんは子供の頃からの乱暴者で、喧嘩《けんか》やら何やら、警察沙汰《ざた》になったりしとったです。捕鯨反対の人たちにも殴り込みをかけて、えらく嫌われとったし、恨んどった人はなんぼでもいたのと違いますか」

三回に分けて料理が運ばれ、一人分だというのに、テーブルの上はずいぶん賑やかになった。やはり他にお客はないようだ。仲居は腰を落ち着けてお給仕をしてくれる。

「そういえば、他にも妙なことがありましたよ」

箸《はし》を使いながら、浅見は青いコートの女性の話をした。

「岬のトンネルを出たら、すぐ前にいるはずの女性の姿が消えちゃいましてね。右手は崖《がけ》で、左は海だし、まるで幽霊でも見たような気分でした」

少しオーバーかなと思ったが、そのときは実際、そんな気もしたことは事実だ。

「トンネルの先いうたら浅間山《せんげんやま》の辺りや。……お客さんもご覧になったんですか」と、仲居のほうの受け止め方が、むしろそのときの浅見の印象を裏付けた。

「じゃあ、ほんとに幽霊が出るのかな」

浅見は面白がって言ったが、仲居は深刻そうだ。何か心当たりがあるのか、視線を天井に向けて、そそけ立った顔になった。

「その女の人いうのは、歳はいくつぐらいやったですか？」

「そうだなあ、三十歳前後といったところだと思ったけど」

「帽子をかぶってなかったですか」

「ああ、かぶってましたよ。コートと同じ青い帽子。それにサングラスをしてたな」

「そしたら、それは、その人はたぶん、お嬢さんですわ」

部屋は暖房がよく効いているのに、寒そうに肩を竦《すく》めた。

「ほう、あなたの知ってる人ですか」

「はあ、それはまあ……そやけど、そんなあほなことが、ほんまにあるんやろか」

「そのお嬢さんて、何者なんですか」

「あの、このことは誰にも言わんといてください」

仲居は背後の廊下の気配を確かめてから、身を乗り出すようにして、いっそう声をひそめて言った。

「こちらのお宅のお嬢さんです」

「えっ、このお店の？　そうだったのか。それは『幽霊』だなんて、失礼なことを言っちゃいました。しかしあのときは本当にフッと消えた感じだったものだから……」

頭を掻《か》きながら、浅見は仲居の様子がおかしいことに気がついた。

「……まさか、そのお嬢さん、亡くなったんじゃないでしょうね？」

言いながら、背筋がゾクッときた。

「そうなんです、亡くならはったんです。六年前のいま時分、生きてはったら三十ちょっとというお歳ですけど」

「驚いたなあ……亡くなったって、すると、ただの病死じゃないのですね？」

「はあ、それが、心中やないかと……」

「心中……」

浅見は露骨すぎるくらい顔をしかめて、不快感を露《あらわ》にした。世の中に自殺事件は多いけれど、心中ほど不愉快な自殺はない。病苦や生活苦が理由の心中なら、まだしも同情の余地はあるが、色恋沙汰のもつれが原因の心中は許せない。

ところが、わが国にはどういうわけか、昔からその手の心中を美化して伝えるような風潮があった。浄瑠璃《じょうるり》の『曾根崎心中《そねざきしんじゅう》』もそうだし、現実の世界でも太宰治《だざいおさむ》の心中などはその典型といっていい。考えてみると、「桜桃忌《おうとうき》」などというのも、心中の片割れだけを追慕するようでおかしなものだ。最近の小説でも、心中こそが究極の歓喜に導く——みたいなものがあったりする。

「心中の相手は誰ですか？」

「東京の新聞社の記者さんでした」

「新聞記者……どういうことだったのでしょうか？」

にわかに興味をそそられて、浅見は身を乗り出した。逆に仲居のほうはいくぶん背を反らせるようにした。つい誘導されるままに、余計なことを言ってしまったと、後悔しているにちがいない。

「その記者さんはクジラ捕りの町・太地いうて取材に来て、お嬢さんと知り合ったそうです。言うたら、太地の仇《かたき》みたいな人やったわけですなあ」

「しかし、取材するくらいでは、べつに敵視することはないのじゃないですかね」

「そやけど、その新聞いうのが、捕鯨反対いうキャン何やらいうのを……」

「キャンペーンですか」

「そやそや、そのキャンペーンを記事にする新聞やったのです。太地湾のイルカの追い込み漁を取材して、アメリカの新聞にまで送って、それが元で日本のことをえろう悪く書かれたことがあったやないですか」

「ああ、そんなことがありましたね。たしかイルカを何百頭だか虐殺したという記事だったな。イルカを湾の中に誘い込んで、殴ったり突き刺したりして、皆殺しにしたのでしょう。海はイルカの血で真っ赤に染まり、漁師さんたちは血まみれだったとかいう」

浅見は海野課長補佐の忠告を忘れて、つい口が滑った。

「そんなん、オーバーやわ。それはまあ、血が流れとった部分だけを大きく写真に撮れば、そういうふうに見えんことはないけどな」

仲居は太地のことを誤解されたままでは我慢できない——とばかり、商売っ気を忘れ、お客との議論も辞さない構えだ。

「しかし、大量に殺したのは事実なのでしょう？　そういうのは、外国人が見ると、やっぱり野蛮な行為に見えるんです」

「そやけど、イルカは魚を食い荒らして、漁師さんたちの敵です」

「それは分かるけど、イルカのほうから言えば、彼らの知ったことじゃないでしょう。イルカは昔から魚を食って生きている動物なのだし、だからといって殺されるのは、イルカにとっては大迷惑ですよ、きっと」

「そやけど、うちらかて昔からイルカを獲って食べてますよ。そんなこと言うたら、オーストラリアかて、カンガルーを食べているいうやないですか。アメリカはバッファローを捕獲して全滅しそうになるところやったいう話も聞きました。自分のところのことは棚に上げて、何を言うてますのやろ」

「ははは……」

浅見はとうとう笑いだした。

「もうこのくらいでいいでしょう。僕たちがここで議論してもどうしようもない」

「あっ、すんません、お客さんに生意気なことを言うてしもて」

仲居は顔を真っ赤にして頭を下げた。

「そんなこと、こういう話にお客も何もありませんよ。その立場立場で、ものの考え方も違うのです。僕なんか、ほとんどクジラは食べないし、もちろん漁にも関係ないから、地元の人たちの気持ちなんか、本当のところは理解できっこないのです。そういう意味で、お姐《ねえ》さんの言うことは大いに参考になりましたよ」

「あらー、そないに優しゅう言うてもろたら、どないすればええのか分からんようになります。ほんま、すみませんでした」

これで停戦は成立した。仲居はこの客に気を許したのか、少し思案してから、「ちょっと待っとってください」と奥へ引っ込んで、間もなく六十年配の、恰幅《かっぷく》のいい男を連れて現れた。

「ここの店の主人です」

紹介された男は丁寧にお辞儀をして「清時《きよとき》いいます」と名乗って、「太閤丸代表取締役社長　清時恒彦《つねひこ》」という名刺と一緒に、手にした写真をテーブルの上に置いた。

「これはうちの娘ですが、お客さんが会《お》うたのはこの娘でしたか？」

写真の女性は地味なスーツ姿だ。かすかに笑っているけれど、「心中」の話を聞いたせいか、その美貌《びぼう》もどことなく寂しげに見える。サングラスはしていないので、浅見が見た女性と同一人物かどうか、自信はもてなかった。

「似ているといえば似ていますが、違うといえば違う人かなあ……」

浅見は正直、判断がつかなかった。

「そうか……けど、お客さんが会うたんは、たぶんうちの娘に間違いない、思いますけどな」

「しかし、お嬢さんは亡くなられたのではありませんか？」

「そうです、亡《の》うなりました。そやさかい、まあ言うたら幽霊いうことになりますか。ちょうど七回忌が来ますさかい。娘もまだ迷うとるのや思います」

清時はしんみりした表情で言った。

（困ったな——）と、浅見は苦笑がこみ上げるのを抑えるのに苦労した。浅見も怖がりで、古い旅館に泊まったときなど、深夜のトイレが苦手なほどだが、知性の領域では幽霊、お化け、超常現象のたぐいはまったく信じていない。テレビなどで占いや怪奇現象のことを、まことしやかに扱っているのを見ると、腹立たしくてならない。視聴率さえ稼げればいいという無責任な番組作りが、宗教的には白紙のような若い人々を洗脳して、常軌を逸したカルト教団をのさばらせる結果に繋《つな》がったと浅見は思っている。

浅見にしてみると、情緒的な領域では幽霊もお化けも怖いのだけれど、清時のように迷信を真面目に信じ込む人間のいることのほうが、もっと恐ろしい。どう扱っていいのか、当惑してしまう。

「じつはですな、この二、三日、あそこの岬では、土地の者も含めてすでに三人ばかり、娘を見たいう人があったです。ほんまかどうかは分からんけど、娘が亡うなったときに着とった、青いコートのことを言うてはります。もしほんまやったら、たぶん、まだあの辺りの海を彷徨《さまよ》うておるのでしょう。何とか早《はよ》う遺体を見つけて、供養はしたい思うてますが」

「それじゃ、お嬢さんと相手の人は、あそこで亡くなったのですか」

「いや、二人が飛び込んだんはあそこと違います。太地湾の反対側に燈明崎いうのがありますやろ。そこのさらにずっと先の、平見《ひらみ》いうところの『継子《まま》投《な》げ』いう断崖《だんがい》から飛び下りたのやそうです。断崖の上に遺書やら遺留品やらがありました。けど、そこは黒潮がまともにぶつかる潮の速いところで、遺体が流れ着いたんは、鷲ノ巣崎の岬でした。もっとも、男の遺体だけしか、見つかっておらへんですけどな」

「お嬢さんのご遺体はまだ？……」

「はい、まだ上がってません。相手の男のほうは、すぐに見つかったんやけど、因果なもんですなあ」

清時は力なくうなだれた。

「立ち入ったことをお訊《き》きしますが、心中の原因は何だったのですか？」

「それはあんた、言うてみれば、ロミオとジュリエットですやろな」

清時としては精一杯のジョークのつもりなのだろう。しかし、笑おうとした顔を、引きつったように歪《ゆが》めただけだった。

クジラ捕りの網元の娘と、捕鯨反対を標榜《ひょうぼう》する新聞社の記者との恋では、確かにそういうことになるかもしれない。

「遺書にはどんなふうに書いてあったのですか？」

「娘のには『こういう形で行くことをお許し下さい』。男のほうの遺書には、わしに宛てて『お嬢さんをいただいて参ります。残念です』と書いてました」

「残念、ですか」

浅見は遺書の文面を頭の中にメモしながら、言った。

「わしの頑迷さが情けなかったんやろ、思います。そげなことになるんやったら、許してやればよかったと、後悔したが、それこそ後の祭りですな」

「しかし、その文面ですと、遺書というより駆け落ちのときの書き置きのような感じがしますが」

「そうですなあ、いっそ駆け落ちでもしとってくれたらよかったです」

思い出すのも辛《つら》そうに、肩を落とした。

4

話が長引いて、太閤丸を出たのは一時をかなり回っていたが、海野は車の中で待っていてくれた。

「申し訳ありません。ちょっと面白い……というと叱られますが、興味深い話を聞かされたもので、つい遅くなりました。海野さんが『太閤丸』で何か聞けるかもしれないとおっしゃっていたのは、あの青いコートの女性のことだったのですね」

「ええ、まあ……」

浅見は森浦の笹尾が殺害された事件の話が出たことも言った。

「お嬢さんたちの心中事件については、駆け落ちでもしてくれたほうがよかったと後悔されているご様子でした」

「そうですか、そんなことまで話しましたか。そしたら、あのおやじさんは、浅見さんに気を許したいうことですな。ほんまは気難しいおやじなのです」

海野は燈明崎へ向かった。北側に太地湾を見下ろす道をどんどん登り、尾根伝いのような道の行き止まりに車を置いて、そこから照葉樹の繁茂した遊歩道を三百メートルほど歩くと、展望台のような建造物があった。

「これは古式捕鯨時代の山見台で、狼煙台《のろしだい》でもありました。沖合にクジラを発見すると、ここで狼煙を上げて村の衆に知らせるいうわけです。この少し南の梶取崎《かんどりざき》にも狼煙台があって、南から接近するクジラを見張っておって、そこから知らせがきたり、沖の舟から合図があったりしたときも、ここが指揮所の役目を果したのです」

狼煙を見て、太地の漁師たちは勢子舟を繰り出し、クジラの行く手を遮り、包囲して縄つきの銛《もり》を打ち込む。暴れ回るクジラに何本もの銛を打ち込み打ち込み、ついに仕留めて港まで曳《ひ》いて行く。勇壮なその様子を、海野は身振り手振りを交えて語った。

当時はセミクジラ一頭を獲《と》れば七浦が潤ったと言われる。目の前に獲物が現れれば、ことの善悪どころか、天の恵み海の幸としか見えなかっただろう。

山見台に上がると、まさに三百度の視界が展開する。南から来るクジラが太地湾に入り込む様子は、手に取るように分かったにちがいない。クジラはともかく、圧倒されるような眺望であった。ここに立てば、黒潮寄せる紀伊半島——という決まり文句も、それに地球が丸いことも実感できる。浅見は岬の風景を手際よくカメラに収めた。

「『くじらの博物館』もそうですが、こんな素晴らしい観光資源に恵まれて、町の観光行政は楽なものでしょうね」

「いや、なかなかそうはいかへんのです。なんというても、交通の便の悪さがネックになっとるもんで」

「そうでしょうか。確かに不便ではありますが、だからこそ自然がそっくり残されているという利点もあるんじゃないですか」

「うーん、まあそうですけどね。それだけではなかなかお客さんをもてなすのに、十分いうわけにいきません。せめてクジラ漁が解禁になれば、地場の産業として景気振興や雇用機会は増えるし、観光のお客さんには新鮮で旨《うま》いクジラ料理を食べていただけるいう、太地ならではの売り物もでけるのやが」

海野は残念そうだ。どうしても話はそこへ向かわないわけにいかないのだろう。

「だいたいですね、アメリカにしろイギリスにしろ、幕末の頃は日本近海まで捕鯨船団がやってきて、クジラを獲り放題やったやないですか。ペリーが日本に開港を迫ったのは、捕鯨船団に水と食料を供給してもらいたかったためいう話です。そんなんを棚に上げてからに、クジラは殺してはいけんもんやとは、何をぬかしてけつかると言いたい」

だんだん持論が出て、停まらなくなりそうだった。浅見に「まあまあ」と宥《なだ》められて、本人もおかしくなったのか、浅見と顔を見合わせて笑いだした。

そこからもう一つの捕鯨狼煙台のあった梶取崎へ向かう。徒歩なら断崖沿いの遊歩道もあって、絶景を楽しめるのだそうだが、車だといったん内陸の方角に戻り、別の尾根を伝って梶取崎へ行くことになる。ここは岬の突端近くの広場まで車が入れる。広場の一隅に巨大なクジラの像が横たわっている。

「くじら供養碑です」

浅見はカメラを構えた。頭を擡《もた》げ、尾を高くはね上げて、いまにも躍り出しそうなクジラの像だ。

以前、山口県長門《ながと》の青海島《おうみしま》へ行ったが、そこには「鯨墓《くじらばか》」があった。やはり捕鯨に携わる人々はクジラを獲ることにそれなりの罪悪感があったのだろう。ことに子連れのクジラを仕留めたときや、獲ったクジラに胎児がいたときなどは、さぞかし寝覚めの悪い思いがしたにちがいない。そういう連想が働くせいか、海野は妙にソワソワと落ちつかない。ここは樹木も少なく、頭上には真っ青な空が、広場の先には紺碧《こんぺき》の太平洋が広がる、野放図に明るい場所なのに、何か不吉な気配でも感じるのだろうか。あまり長くいたくない気分のようだ。

「そういえば、太閤丸の娘さんの心中事件があったのは、この付近ではないのですか」

「ああ、そうです、『継子投げ』ですね。ここから車で三分もかからんです」

海野が言ったとおりだった。いったん、いま来た道を少し戻り、南の方向へ枝分かれした道を行き、小さな駐車場に車を置いて、断崖《だんがい》の上の小道を行くと、手すりと「危険につき立入禁止」の立て札のある岩場に草が生えたような展望台に出る。高さ百メートルくらいはありそうな断崖の下には、波がぶつかってドーンドーンと大砲のような音を響かせている。手すりの内側からでも、断崖の下を覗《のぞ》き込むのは、高所恐怖症の浅見には相当な度胸を要した。

「それにしても、『継子投げ』とはものすごいネーミングですね」

浅見は早々に手すりから後退した。

「ほんまですなあ」

「何か、名前の由来でもあるのですか」

「そうですな、あるのかもしれんけど、私は知りません」

海野はあっさり首を横に振った。

「心中のときは、ここに遺書や遺品があったそうですね」

「そうでした。ビニールの袋に入れて、靴と一緒にきちんと揃えて置いてありました」

その口ぶりに、「えっ、まさか、海野さんが見つけたのではないでしょうね？」と浅見は言った。

「ああ、第一発見者は私ではなく、当時の前任者でした。取材のお客さんを案内してここに来て、発見したのです。警察に通報したのやけど、その後、すぐに役場に連絡してきたもんで、私が車を運転して、三人ばかし駆けつけました。遺品を見れば、明らかに自殺者が遺《のこ》したものいう感じはありましたが、最初は警察が来るまで遺留品に手をつけんかったので、誰が転落したのか分からんかったのです。それから警察が遺留品を調べた結果、太閤丸の香純《かすみ》さんと新聞記者さんやいうことが分かって、大変な騒ぎやったですよ」

「清時さんの娘さんは『カズミ』さんというのですか」

「そうです。香るに純粋の純と書いて『カズミ』いいます。きれいな子ォやったですけどなあ」

「ええ、それは僕も見てますから」

「えっ、見たいうと、どこでですか？　まさか岬のトンネルのところ……」

「ははは、それは幽霊の話でしょう。僕が見たのは写真ですよ。じつはその時に、清時さんに遺書の話を聞かせてもらったのですが、海野さんは遺書の内容はご存じですか？」

浅見は訊《き》いた。

「知ってます。簡単なもんやったですね。たしか、香純さんのは『こういう形で行くことを許して下さい』とかでしたやろ」

「そうですそうです」

「記者さんのは、えーと『残念です』とかいうのやなかったですか」

「そうですね、『お嬢さんをいただいて参ります』と書いてあったそうです」

「ああ、そうやったか」

「しかし、それだけだと、必ずしも遺書かどうか、断定できなかったと思うのですが」

「と言われますと？」

「つまり、駆け落ちの挨拶《あいさつ》文のようにも読み取れませんか。そのことはお父さんにもそう言ったのですがね」

「いや、確かにそれだけやったら、書き置きみたいな気もせんことはありませんが、遺留品の中には、ほかに黒枠の招待状があったのです」

「は？　『黒枠の招待状』ですか？」

浅見は意表を突かれた。

「そうです。ようありますでしょう、『私たちは結婚します』いう挨拶文の葉書が。あれです。新聞記者さんと香純さんの連名で、記者さんの住所と、『お近くにお見えの節はお立ち寄り下さい』みたいな案内が書いてあってですね、しかも、その葉書の周囲に、太い黒枠がしっかりついとったのです」

「ほう……」

「警察もわれわれも、何のこっちゃか分からんかったのですが、結局、これは結婚披露の葉書の下書きやったのと違うか――いう結論に達しました。それに黒枠で縁取りをすることによって、二人は親や世間に対して、死をもって抗議したのやないかいうことです。それで、誰言うともなく『黒枠の招待状』いう言い方をするようになって、地元の新聞にもその記事が出とったですよ」

「なるほど……」

浅見は納得できたような、不可解なような中途半端な気持ちだった。

「その話は、太閤丸のおやじさんから出ェへんかったのですか」

海野は不審そうに言った。清時がなぜその話をしなかったのか――浅見もその点に割り切れないものを感じた。

もっとも、清時としては、何もそんなことまで打ち明ける必要はないと思ったのかもしれない。ただの遺書と違って、「黒枠の招待状」などという、多分にワイドショー的なノリの言い方は、身内の人間にとっては耐えがたいほど不愉快だったとも考えられる。

それはそれとして、「黒枠の招待状」を作ったときの二人の想いは、どのようなものだっただろう――と思うと、なんだか出口のない迷路に引き込まれそうな、曖昧模糊《あいまいもこ》とした不安な気分を覚えた。

「そしたら、そろそろ白鯨へチェックインされたほうがよろしいですね」

浅見の沈んだ気持ちを引き立てるように、海野は少し声のトーンを高くして言った。

時刻はすでに四時になろうとしている。初冬の陽はかなり西の空に傾きつつあった。役場に戻ってソアラに乗り換えると、海野はさらに白鯨まで案内してくれて、引き揚げた。

国民宿舎「白鯨」は、その名のとおり、純白五階建ての美しい建物だ。背後がすぐ太地湾で眺望がよく、しかも低料金だから、浅見のような、あまり豊かでない人間にはありがたい存在である。

ただし浅見は、そのことを手放しで礼賛できない事情のあることも聞いている。「国民宿舎」や「国民休暇村」それに「かんぽの宿」といった公共のホテル施設は、いうなれば「官」のバックアップによって設立される。全国組織の中心は、各官庁の天下り先になっているとも言われる。

そのことはともかく、「官」が主体の企業だから、立地条件も国立公園内など、民間には考えられないような場所を利用できる。建設費も潤沢だから建物も設備もいい。補助金も出るし税制にも優遇措置が取られるから、利用料金を低廉に抑えることができる。これでは既存の零細な旅館はもちろん、規模の比較的大きなホテルでも、太刀打ちできるはずがない。国民の税金を使って、国民を苦しめるな——と、民間の宿泊業者は悲鳴を上げているというのである。

その「国民の敵」とも思える宿にノウノウと泊めてもらうことに、あまり多額の税金を払ってもいない浅見としては、少なからぬ罪悪感を抱く。

そうはいっても、部屋から太地湾越しに燈明崎を望む風景を見ると、もろもろのしがらみは忘れ、満足感に浸ってしまう。人間なんて、その立場立場で自分に都合よく考え、行動するエゴの塊のようなものだ。

捕鯨問題にしても、それぞれの国の事情、それぞれの人の思想や嗜好《しこう》によって好き勝手な都合のいいことを主張しているとも言える。そうでなければＩＷＣ（国際捕鯨委員会）があれほど真っ向から対立して、妥協の余地がないようなことになるはずがない。

賛成派、反対派、無関心派と色分けするなら、圧倒的に多いのは無関心派だろう。その無関心派は「クジラは殺すな」という情緒的な方向に引きずられ易い体質を持っていると考えられる。殺すより殺さないほうが「神」に対しても「いい子」でいられるのだ。その連中だって、いよいよ食糧が底をつけば、あっさりと宗旨がえしてどんどんクジラを獲《と》りまくるにちがいない。

「やれやれ……」

浅見はキラキラと輝く太地湾のさざ波を眺めながら、思わず吐息をついた。

第三章　銛打ち殺人事件

1

夕食までの小一時間、浅見はベッドにもぐり込んで仮眠をとった。昨夜は遅かったのに、今朝は早く起きた。そのツケが回ってきたように眠くて仕方がなかった。

電話が鳴ったので、反射的に時計を見ると六時半になっている。食事の支度ができたという知らせかと思ったが、受話器からは海野の声が流れ出た。

「いまロビーに来ております。もしご迷惑でなければ、私も一緒に食事をさせていただけんか思いまして」

「あ、もちろん大歓迎です」

浅見のほうにも、海野に聞いておきたいことがある。急いで顔を冷水で洗い、身なりを整えてロビーに下りて行った。

食堂はロビーの奥にある。大きなガラスの嵌《は》まった壁の向こうに海を見下ろす、この宿の自慢の空間だが、いかんせん、すでに日は暮れて、外には深い闇があるばかりである。燈明崎の灯台だけが、ときどき光の束をこっちに向ける。

海野はテーブルについて待っていた。テーブルの上にはクジラ料理のコースが次々に並べられた。このあいだ藤田と行った渋谷の店よりは内容が豊富だ。海野の手配で、多少は上等なコースにしてくれたのだろうか。

浅見はあまりいけるクチではないし、海野は車なので、一杯だけビールで乾杯して、すぐに食事に専念することにした。海野は食べつけているせいか、美味《おい》しそうな料理は浅見に勧めた。とくに尾の身の刺身とステーキは旨《うま》かった。

「じつは、海野さんにお聞きしたいことがあったのです」

浅見は箸《はし》を使いながら切り出した。

「はあ、何ですか？」

「海野さんは、元水産庁にいた永野稔明さんをご存じですか。確か太地のご出身だと聞きましたが」

「永野さんやったら、もちろん知っておりますよ。知っているどころか、いまや太地ばかりでなく、捕鯨関係者全員のホープみたいな存在いうてもよろしいですね。きょうも新宮で講演してるんと違いますか。浅見さんも永野さんはご存じで？」

「ええ、そもそも永野さんにお会いして、あの方が太地のご出身だとお聞きしたのがきっかけで、こちらにお邪魔することになったのです」

「そうやったですか。永野さんに会われはったんなら、捕鯨再開推進派の考え方は、よう知っとられるわけですなあ」

「いえいえ、まだ本当に分かってはいないのです。永野さんや海野さんのように、生まれ育ったときから太地の捕鯨に馴《な》れ親しんでいらっしゃった方々には、骨の髄までクジラ捕りの精神がしみ通っているのでしょうね。その辺りのことを、真に理解するには、太地に足を運ばなければならないと思いました」

「そうですか、それが目的やったのですか。本当は事件のことを調べにみえたのかと思っていましたが」

「事件といいますと、例の心中事件のことですか?」

「はあ、それか、森浦の笹尾さんの事件かと」

「とんでもない、それはどちらも太地に来て初めて知った話ですよ。第一、僕は事件記者ではありません。しかし、どうしてそんなふうに思われたのでしょうか?」

「いやいや、ただなんとなくですが、まあ、そのことはよろしいです」

海野は気まずそうにぼかして言った。

「それよか永野さんのことやけど、永野さんの生家はいまは工務店をしてはりますが、先祖代々、太地きっての船大工として知られた家柄です。『くじらの博物館』には、永野家の四代くらい前の方が造られた舟が展示してありますよ。浅見さんが言われたように、クジラとは切っても切れへん縁があったわけです。まあ、筋金入りの捕鯨推進論者いうてもよろしいでしょう」

「なるほど、それでよく分かりました。そういう経歴でもなければ、あそこまで確信犯的に、反捕鯨国を罵倒《ばとう》できませんものね」

「そうですね、太地の人間であれば、誰もが同じようなことを言いますやろ」

「確かに……現に、太閤丸の仲居さんも激しい口調で怒ってました」

「そうやったですか。そないに激しかったいうと誰やろ？　その仲居さんはサトカさんいいまへんでしたですか？」

「いや、名前は聞きませんでしたが、五十代半ばの仲居さんでした」

「それやったらサトカさんやね。前地《まえじ》サトカさんいうて、太地の名物お姐《ねえ》さんです。しかし、そうすると浅見さんは名乗らへんかったのですか？」

「ええ、あの店では名乗るチャンスを逸しました。ご主人の清時さんにも、名刺をもらっただけでした」

「そうですか、そうやね。道理でおかしい思ったんです」

「おかしいとは、何がですか？」

「いや、もし名乗っていれば、何か反応があったんやないか思ってましたので」

「はあ？……」

何のことなのか、浅見には分からない。海野はしばらく迷っていたが、おもむろに言いだした。

「浅見さんはほんまに何もご存じないようなので、お話ししますけど、清時さんのお嬢さん、香純さんと心中した新聞記者の名前が、じつは『浅見』いうんです」

「えーっ……」

「そやから、最初に浅見さんから名刺をもろたときは、ご兄弟かご親戚《しんせき》か、思いました。それでもって、ややこしい話になるんやないか思うて、役場から出たのです。けど、いろいろお話を聞いているうちに、どうもそうではないらしいいうことが分かりました。何でかいうと、同じ『浅見』でも、新聞記者さんのほうは『アザミ』と濁って呼ぶのやそうです。名刺だけでは分からへんですけどな。まあ、関係のない方ならええやろ思って、それで太閤丸もご紹介しました。そうすれば、もしかすると清時さんも浅見さんの名前にびっくりして、当然、事件の話も出るやろし、浅見さんの知りたいことも聞けるんやないかと思うたのですが、気の回しすぎやったみたいですね」

「そうだったのですか……」

奇遇といえば奇遇である。「浅見」という名字はそんなにある名前ではないが、さりとてそう珍しいほどでもない。偶然の一致があったとしても不思議はない。そうはいっても浅見は平静ではいられなかった。「浅見」を「アザミ」と濁って呼ぶのは聞いたこともなかったが、遠い親戚か何か、ひょっとすると血の繋《つな》がりがあるのかもしれないのだ。

「その浅見氏は、どこの人なのですか」

「毎朝新聞社の記者です。和歌山の支局やいうてましたけど」

「出身はどこでしょう?」

「さあ、そこまでは知りませんな。東京の人と違いますか。そうやと思ってました」

東京の新聞社だからといって、東京出身とはかぎらない。とはいうものの、浅見は俄《が》然《ぜん》、その「浅見」氏に興味以上のものを抱いた。

「清時さんが言ってましたが、お嬢さんの七回忌が近いそうですね。だとすると心中は六年前に起きた事件ですか。まだ時効には十分間があるが、警察署の人事はすっかり入れ替わってしまったでしょうね」

「は？　時効いうと、まさか浅見さん、あの心中を、殺人事件やないか、思われるのですね」

「思ってはいませんが、殺人事件なら時効がありますから、念のために……」

「調べるいうのですか？　いや、やめたほうがええ。そうやなかっても、浅見さんいう名前には誤解が生じる危険性があります。何しろ太地一番の美人を殺されたいうことですので。誰かが勘違いして襲ってきたら、どないします？」

「ははは、まさかそんなに簡単には襲ってこないでしょう」

「いやいや、分からへん。太地には気の荒い衆がようけおります」

海野は本気で心配しているらしい。確かに太地はクジラ捕りの本場、気性の荒さは疑う余地がない。『くじらの博物館』の勢子の背中に銛《もり》を突き刺したのだって――と考えてきて、浅見は首を傾げた。

「そうすると、あの勢子の人形に銛を突き刺したのは、いたずらだとしても、ずいぶん荒っぽいやりくちですが、あれも太地の人の犯行でしょうか？」

「は？　いや、それはどないですかなあ。たとえ人形とはいうても、クジラ捕りの仲間を突き刺すいうのは、相手を間違《まちご》うとるとしか思えんでしょう。やっぱしそれは、捕鯨反対論者がやったんと違いますか。いや、これはあくまでもここだけの話としてですが」

「森浦の笹尾さんでしたか、あの人形と同じようにして殺された被害者のご遺族や関係者ということはありませんか。笹尾さんは捕鯨反対の人たちに殴り込みをかけたりして、憎まれていたというのですから、ご遺族は犯人は分からないにしても、そういう人たちの中の誰かだと疑って、警察にアピールしたつもりかもしれません」

「とんでもない！」

海野は慌てて、周囲を見回した。

「それこそ、ここでそないな話をしたらあきません。やめてください、頼みますよ」

ただでさえ、クジラ料理を食べ飽きている海野は、いっぺんで食欲が失《う》せた様子だ。逆に浅見のほうは意欲も食欲も湧いてきた。勧められるまま、海野が手をつけていない料理にまで箸を伸ばした。

クジラ問題の取材がとんでもない方向に脱線しつつある。いや、とんでもないけれど、必ずしも問題の本質から乖離《かいり》しているわけではないのかもしれない。むしろ「事件」の背景にはクジラ問題が抱える、根の深い因縁のようなものが絡みついていることが感じられる。いくぶんセンセーショナルな「表題」をつけるなら、「鯨の怨念《おんねん》」と呼んでもよさそうだ。

頭の中で、今後の展開への期待と空想が渦巻いた。そういう浅見を危ぶむような海野の視線に、浅見はできるだけ明るい笑顔で応《こた》えた。それがかえって、海野の不安を助長するようでもあった。

2

翌日も快晴だった。「白鯨」の従業員の話によると、この季節の紀伊半島は晴れの日が多いのだそうだ。ことに、最南端の潮岬《しおのみさき》から東側は、北西からの風が吹いているかぎり、めったに雨は降らないと言っている。

浅見は一応、チェックアウトしたが、フロントには今夜も泊まる可能性のあることを言っておいた。時期外れで、部屋はたっぷり空いているらしい。

『くじらの博物館』へ行ってみた。駐車場に観光バスが停まっていて、昨日よりはいくらか団体のお客の数は多いようだが、まだ時間が早いせいか閑散としたものである。

浅見は入場券を買ったついでのように、窓口の女性に銛を刺された人形の「事件」の、その後を訊《き》いた。女性は浅見の顔は憶《おぼ》えていたが、質問には首を横に振るだけで、言葉を発しなかった。上司から口止めでもされているにちがいない。

中に入って、何はともあれ三階へ上がり、勢子舟を検分した。漁師たちは何事もなかったかのように、威勢よく銛を構え、艪《ろ》を漕《こ》いでいる。もちろん人形の背中に銛はない。銛が刺さっていたとおぼしき辺りも、応急の修復処置が取られているらしく、ほとんど目立たない。

浅見は事務所に行ってドアをノックした。返事があって、昨日の職員の一人が顔を覗《のぞ》かせた。彼も浅見を憶えていて、いくぶん迷惑そうに「あ、どうも」と会釈した。

「昨日の事件は、その後、どうなりましたか？」

「あ、いや、事件て……」

職員は慌てて浅見の背後を窺《うかが》った。ほかのお客には聞かせたくない会話だ。幸い、近くに客はいなかった。

「あれっきりですよ。警察も何も言うてきません。ただのいたずらや思いますが、詳しいことは警察へ行って聞いてください」

つれなく言って、ドアを閉めた。取りつく島もない。何か隠していることがありそうだが、それ以上のゴリ押しはできない性格である。浅見は諦《あきら》めて、昨日のコースを辿《たど》ってみることにした。

昨日と同様、イルカショーの開演中であった。スタンドでは三十人ほどのお客がイルカのジャンプに歓声を上げている。その脇を素通りして池の畔《ほとり》を歩いて行くと、またイルカが寄ってきた。昨夜、彼らの仲間の肉を食したと思うと、なにがしかの罪悪感に襲われる。浅見は足早にそこを通り抜けて、岬へ抜ける裏門を出た。

昨日もそうだったが、この裏門の詰所には職員の姿がない。その気になれば、裏門から館内に入り込むことも可能なのではないだろうか。地元の人間なら、そこに気づきそうなものである。してみると、青いコートの女は地元の人間ということか？

岩場の道を行くと、トンネルの手前に黒いコートを着た女性がうずくまっているのが見えた。その辺りは確か「浅見」という新聞記者の遺体が上がった場所である。

（また出たか――）と、浅見は一瞬、ドキリとした。遠目では分からないが、どうやら昨日の女性ではないらしい。コートの色が違うだけでなく、全体の雰囲気が異なるように思えた。近づくにつれて、思ったとおり別人であることが分かった。帽子もサングラスもつけていない。

女性は岩場の端に花を手向けていた。まだかなりの距離があったが、浅見の足音を聞いたためか、チラッとこっちに視線を送って、立ち上がった。コバルトブルーの海をバックにして、白い顔が鮮やかだ。

浅見は足の運びを速めて、笑いかけながら「どうも」と頭を下げた。女性は見知らぬ人間にどう対応すればいいのか迷いながら、当惑げに軽く返礼したが、明らかに立ち去ろうとする気配を見せた。浅見は引き止める手を差し延べ、声を投げた。

「あの、失礼ですが、浅見さんのご遺族の方ですか？」

十分、聞こえているはずだが、女性はまったく無反応に、もう一度会釈すると、コートの裾《すそ》を翻して歩きだした。

「あっ、ちょっと……」

呼びかけにも反応はなかった。トンネルに入るときは、ほとんど駆け込むような勢いになっていた。

もし浅見に、探偵稼業には向かない点があるとすれば、こういうとき、強引に引き止める図々《ずうずう》しさに欠けていることだろう。それでも浅見は女性の後を追って歩いた。ただし駆け足にはなれない。そういうストーカーまがいのことはできない体質なのだ。

（また消えちゃうかな――）

トンネルを出ると、昨日のように女性の姿は消えてしまいそうな不安があった。

だが、今回は違った。黒いコートの女性はさっきよりは多少、距離が離れたものの、前方を急ぎ足で歩いて行く。とりあえず幽霊ではないらしい。その代わりのように、コジュケイか何か、名も知らぬ鳥が藪《やぶ》で羽ばたいて、岩が剝《む》き出しになった斜面を駆け登って、浅見を驚かした。

浅見もさらに足を速めた。ところが、女性は道路に待たせてあったタクシーに乗り込んで、あっという間に走り去った。

排ガスの臭いの残る道路端に佇《たたず》み、浅見はしばらく阿呆《あほう》のように車の走り去った方角を見送っていた。なんだか大きな獲物を取り逃がしたような気分であった。彼女がかなりの美人であるらしかったことも、喪失感を募らせるのかもしれない。

また諦めて、浅見は駐車場に戻った。こうなったら、あとは警察に行くよりほかに方法はなさそうだ。昨日会った白数巡査部長には「白鯨」にチェックインして間もなく、所在を連絡しておいたのだが、結局、何も言ってこなかった。「くじらの博物館」の職員の応対から推察すると、「事件」はあれっきりで幕を下ろすつもりなのだろう。

白数の名刺を取り出した。「和歌山県新宮警察署　防犯課」。新宮まで行くのか——と気が重かったが、地図を見ると、太地から新宮までは二十二、三キロである。午前中には行って戻って来られそうだ。

それにしても、改めて地図を眺めると、太地というのはいかにも小さい町であることが分かる。「岬の町」というが、まったくそのとおりで、広大な那智勝浦町の東に、出ベソのように突き出した岬だけの町域だ。自治省が町村合併を推進した時期には、当然、国の指導による他の町との合併問題が浮上しただろう。それに従わなかったのは、「クジラ」という太地町独自の財産があったことと、それ以上に太地の住人の矜持《きょうじ》というか狷介《けんかい》というか、容易に妥協しない頑固さが壁を作っていたのかもしれない。

しかし、浅見が太地に来て出会った人たちは、おしなべて好感が持てた。役場の海野といい太閤丸の仲居や主人の清時といい、親切で好意的に振る舞ってくれた。考えようによっては、クジラや漁業以外にこれといった産業に恵まれない太地そのものが、外に向かって笑顔を作らなければならない宿命を負っているともいえる。

それでも彼らがクジラを語るときは、笑顔を忘れて本音を吐露する。太閤丸の仲居が真剣に捕鯨を弁護したときの迫力は、相当なものがあった。笑顔の裏には、これだけは譲らない——という頑固さが現存するのだ。そのことの象徴として「心中事件」が誘発された可能性はある。

新宮市は熊野川河口右岸のデルタ地帯に広がる。熊野川の対岸はもう三重県だ。市域には熊野三山の一つ、熊野速玉大社《はやたまたいしゃ》（新宮）があり、それがそのまま市名の由来になっている。ちなみに熊野三山の他の二社は「熊野本宮《ほんぐう》大社」（本宮町）と熊野那智大社（那智勝浦町）である。このうち那智大社は有名な「那智の滝」など、見どころいっぱいだから、観光客の数も多いが、速玉大社を訪れる人は少ないといわれる。

白数巡査部長は防犯課に在室していた。ひまそうに煙草を燻《くゆ》らせていたが、浅見の顔を見たとたん、電話を摑《つか》んで、何やら忙しそうな様子を装った。それに構わず、浅見はズカズカと白数のデスクに近寄った。

「昨日はご苦労さまでした」

挨拶《あいさつ》されては、さすがに無視できまい。白数は仕方なく振り向いて、「やあ、あんたでしたか」ととぼけたことを言った。それでも近くの空いた椅子を勧めてはくれた。

「今日は、何ですか？」

「じつは、昨日あれからいろいろ、妙な出来事がありまして、何か捜査のお役に立つのではないかと思って、やって来たのです」

「はあ、しかし、昨日のあれはすでに解決してしまったですよ。事件やいうても、まあ大したことではないし、誰がやったのか特定するのも困難やろいうことで、『くじらの博物館』のほうも、あえて告発するつもりはないと言うてますから。あの銛《もり》も展示品で、どうやら博物館の事務員が陳列ケースの鍵《かぎ》を掛け忘れていたらしい。そういった負い目もあるのでしょう」

「そうすると、森浦の殺人事件との関係はないと判断したのですか」

「森浦？……ああ、あれはあんた、殺された被害者が森浦の人間やいうことで、事件があったんは森浦でなく、梶取崎のくじら供養碑のところやで」

「あっ、そうだったんですか」

（なるほど、それで昨日、海野課長補佐はソワソワしていたのか――）

「もちろん、梶取崎の事件とは最初から関係をうんぬんせえへんかったです。あれは単なるたちの悪いいたずらですよ」

「刑事課の人たちも同様意見ですか」

「そうやろね。一応、刑事課長のほうに自分から報告はしとったが、何も行動を起こさへんいうことは、つまり問題にしてへんいうことやろね」

「驚きましたねえ」

浅見は少し大げさに両手を広げた。

「白数さんの報告があっても何も反応しないのですか。だめでもともとのつもりで、調べてみるぐらいのことはしてもよさそうに思いますが」

「その辺の判断は刑事課が決めておるんで、自分にはよう分からんですな。まあ、歳末特別警戒で忙しいし、しょうもないいたずらみたいなことに係わっておる時間はないのんと違いますか」

「すみませんが、どなたか刑事さんを紹介していただけませんか」

業を煮やして浅見は言った。少しきつい口調になったかもしれない。白数は驚いたような目を向けた。

「そらまあ、紹介せんこともないけど、ほんまに調べるつもりやろか？」

「ええ、ほかにも幽霊騒動みたいなことがありますしね」

「ああ、それは六年前の心中事件のほうでっしゃろ。梶取崎の殺人事件とは関係あらへん」

「関係があるかないかは、調べてみなければ分かりませんよ」

「ふーん……」

白数は（強情なやっちゃな——）という目つきになって、「そしたら行きますか」と、面倒くさそうに席を立った。

3

刑事課は二階にある。「歳末特別警戒」というのは嘘ではないらしい。ほとんどの刑事が出払っていた。課長ともう一人、デスクワークの制服が部屋にいた。白数は浅見をドアのところに待たせておいて、課長と二言三言、相談してから、手招きをした。

名刺の交換を見届けて、白数巡査部長は引き揚げた。名刺を見ると、刑事課長は「田《た》中丈晴《なかたけはる》」といい、階級は警部だった。浅見の名刺の「旅と歴史」の雑誌名を、課長は知っていた。歴史好きで、特集記事によってはときどき購入もしているそうだ。

「以前、『熊野古道』の特集が載っとったでしょう。那智の補陀落渡海《ふだらくとかい》の話も出とって。地元の人間にとっては、あれは面白かったですなあ」

「そうでしたか、ありがとうございます。じつはあの記事は僕が書きました」

「ほう、そうやったですか。そしたらこの辺りのことも詳しいんやね」

そういう話題から急速に打ち解けた。田中課長は昨日の出来事については、すでに白数から報告は受けていたが、浅見の話にも耳を傾けてくれた。

「梶取崎の事件いうのは、私が着任する直前に起きた事件で、前任者から引き継ぎを受けたときに、正直言うて、えらいところに来てしまったと思ったもんです。事件発生から二年半になるが、捜査本部も解散して、現在は専従捜査員が二名だけで、細々と続けられておる状態です。私もたぶん来春には異動になるやろが、残念ながらホシを挙げるには至らんでしょうなあ」

田中はそう慨嘆して、例のくじら供養碑のある公園で起きた凄惨《せいさん》な事件「梶取崎殺人事件」の全容を話した。

殺されたのは、太地町森浦に住む笹尾正晴で当時二十九歳。笹尾家の次男坊で、社長が父親、長男の兄が専務という同族会社の営業部長を務めていた。もっとも、社長だの専務だのといっても、従業員は全部で十三人。そのほとんどが家族や血縁関係にある者ばかりで占められているような会社だ。

会社の業務内容は、簡単にいえば地元産の魚介類の加工と販売、土産物の製造と販売、それに人材派遣業のようなことを中心に、利潤の上がることなら何でもやってしまうような、よくいえば手広い、有体にいうと無定見な仕事ぶりであった。

笹尾一族の住居や会社がある森浦地区は紀勢《きせい》本線太地駅周辺の一角である。「岬の町・太地」の西側の入江を森浦といい、その入江に面した、半農半漁ののどかな集落だ。平地の少ない太地町では森浦のわずかばかりの水田が唯一のもので、斜面にはみかん畑が点在している。

事件があった日、正晴は夕方から町の公民館へ出かけて、青年団の若い連中相手に「くじら踊り」の指導をしている。「くじら踊り」というのはお盆に漁港で行なわれる行事で、二隻の和舟に渡した板張りの舞台の上で、和太鼓に合わせ、十人の若者が赤ふんどし一つで踊る。太地の「鯨方《くじらかた》」に古くから伝わるもので、和歌山県の無形文化財に指定されている。

くじら踊りの練習が終わった後、正晴は何人かを引き連れて町の飲み屋でひと騒ぎして、引き揚げた。店を出た後、自分の車を運転して走り去っている。そのことが後に問題になった。飲ませた店の責任が追及されたのである。当初、取り調べに対して「ほと

ん ど飲んでいなかった」とか「飲んだ後、時間を置いて帰った」と弁解していたのが、すべて嘘だったことが分かった。

いずれにせよ、正晴がかなり酔っていたことは間違いなさそうだ。店を出たところで、仲間数人が（大丈夫かな——）と心配しながら、彼の車を見送ったことを証言した。正晴は彼らに窓から手を振って去って行った。それが生きている正晴が目撃された最後になった。午後十一時頃のことである。

翌朝になって、梶取崎のくじら供養碑近くに停まっている正晴の車が、三人の女性観光客によって発見された。最初の女性は何気なく車の中を覗《のぞ》いて悲鳴を上げた。男がハンドルに顔を伏せるような姿勢で死んでおり、彼の背中にはクジラ捕りの銛が突き刺さっていたのである。

死因は外傷性ショックによるものと考えられた。銛の切っ先は肋骨《ろっこつ》の隙間をかすめて肺にまで達していた。出血はもちろんかなりのものだが、失血死する前に、ショックによって心臓が停止したものと推測された。それは被害者の様子に、もがき苦しんだ形跡がほとんどなかったからである。

ただし、被害者の驚きと恐怖が相当なものであったことは、彼の表情に表れていた。飛び出しそうに見開かれた目と、それ以上に大きく開かれた口が、その瞬間の被害者の心理状態を物語っていた。そのことから、犯人は被害者にとって意外な人物ではないか——と推理する意見もあった。

ここまでが調書等に表れた事実関係のはっきりしているもので、この程度の内容は、おそらく当時の新聞にも報じられているだろう。田中刑事課長はかなり好意的ではあったけれど、さすがにそれ以降の捜査記録はオープンにしてはくれなかった。ただ、聞き込み捜査や参考人等、関係者に対する事情聴取で、重要かつ必要と思われる点については教えてくれた。

まず凶行の手口について。犯人は後部座席にいて、運転席の笹尾正晴の背中めがけて銛を突き刺したものと考えられた。凶器の銛は「くじらの博物館」に展示してあるのとほぼ同じタイプのものだ。柄の部分を三分の一ほどに切って、狭い場所でも使い易くしてある。

犯行現場は町の住宅地から遠く離れたところで、夏の盛りでも、夜間にはまったく人気がない。死亡推定時刻の深夜は月もなく、真の闇だったはずで、笹尾が何をしにここに来たのかが問題だ。誰かを乗せてドライブに来たとも考えられる。

この場合、犯人は複数の可能性が強い。もし単独だとすると、後部座席に乗った理由が説明しにくいからである。しかし単独犯の可能性もないわけではない。いずれにしても、よほど計画性のある犯行だとみえて、車内から犯人を特定する手掛かりになりそうな遺留品がまったく発見されなかった。もちろん、毛髪等、被害者のもの以外の遺留品はあったが、それに該当する人物を洗い出した結果、直接犯人に結びつくと断定はできなかった。ドアやダッシュボード付近には、指紋を拭《ふ》き取った形跡がある点からも、用意周到に立ち回っていることが窺《うかが》えた。

犯人が男か女かという点もはっきりしなかった。銛《もり》を突き刺すという、荒っぽい犯行の手口からいえば男のように思えるが、銛の鋭利な切っ先は、女でも十分、犯行は可能だ。銛の根元に手を添え、全身の体重を預けるようにして背後から襲えば、一気に肋骨の隙間を貫くことも可能だったろう。

動機に関しては、小さないざこざから大喧嘩《おおげんか》まで、正晴は「武勇伝」に事欠かない。中学時代から太地の「番長」を任じていたし、無免許運転、暴走行為、傷害事件等も起こしている。親が地元の有力者であることや、親類縁者に中央・地方の政治家がいたことによって、非行がもみ消されたケースもあったにちがいない。捜査段階で出てきた笹尾正晴に迷惑を被《こうむ》ったという証言はかなりの数に上った。

もっとも、だからといって殺してしまいたいほどの恨みがあったとまでは誰も言っていない。正晴は悪いことはしたが、その反面、愛すべき稚気のようなものがあったと証言する者も少なくなかったのである。その稚気ゆえに、子供じみたとんでもない無茶をやらかす危険性はあったかもしれない。

被害者が有力者の息子であり、青年団のリーダー格ということもあって、捜査はこの地域としては過去最大級といっていい規模で展開された。凶器の特殊性などからいって、早期の解決が予想されたのだが、意外に手こずった。問題の凶器そのものが、じつは被害者自身のものであることが分かった。笹尾家の倉庫に眠っていたものを正晴が見つけ出して手入れをし、柄の長さを短くして、車内に常備していたらしい。暴力団の下っぱと喧嘩したこともあるので、そういう連中に襲われることへの準備も常に怠りなかったのだろう。皮肉にも、それが裏目に出たというわけだ。

その連中も含め、ちょっとした諍《いさか》いの相手や、クビにした元従業員など、動機の面から捜査線上に上がった人物は三十人近かったが、結局そのどれもが該当せず、捜査は行き詰まったまま、一年後には捜査本部も解散することになった。その後は新宮署の刑事が二名、専従捜査を継続することになったが、それも名ばかり。実質的には真相の解明は困難といわざるをえない。

以上がこれまでの「梶取崎殺人事件」の経過である。したがって、「くじらの博物館」の出来事が、警察の無能をあざ笑うパフォーマンスだとする考えが出てきてもおかしくないはずだ。

「たしかに、浅見さんが言われるとおり、銛を背中に刺したいう点では、昨日のいたずらと梶取崎の事件とは共通しとりますね。しかし動機いうか必然性いうか、なぜ人形の背中に銛を刺さなならんかいうことを考えた場合、梶取崎の事件との直接の関連性はまったくないと思える。せいぜい、捜査が進展せんことへの嫌がらせくらいなものでしょう。そんなんは無視したほうがよろしい。いちいち対応してやったら、先方はますます図に乗ってきますからね」

「なるほど」と、浅見も田中課長が消極的な理由は分かった。要するに、警察は相手を一種の愉快犯と見ているわけだ。

「そうしますと、課長さんは六年前太地で起きた心中事件との関連などは、まったくお考えになっていないのでしょうね」

「心中？　ああ、あれですか。もちろん考えておりませんが……」

田中は妙な顔をした。

「というと、浅見さんは何ぞ、関連があるいう証拠でも摑《つか》みはったのですか？」

「証拠はありませんが、何となく関係があるような気がします。強いて言えば、勘のようなものです」

「はあ、勘なあ。昔はそういうことを言う先輩もおったが」

田中課長は四十代半ばかという年恰好《としかっこう》である。その年代ですでに「勘」に頼る捜査を昔のこととして捉《とら》えている。

確かに、過去の刑事はベテランになればなるほど、自分の勘に従って行動することが少なくなかったらしい。それが思い込みを招き、しばしば冤罪《えんざい》事件に繫《つな》がった。科学警察を標榜《ひょうぼう》して、事実関係を重視、データを尊ぶように体質改善をしたのは、そういう弊害を取り除く目的もあったと聞く。

しかし、科学万能の時代といっても、事実関係をどのように判断するかや、データの深いところにあるものをどう読み取るかは、捜査員個人の勘による部分が大きいのではないだろうか。

たとえば今回の場合でも、勢子の背中に銛を刺したという事実やデータが、せっかく入力されたのに、あっさり「あれはいたずら」と片付け、スイッチを切ってしまっては、そこから先、何も進展しない。

心中事件との関係もそうだ。六年前と二年半前に起きている事件とでは、一見したところ無関係に思えるが、クジラという接点を通して見れば、風景の重なりが見えてきそうな気はしないものだろうか。

「ところで」と浅見は言った。

「心中事件の当事者の一人である男性の名前は僕と同じ『浅見』だそうですね。ただし、呼び方は『アザミ』と濁るそうですが」

「えっ、そうやったかな？……」

思ったとおり、田中刑事課長はそっちのほうの「事件」にはまったく関心がなかったようだ。

「じつはそのこともあって、何だか他人事《ひとごと》とは思えないのです。それで恐縮ですが、その浅見さんの住所などを教えていただけませんか。いや、もちろん先方に迷惑がかかるようなことはしません」

「そうですなあ……」

田中はしばらく思案して、住所を教えるくらいは差し支えないだろうと判断したようだ。もっとも、その気になれば、教えなくても見つけ出すのは時間の問題だ。

六年前の心中事件の資料は、捜し出すのに手間がかかった。その頃、田中は和歌山北警察署で刑事課の巡査部長、いわゆる部長刑事だったという。太地町で起きた「心中事件」のことは新聞などで知って、かすかに記憶しているそうだ。

「心中」の当事者は、男性が浅見和生《かずお》で事件当時二十九歳、女性が清時香純で当時二十五歳だった。

浅見和生の「現住所」は和歌山市北町《きたまち》——だが、アパート住まいだった。六年前の住人のことを知っている人が、まだそのアパートにいるかどうかは疑わしい。本籍地は埼玉県秩父市で、そこには当時、両親と妹が住んでいた。

4

田中刑事課長に礼を述べて新宮署を出た。田中は別れ際になって、ルポライターの今後の行動が気になったらしい。事件捜査が停滞していることを、妙なところで暴露されはしまいかと心配な様子であった。

「僕は事件記者ではありませんから、事件のことを発表するつもりもありません。それよりも、自分なりに調べた結果、何か捜査のご参考になるような事実が浮かび上がってきたら、ご連絡します」

何も言われない前に、浅見が先手を打ってそう言うと、田中は愁眉《しゅうび》を開いたように明るい顔になった。

「そうですか、そうしていただけますか。よろしゅう頼んます。当方としても、新たな展開があった場合はご連絡しますよ。ここの電話番号でよろしいですね」

「ええ、あ、いや……」

浅見は少し慌てた。

「会社は僕がそんな事件のことを調べているなんて、ぜんぜん知りませんから、会社のほうには内緒にしておいてください。ときどき僕のほうからご連絡させていただきます。警察から電話があったりすれば、何か事件ネタかとか、根掘り葉掘り訊《き》かれますから」

「なるほど、それもそうですな」

これで会社に連絡がくる恐れはないと思うけれど、自宅のほうには連絡があるかもしれない。いまになってみると、「くじらの博物館」の前で白数巡査部長の部下が免許証の住所をメモっていたのが気にかかる。

浅見は太地に戻って太閤丸を訪問した。ちょうど昼飯どきだったので、恰好《かっこう》の口実になった。相変わらずひまそうで、またあの庭に面した部屋に案内された。

「昨日のお刺身があまりにも美味《おい》しかったので、帰る前にもう一度ご馳走《ちそう》になろうと思いまして」

仲居にそう言った。仲居は「ほんまですか？」と疑わしい顔で笑った。

「ほんまは、まだ何か聞きたいことがあるんとちがいますか？」

見透かされたのを、浅見はあっさり肯定した。

「うーん、それもあるかな。できればご主人にお話を聞きたいですね」

「はいはい、承知しました」

心得顔に二つ返事で引き受けてくれた。食事がそろそろ終わりに近づいた頃を見計らって、清時恒彦が現れた。「ご贔屓《ひいき》いただいて、ありがとうございます」と丁寧に挨拶《あいさつ》されて、浅見は恐縮した。

「じつは、お嬢さんの事件について、ちょっと気になることがありまして、ご主人のお考えをお聞きしたかったのです」

「はあ、どういうことやろ？」

「その前に、昨日は名刺を差し上げるのをうっかりしましたが、僕はこういう者です」

浅見の名刺を受け取った清時は、仇敵《きゅうてき》に出会ったように身構えた。

「驚かれるのは分かりますが、僕はアサミといいます。亡くなった新聞記者はアザミと濁って読むのだそうです。つまり、僕たちは無関係の人間です。とはいっても、同じ名字同士ということが気になりました。何か他人事とは思えないのです。このまま知らん顔をして行ってしまってはいけないと……」

「それは分かりました。けど、そうやからいうて、何をするつもりです？」

「その事件が、本当に心中だったかどうか、もう一度考えてみたいのです」

「そんなん、やめてくれませんか。七回忌を迎えて、記憶も悲しみもようやっと風化しようぅのに、またぶり返すようなことは言わんといてください」

「しかし、ご主人は……というより、香純さんのお父さんとして、それでいいのですか？　真実が曖昧《あいまい》なままで終わってしまって、構わないのですか？」

「真実いうて、真実はすでに分かっとることやないですか。娘はあの男と一緒に死んでしもうた。警察かてそう断定しとるのです。いまさら何を言うんですか？」

「警察など問題ではありません。あなた自身が信じるか信じないか、どう考えるのかが問題です。あなたの胸に疑問がありながら、警察が断定したから信じるというのでは、お嬢さんが亡くなった事件の真相は、お嬢さんの亡骸《なきがら》と一緒に、永久に海の底に沈んだままになってしまいます」

「海の底……」

清時は愕然《がくぜん》として、放心したような目を下に向けた。太地の海にいまも眠っているであろう、愛する娘を見つめる目であった。

ずいぶん長い沈黙の時が流れた。やがて清時は、絞り出すような声で言った。

「わしかて、娘が心中みたいなもの、するはずがない思うておりました。そやから、警察にも何度も心中やない、殺されたんやと訴え続けたのです。ほんまのことを言うと、そう言うたのはわしよりも家内のほうやったですけどな。けど、警察の判断を覆すところまではようぃかなんだ。それに、わしにも娘たちを心中に追い込んだかもしれんいう、後ろめたさがあって、親の責任を指摘されると、あまり強いことも言えへんかったのです」

「殺された、というと……」

浅見は清時の口をついて出た、思いがけない強い言葉に驚いた。

「ご主人は心中ではなかったとお考えなのですか？　つまり、相手の浅見記者による無理心中だったということでしょうか」

「いや、ほんまのことは分からしまへん。けど、うちの娘は自殺みたいなもん、よおせん子や思うとりましたし、いまでもその考えに変わりはありまへん。いつも娘と一緒におった家内のほうが、その気持ちは強いのと違いますか。家内も香純は絶対に自殺と違う言うてきかんのです」

「お嬢さんが亡くなる直前まで、何の兆候もなかったのでしょうか」

「そうです、ほとんどなかったいうてもええでしょうな。それは、悩んどったのは事実です。新聞記者との結婚は絶対に認めん言うておりましたのでな。結婚どころか、付き合うこと自体あかん言うたです。相手はあんた、新聞記者でっせ。それも太地のクジラ捕りを弾圧するようなキャンペーンをやっとるような新聞や。そのための取材に来とるような者に、大事な娘を攫《さら》われたら、たまったもんやおまへん。娘にしてみれば、私らの反対と相手の男との板挟みになって、辛《つら》かったんでしょうなあ。けど、そやからいうて、心中みたいなもんをすることはなかったんや」

新聞社が「弾圧」するというのはオーバーな言い方だと思うが、個人とマスメディアの力関係を考えると、当事者の気持ちとしては、それほどの圧力と捉《とら》えているものかもしれない。

「それにしても、そういう、いわば敵対関係にある新聞記者とお嬢さんは、どういうきっかけでお付き合いするようになったのでしょう」

「それがどうも、どこで知り合《お》うたのか、よう分からんのです。そんな浮わついた娘やと思ってへんかったですのでな。やっぱりうまいこと言うて騙《だま》されたんやろ思います。東京の人間は油断がなら……いや、お客さんはべつやけど」

清時は慌てて言い繕った。

「とにかく、新聞記者がうちに乗り込んで来るまでは、わしら夫婦はぜんぜん気ィつかへんかったのです。町の噂になっとったことは後で知りました」

「ほう、浅見記者はこちらに乗り込んで来たのですか」

「そうです、うちに来て、お嬢さんをいただきたいと……そんときはまあ、びっくりしましたなあ」

「ということは、彼は真剣だったのではありませんか」

「それは確かに、真剣やったですよ。いまどき珍しいいうか、一本気なところがある青年やいうことは認めんわけにはいかんかった。家内のほうはそう言うて、許してやってもええんやないかと言うてました。わしも内心、仕方がないか思い始めとったのです。ところが、家内がそんなふうに折れた理由は、じつは娘が妊娠しとることが分かったためやったのですな。それを知ってわしは腹が立って、新聞社を告訴する言うたんです」

清時は顔が青ざめ、膝《ひざ》に置いた両拳《こぶし》がブルブルと震えていた。

「その矢先の『心中』だったのですね」

浅見は心底、気の毒に思った。

状況だけを見ると、まさに「ロミオとジュリエット」である。よくある話――といってしまえばそれまでだが、いまどきそういう原因での心中は珍しいだろう。異性との交際について子が親に了解を求めること自体、少ない世の中である。親がいくら認めないと言っても、「はい分かりました」と言うことをきくような子は、もはや前世紀の遺物のごとき存在かもしれない。

浅見は自分の身に置き換えて、はたしてどういうことになるかを考えてみた。

浅見家と敵対関係にある相手というと、さしずめ、警察庁刑事局長である兄陽一郎の立場を脅かすような存在が想定される。極端にいえば暴力団だ。そんなことはあり得ないが、あくまでもかりの話として、浅見家の次男坊が暴力団の組長の娘を好きになって、結婚を言いだしたとしたら、誇り高き母親の雪江は烈火のごとく怒るにちがいない。母親だけではない。弟が暴力団の親戚《しんせき》になったりすれば、陽一郎はたちまち失脚する。姪《めい》の智美も甥《おい》の雅人も学校でいじめの対象になるだろう。要するに、浅見家そのものが社会的制裁を受ける結末が目に見えている。

その四面楚歌《しめんそか》のような状態を押してもなお、自分の愛を貫き通すのは相当に難しい。難しいどころか、不可能といっていい。清時香純の場合も、それと同じくらい困難な状況に陥ったといえそうだ。

とはいっても、相手は暴力団のような反社会的な存在ではなく、立派な新聞社の社員である。堂々と結婚を申し込んできたということから考えても、浅見和生は真面目な青年だったようだ。対立関係という立場の相違はあるけれど、結婚という個人的な問題を、絶対に拒否されるとは、当の二人は考えていなかったのではないだろうか。

浅見は清時にそのことを言ってみた。

「太地いう町は、少し余所《よそ》とは変わっておるのですな」

清時はいくぶん自嘲《じちよう》ぎみに、頬を歪《ゆが》めるような笑みを浮かべて言った。

「地図をみるとよう分かりますけど、太地はちっぽけな岬の町です。海に面しとる以外は全部、那智勝浦町に取り囲まれ、取り残されたみたいですな。昭和三十年頃、国の方針として町村合併が推進されたのに背を向けて、太地はどことも一緒にならんかったのです。こういう太地の独自性いうか、他からみれば協調性のなさいうか、そういうのは、一つにはクジラいう財産があったからですが、元から太地は、和歌山藩からも独立した鯨方であった当時のプライドみたいなものを引き継いできとったのですな。それをほかに譲り渡したくない。侵害されたくないいうような、けったいなプライドですわ。事実、太地の方言は周辺地域となんぼか異なります。その点からいうても、太地がこの地方の異端やいうことを物語るのと違いますかなあ」

太地の繁栄はまさにクジラとともにあったといえる。太地独特の、快速船を使った太地湾への追い込み漁で、イルカやクジラを捕獲する漁も盛んに行なわれたが、南氷洋などの近代捕鯨にも、太地が培ってきたクジラ捕りのノウハウが、そのまま役立った。キャッチャーボートの花形である砲手にも、太地は多くの優れた人材を送り込んだ。商業捕鯨停止直前の最後の一頭を仕留めたのも、太地出身の砲手であった。

「ところが、昭和五十年代に入ると、世界的な反捕鯨運動が広がってきて、昭和五十七年にはとうとう商業捕鯨の一時停止いうことになってしもた。太地の小型船による沿岸捕鯨までが認められんようになってしもうては、もうあきまへん。あとは昔ながらのイルカやオキゴンドウクジラの追い込み漁を、ときたま、細々とやっとったのやけど、それすらもあかん言われる。もはや気息奄々《きそくえんえん》たる状態ですわ。そういうところに大新聞がやってきて、追い打ちをかけるいうのは、首吊《くび》りの足を引っ張るようなもんや思いませんか。イルカ漁をしとるところを写真に撮るのはかまへんのやけど、それを世界に発信して『日本の残虐なイルカ漁』みたいな報道をされたんでは、たまったもんやありません。獲物を殺すのが残虐やいうのやったら、漁師は何もでけへんのと違いますか。それでもこっちは職業やが、オーストラリアとかアメリカでは、ゲームフィッシングやいうて、面白半分にカジキマグロを獲《と》って、頭をボカボカ殴りよるやないですか。そのほうがよっぽど残虐や。そっちのほうは問題にせんと、弱い者いじめみたいな真似をしくさるよって、腹が立つのです。新聞社や新聞記者に対する憎しみが強かったのはわしだけと違います。まして、取材のついでのように娘にちょっかいを出したいうことを思うと、正直言うて、殺してやりたかったですわ」

「殺してやりたい……ですか」

「えっ、あ、いや、殺したいいうのは言葉のアヤですがな」

清時は慌てて訂正した。

「そやからいうて、ほんまに殺すようなことは、せえへんですよ」

「それはそうですが、しかし、たとえ言葉のアヤでも、殺してしまいたいと思ったことは事実なのでしょう？」

「そんなんはわしだけでなく、親であれば誰かてそう思うのと違いますか。憎むべき相手に大事な娘を攫われるのですよ」

「ええ、親御さんの気持ちとしてはそのとおりでしょうね。しかし、殺したいと思ったのは、親御さんばかりとは限りません。たとえば、お写真でしか知りませんが、あれほどきれいなお嬢さんなら、思いを寄せていた男性も少なくなかったのではないでしょうか。その男性にとっては、香純さんを新聞記者ごとき余所者に奪われるのは、それこそ耐えがたいことだったにちがいありませんよ」

「はあ、それはまあ確かに、そうですが……」

清時は客が何を言いたいのか、真意を探る目で浅見を見つめた。

「どうなんでしょう。太地やこの付近に、お嬢さんに好意を寄せていた若者はいなかったのでしょうか。いえもっとはっきり言って、恋人はいなかったのですか？」

「それはまあ、おった、思いますけどな。確かに、太地ばかしやのうて、香純をうちの嫁に欲しいいう話は、県の議員さんやとか、あちこちからありました。娘に直接、付き合うてくれ言うてきた者かて、ぎょうさん、おったやろ思います。そっちのほうはわしらは知らんかったけど、後になって警察が娘の交友関係を調べたいうて、教えてもろたんです」

「その中に、森浦の笹尾正晴さんはいませんでしたか？」

「えっ……」

清時はそっくり返りそうになるほど、背筋を伸ばし、目を丸くした。

「何で知ってるんですか？」

「じゃあ、やっぱり笹尾さんも警察の取り調べの対象にはなっていたのですね」

「はあ、おっしゃるとおりです。正晴君も調べられたいうことでした。けど、浅見さんは何で正晴君のことを？……」

「いや、たまたま警察で、笹尾さんが殺された事件の話を聞いていて、笹尾さんがお嬢さんと同い年であることを知りまして、だったら笹尾さんがお嬢さんを好きになっていたとしても不思議はないだろうな――と思っただけです」

「ふーん、そうやったのですか……じつを言うと、正晴君は以前、わしに香純を嫁にもらえへんか言うてきたことがあるのです。正晴君の家は町の有力者ではあるし、クジラ漁が盛んな頃はうちとの付き合いもあったので、本来やったら悪い話やないのです。二人は幼馴染《おさななじ》みでしたしな。そやけど、正晴君自身にはとかくの噂があって、わしはあまり好きでなかった。それでまあ、香純の気持ち次第や言うて、暗にお断りしてたのですよ」

「それで、笹尾さんはお嬢さんにプロポーズしたのでしょうか」

「したいうことを娘から聞きました」

「そして断られたのですね」

「そう言うてました」

「その理由は、香純さんはその時点で、すでに浅見記者を好きになっていたから——でしょうね」

「…………」

清時は無言で肯定した。

「となると、笹尾さんには浅見記者を殺す動機は十分、あったわけです。いや、可愛さ余って——と言いますから、お嬢さんへの殺意があっても不思議はありません。当然、警察はその可能性も含んで取り調べを行なったと思いますが」

「はい、警察も確かに調べとったようです。警察は無理心中の可能性ばかりでなく、心中を偽装した殺人事件ではないかいうことも調べとりました」

「それにもかかわらず、笹尾さんが容疑者にならなかったのはなぜでしょうか？」

「警察の話やと、正晴君にははっきりしたアリバイがあったいうことでした。それに、香純がプロポーズを断った時、正晴君はその理由を聞いて、二人を祝福してくれたそうですよってな」

「ほうっ、ずいぶん潔かったのですね」

「それで結局、遺書もあったことやし、やっぱし心中やったのかと……」

そう認めざるをえなかったときのことを思い出すと、また辛《つら》さが蘇《よみがえ》ってくるらしい。

清時は無念そうに顔を歪めた。

第四章　秩父の浅見家

1

埼玉県秩父市は、利根川《とねがわ》と並び関東平野を流れる大河・荒川《あらかわ》の最上流域に近く、周囲をほとんど山に囲まれた盆地の町である。「秩父」の語源は周囲の山々を「千々峰《ちちぶ》」と称したことからきているという説と、銀杏《いちょう》の名木が多く、銀杏の古語が「ちちの木」であったことから「銀杏の生える地」＝「銀杏生《ちちぶ》」と呼んだという説がある。現に「銀杏＝イチョウ」は秩父市の木に定められている。

浅見光彦が秩父を訪れたのは十二月十一日――太地からえんえん十時間のロングドライブで帰った翌日のことである。秩父には以前、菊池《きくち》氏の末裔《まつえい》にまつわる事件（『菊池伝説殺人事件』参照）のときに一度、通過した程度で、あまり馴染《なじ》みはなかった。

秩父は現在でこそ関東平野の西の奥、交通の便にも恵まれていないように思われるが、古代にはこの地方の文化の中心地として、早くから開けていたと考えられる。縄文期《じょうもんき》、弥生《やよい》期の遺物もかなり多く、祭祀場《さいしじょう》とみられるストーンサークルや何百という古墳群など、考古学の宝庫でもある。

しかし、秩父でもっとも有名なものといえば秩父神社であり、「秩父夜祭り」だろう。十二月二日、三日にわたって繰り広げられる祭りの風景は、関東を代表する冬の風物詩の一つとして、しばしばテレビで紹介された。浅見は何度か夜祭りの取材を思い立ちながら、どういうわけかタイミングを失して、いまだに目的を果たせずにいる。今回の訪問も夜祭りから一週間以上も経過した後だった。

近頃は地方都市がどこも近郊型ショッピングセンターの発達で、街の中心の空洞化が進んでいる。しかし秩父市は想像していたのより、はるかに賑《にぎ》やかな街であった。盆地という地形上の理由で、近郊型大型店が出来にくい事情によるものだろう。何にしても、街は賑やかであるに越したことはない。寒空の下で、ジングルベルが響きわたるのを聞くと、心が浮き立つ。

浅見和生の実家は市内の商店街の、表通りから一本、裏手の道に面した仕舞屋《しもたや》風の二階家である。近くで道を尋ねたとき「アサミさんのお宅」と言って、通じなかった。「アザミ」と濁ることを思いだしてそう言うと、すぐに「ああ、浅見先生のお宅なら」と教えてくれた。

表札に「浅見俊昭《としあき》」と出ている。家は分かったが、あいにく留守だった。

そろそろ正午になろうかという時間だったので、浅見は食事をすることも考えて、秩父神社を参拝した。ここも想像以上に立派な社だった。四百年以上も昔に造営された権《ごん》現造《げんづく》りの社殿は風格がある。そのわりに、市内にあるせいか、境内には孫を連れた老人が歩いていたり、なかなか庶民的な雰囲気だ。

神社の駐車場に車を置いて、少し街を歩くことにした。秩父鉄道の踏切近くに「武蔵《むさし》屋《や》」という大きな蕎麦《そば》屋があった。昔の造り酒屋のような建物で、見るからに旨《うま》そうな雰囲気が備わっている。ちょうど昼どきとあって、近くのサラリーマンらしい人々が暖《の》簾《れん》を潜《くぐ》ってゆく。浅見も躊躇《ちゅうちょ》なく店の中に入った。ほとんど満席で、四人用のテーブルの隅に相席で坐《すわ》ることになった。

少し体が冷えたので、あったかい天麩羅《てんぷら》蕎麦を注文した。粗食の浅見にしては気張ったつもりだ。

浅見より二、三人遅れて入った客は、入口近くで待たされている。そっちを何気なく眺めていて、（あれ？——）と目を疑った。

たったいま入ってきた女性が、あの太地の岬で見た女性だった。声をかけたのに逃げるように去って行った黒いコートの彼女である。やや逆光ぎみなので、見間違えかと思ったが、確かにあの女性だ。隣のかなり年配の男性と言葉を交わしている。年恰好《としかっこう》だけでいえば父親と娘という印象だ。

二人はしばらく待たされていたが、浅見の天麩羅蕎麦が運ばれてきた頃、席が空いて三つ離れたテーブルに落ち着いた。

浅見はあつあつの海老《えび》天を頬張り、蕎麦を啜《すす》りながら、さり気なく女性の様子を観察した。会話の様子などを見るかぎり、どうやら二人は間違いなく父娘《おやこ》らしい。女性はこっち向きに坐っているのだから、当然、浅見に気づいているはずなのだが、まったくそれらしい反応がない。岬で一瞬、視線を交わしただけの相手を、記憶していなくても不思議ではない。むしろ、明瞭《めいりょう》に記憶している浅見のほうがおかしいのかもしれない。

父娘の注文した品は、天麩羅のような手間のかかるものでなかったのか、ずいぶん早く運ばれてきた。浅見はゆっくり咀嚼《そしゃく》してタイミングをはかり、父娘とほぼ同時に席を立った。レジで娘のほうが「いいわよお父さん」と支払いをしていた。

父娘は店を出たところで右と左に別れた。「帰りは夕方になる」と父親は言っている。娘はあっさり手を振って、真っ直ぐ前を向いて歩いて行った。

三十メートルほど離れていた距離を詰めながら、浅見は「失礼ですが」と声をかけた。女性は自分のこととは思わない様子で振り向いたが、浅見に呼びかけられていることを悟った瞬間、表情がこわばった。それは岬で出会ったときとそっくりの反応だった。

浅見が次の言葉を発するより早く、女性は早足で歩きだした。それもまたあのときと同じだ。

（よほど嫌われたもんだな——）

浅見はどうしたものか、足を停めて思案した。車に戻るべきかと迷ったが、結局、女性の後を追うことに決めた。こんな偶然を逃す手はないと思った。今度こそ本気で捕まえるつもりになって、小走りに女性を追った。その足音に怯《おび》えたように振り向いて、女性はすぐ目の前にある交番に飛び込んだ。

（まずい——）と浅見は思ったが、いまさら追跡を中断すれば、それこそ単なるストーカーに間違われかねない。覚悟を決めて交番に向かった。

女性が巡査の腕を引っ張るようにして現れたのと、浅見が交番に接近するのとがほとんど同時だった。女性の「この人です」と突きつけた指が、浅見の目の前にあった。巡査が吊《つ》り上がった目で睨《にら》むのに構わず、浅見は笑顔を見せながら「どうも」と会釈して、交番に入った。巡査と女性はタジタジと後ずさりして、デスクの脇で身構えた。

「何をするか！」

若い巡査は上擦った声で怒鳴った。

「何って、僕はその女性に用事があって、追いかけてきたのですが」

「やめなさい、そういうことは」

「どうしてですか？」

「どうしてって、あんたねえ……」

そのとき、表の騒ぎに驚いたのか、奥からやや年長の巡査部長の襟章をつけた男が飛び出してきた。

「どうした？」

「は、この男がこちらの女性にストーカー行為を働いたのです」

「違いますよ」

浅見は苦笑して手を左右に振った。

「僕はただ、その女性に話を聞きたくて、呼び止めようとしただけです」

「しかし、こちらはあんたに追いかけられたと告発しているが」

「告発だなんて、オーバーな。追いかけたわけじゃなく、彼女が逃げるから、仕方なく走ってきただけですよ」

「それじゃ」と、巡査部長が言った。

「追いかけたことは認めるわけかね」

「それはまあ、事実ですから。しかしストーカーなんかじゃありません」

「まあそのことはゆっくり聞かせてもらうとして、とにかくそこに坐って。あなたもそっちに坐ってください」

二人の「客」に椅子を勧めて、巡査部長は立ったまま訊問《じんもん》する気のようだ。もう一人の若いほうの巡査は、退路を絶つように入口を背に立った。浅見と斜めに向かい合う位置関係に坐って、女性は鬼のようなきつい目をこっちに向けている。

「身分証明書か免許証を持ってますか」

浅見は運転免許証を差し出した。

「アザミさん、ですね？」

巡査部長はそう訊《き》いた。「アザミ」という耳障りな言い方が、神経を逆撫《さかな》でするように聞こえた。植物の「鬼アザミ」を連想してしまう。浅見が「いや……」と、濁らないことを言おうとしたとき、女性が「えっ？」と小さく叫んだ。浅見はもちろん、二人の警察官も彼女を見た。

「ええ、そうですけど」

女性が戸惑ったように言った。なぜ自分の名前を？——という不審そうな口調だ。

「は？　いや、この人が浅見さんなんだが。じゃあ、あなたも浅見さんですか？」

巡査部長は（おやおや——）という顔で、二人の客を見比べた。

「ひょっとして、あなたは浅見和生さんの妹さんですか？」

浅見は咄嗟《とっさ》に女性の年恰好を判断して、言った。

「えっ、ええ、そうですけど。名前は『アザミ』です。『浅見』と書いて、秩父では『アザミ』って、濁って呼ぶのです」

「そうでしたか、それで……」

名前の呼び方はどうでもいいが、いっぺんで謎が氷解した。

「ちょうどよかった。さっき、お宅にお邪魔したらお留守でした」

「えっ、うちに？」

「もし差し支えなければ、ちょっとお話を聞かせていただきたいのですが」

「私にですか？　でも、何を？」

「もちろん、例の事件についてです。申し遅れましたが、僕はこういう者です」

浅見が名刺を渡しかけたとき、巡査部長が「ちょっと、ちょっと」と割って入った。

「あんた方、勝手に話を進めてもらっちゃ困るなあ。どういうことになってるの？」

「すみません」

女性はチラッと浅見に視線を送って、「私の思い違いだったみたいです」と言った。

「ふーん、それはいいですがね、いまあんた事件とか言わなかった？　ちょっと見せてくれますか」

巡査部長は女性の手に渡った名刺をひったくるようにして取った。浅見はもう一枚名刺を出して、女性に渡した。

『旅と歴史　記者』って、あんた雑誌の記者さんですか」

「ええ、まあそうです」

記者というよりルポライターというべきなのだが、名刺にはそう印刷されているから、あえて訂正はしなかった。

「それで、事件というと、羊山公園の殺人事件を取材に来たのですか？」

「いえ、違いますが……羊山公園の殺人事件と言いますと？」

「ん？　ああ、違うんならいいですよ」

余計なことを言った——と、巡査部長は後悔した様子で、慌てて言葉を濁した。浅見はそっちのほうにも興味が湧いたが、いまは女性——浅見和生の妹がターゲットだ。

「それでは、誤解が解けたところで、お話を聞かせていただけますね？」

あらためて申し入れたが、女性は「いえ」と、すげなく首を横に振った。

「お話しすることは何もありません」

「そんなことはないでしょう。お兄さんの身に何があったのか、亡くなる直前の様子を知っているのは、お身内の方以外にないはずです。警察がいいかげんなのは仕方がないとしても、あなたが沈黙していては、真実は埋もれたままになってしまいますよ」

女性が何か反論しようとする前に、巡査部長が「あんたねえ」と口を挟んだ。

「警察がいいかげんとは聞き捨てなりませんなあ。われわれはちゃんとやってますよ」

「あ、失礼しました。気を悪くしないでください。あなたのことではなく、警察全般のことを言ったのですから」

「同じことじゃないですか。警察全般といったって、われわれも含まれるのだから」

「あっ、そういえばここは埼玉県警ですね。例の桶川《おけがわ》のストーカー殺人事件で、ひどい失態を演じた」

浅見は相手の痛いところをズバリと言ってやった。「桶川のストーカー殺人事件」というのは、埼玉県桶川市で女性が偏執狂的な男に付け狙われ、身の危険を感じて警察に訴えたのをほとんど無視され、挙げ句の果て、告訴までもみ消されて、ついにストーカーとその仲間に殺されたという悲劇的な事件だ。

その事件では警察組織の末端だけでなく、警察庁中枢の責任まで追及され、浅見の兄で警察庁刑事局長である浅見陽一郎は、何度も国会の法務委員会に喚問された経緯がある。その後も埼玉県警、神奈川県警、千葉県警、栃木県警など、東京周辺での警察と警察官の不祥事が続発して、市民の警察に対する信頼を地に落とせしめた。兄のことがあるからというのでなく、浅見はかねてより、この「事件」に象徴されるような警察の無責任さや杜撰《ずさん》さに憤慨していたから、つい厭味《いやみ》の一つも言ってみたくなったのだ。

しかし、真面目にやっている警察官にしてみれば、これほど屈辱的で腹の立つ話もないだろう。十把ひとからげに、悪徳警察官呼ばわりされたのでは、たまったものでないにちがいない。浅見も口走ってから、すぐに後悔した。

案の定、巡査部長は一瞬、顔面から血の気が失《う》せた。しかしその反動のように居丈高なポーズを取った。

「あんたの言うとおりだ。したがって、われわれはストーカー行為には厳然たる態度で当たることにしている。この女性の訴えによれば、あんたは明らかにストーカー行為の疑いがある。一応、署まで来てもらおうか」

「冗談じゃない。こちらの浅見さんは、ご自分の勘違いだっておっしゃってるじゃないですか。つまり訴えを取り下げたのです」

「いや、取り下げたのはあんたの脅迫によるものであって、本心とは考えられませんな。たとえ取り下げたとしても、警察としては事情聴取だけは行なう責任がある。そうしなかったために、桶川での不祥事が発生したわけだからね。ともかく自分らでは判断できないので、本署へ行ってもらわなければならんのですよ」

「参ったな……」

 浅見は頭を抱えたが、ここまで話がこじれては仕方がない。ある意味では自業自得のようなところもある。最後は「じゃあ、行きましょうか」と立ち上がった。

「そうかね、行きますかね」

巡査部長はあてが外れたような顔をした。少しぐらいはゴネるかと思ったらしい。

「ええ、どうせ行くなら早いほうがいいでしょう。こんなことで時間を取られていては、お互い、つまりません。そうですよね」

浅見に訊かれて、女性は当惑げに浅見と巡査部長の顔を交互に見た。

「あの、私も一緒に行かなければいけないのでしょうか。ちょっと約束した所用があるのですけど」

「そうですな、えーと、この近くにお住まいでしたね。だったらあなたはいいでしょう。それじゃ、名前と住所と電話番号を書いておいてもらえますか」

ひどい差別だ——と思ったが、文句を言っても無駄だろう。

「それじゃあ浅見さん」と、浅見は女性に言った。

「警察の用件が済んだら、またお訪ねすることにします。そのときはぜひ、話を聞かせてください。お願いします」

女性の返事を確かめる猶予を与えず、巡査部長が浅見の背中をポンと押した。

2

秩父警察署は秩父鉄道の線路を越えた、国道140号沿いにある。そこまでパトカーに乗って行った。べつに罪を犯したわけではないが、パトカーに乗せられるというのは、あまり嬉《うれ》しくない。知らない人が見たら、やはり犯罪者かと思われるだろう。

もっとも、その場の勢いで連行はしたものの、巡査部長も本当のところ、持て余しぎみなのかもしれない。どう考えても立件できるような性質のものではないのである。

逆に浅見のほうは今後の展開に大いに期待するところがあった。詳しい事情は知らないが、さっき、巡査部長が不用意に言った「羊山公園殺人事件」なるものに興味を惹《ひ》かれた。

予想どおり、建物に入ったとたん、浅見は署内の緊張した雰囲気を本能的に察知した。ここには明らかに「事件」の臭いが漂っていて、好奇心のアンテナを刺激される。

巡査部長は浅見をドアのところに待たせておいて、防犯課の課長に事の次第を報告したが、すったもんだの挙げ句、結局「被疑者」の措置を刑事課に引き継ぐことになったようだ。巡査部長の後について二階の刑事課に上がって行くと、廊下の突き当たりの、会議室らしきドアに「羊山公園殺人事件捜査本部」の貼り紙がしてあった。

「あっ、あれですね、問題の事件は」

に押し込んだ。

浅見が興味深そうに言うのを、巡査部長は邪険に腕を引っ張って、刑事課のドアの中

しかし、巡査部長の「熱意」に対して、刑事課長の対応はつれなかった。

「いまおたくの課長から連絡があったが、ストーカーだか何だか知らないけど、そんなもん、おたくで処理してくれよ。こっちはそれどころじゃないんだから」

巡査部長は弱りきった顔で、黙っている。浅見のほうが見かねて、「それはいけないでしょう」と言ってやった。

「せっかく、ストーカー行為の容疑で連行したというのに、そんなものだなんて。そういうことだから、桶川の事件みたいなことが起こるのじゃないですか」

刑事課長は呆《あき》れて、(なんだい、こいつは——)という目を浅見に向けた。

「それじゃ、あんた、ストーカー行為をやったというのかね」

「いいえ、もちろん僕はやってませんよ。しかしこちらのお巡りさんはそう思って連行したのですから、話だけでも聞いてあげるべきでしょう。そういうのは本来、防犯課でなく、刑事課の役割ではないのですか?」

「そんなことはない。むしろ、市民の安全に係わる事件事故の処理には防犯課が当たるべきだ」

「そんなふうに責任のなすり合いをしていちゃだめですよ」

「あんたねえ……よし、分かった。それじゃあんたの供述を聞かせてもらいましょうか。

いったい何をやらかしたんです？」

　浅見は二日前に太地で出会った女性を見かけたので、声をかけたところ、ストーカーと勘違いされた――という経緯を話した。

「声をかけたって、どういう目的で声をかけたの？」

「彼女のお兄さんが太地で自殺をしているのです。そのことについて、話を聞かせていただこうと思っています」

「つまり、取材ってことかね」

「そうです、取材目的です」

「取材の過程で、何か違法なことはやってませんか？」

「もちろん、していません」

「ふーん……」

　刑事課長は巡査部長に訊《き》いた。

「この人はこう言っているが、事実関係はどうなの？」

「はあ、女性がストーカーだと訴えてきたことは事実ですが」

「それはしかし、女性の勘違いだったそうじゃないか」

「本人もそう言っておりましたが、この人の前では怖くて、事実を言えなかったのではないかと考えられます」

「それはきみの考えかね」

「はあ、まあ、そうです」

「よし分かった。つまり浅見さん、あなたには犯意はなかったが、その女性や警察官に対して、そのような誤解を与える行為をしたということですな。その点は認めますね」

「そうですね、僕にはそういう意識はありませんが、誤解されたとすれば確かに僕の不徳の致すところかもしれません」

「よろしい、そう素直に反省してもらえば、あえて立件することはしませんよ。きみもそれで了解できるね」

巡査部長も「了解できます」と、ほっとしたように頭を下げた。なかなかさばけた刑事課長である。巡査部長が退室し、「あなたも帰っていいです」と言われたが、浅見はすぐには立ち去らず、あらためて刑事課長に名刺を出した。

「ついでにと言っては失礼ですが、せっかくの機会ですので、『羊山公園殺人事件』のことをお聞かせいただけませんか」

「ん？　だめだめ、だめですな。捜査に関しては定例の記者会見以外には発表することはありません。第一、すでにマスコミに発表している内容以上の、新しいことは何もないのだしね」

素っ気なく言って背中を向けた。

それ以上、ゴリ押しはできない。もともと「羊山公園殺人事件」なるものについて、何の予備知識も持たないで来るほうが間違っているのだ。それに浅見には浅見和生の遺族を訪ねるという当初の目的がある。降って湧いたような事件にいつまでも首を突っ込んでいるわけにいかなかった。刑事課長の背中に礼を述べて、秩父署を後にした。

浅見は失敗を繰り返さないために、さっき交番で盗み見た番号に電話をかけた。電話に出た女性に「これから伺いたいのですが」と言うと、一時間後にして欲しいと言う。そういえば父親が外出中だったことを思い出した。父親の帰宅を待って――ということなのだろう。

ぽっかり時間が空いたので、浅見は図書館へ行って「羊山公園殺人事件」の経過を調べることにした。

新聞は毎月の分をまとめて処分するそうで、十二月の初めに起きたこの事件の載った新聞はすべて揃っていた。といっても、記事が載ったのは事件発生から三日目までで、あとはポツンポツンと、思い出したように経過を伝える短い記事ばかりだった。

事件の内容は概《おおむ》ね、次のようなものだ。
1　被害者　男性。
推定年齢六十歳～七十歳。

一見ホームレス風。

住所・氏名は不明。(洋服のネームはローマ字で「SEKO」とある。)
2　死因　ロープ等による絞殺。後頭部に鈍器様の凶器による打撲痕《こん》あり。
3　犯行時刻　死亡推定時刻は十二月三日午後十一時から十二時のあいだ頃。死体遺

4　現場　棄はその二時間後頃。
死体の発見現場は秩父市羊山公園内。殺害現場は不明。現場から離れた場所で殺害した後、車で運んだものと思われる。

5　殺害動機　喧嘩《けんか》などではない。犯人は背後からいきなり鈍器により殴打し絞殺した後、所持品を奪い死体を運んだか、あるいはいわゆる「ホームレス狩り」等の暴力行為と見られる。

6　目撃情報　事件当日の午後八時頃、市内団子坂付近で被害者を複数の者が目撃している。第一の目撃者は秩父署員で、秩父祭りの屋台の列を見物中の被害者を目撃。その直後、被害者は同所の喫茶店「白百合《しらゆり》」に入った。「白百合」の店員三名が同人を目撃している。被害者は誰かを待っているような素振りで、終始窓の外を眺めていたが、結局、午後十時頃、一人で店を出た。その後の足取りは不明。

だいたい以上のような記事があったが、それ以降はしり切れとんぼのように、事件を細かく報じる記事は出てこない。秩父署の刑事課長が言っていたとおり、捜査に進展が見られない証拠といっていいだろう。「ホームレス風」という被害者の風体にも、警察の意欲をそそらない理由があるのかもしれない。これが、いまをときめくスターのように社会的な地位のある人物だったら、大変な騒ぎで、それこそ埼玉県警挙げての大捜査になっているにちがいない。スターだろうとホームレスだろうと同じ人格である。殺された後までも差別されるのはおかしいが、現実とはそういうものだ。

一見して「ホームレス風」に見えたという六、七十歳代の男の、尾羽うち枯らした様子を想像すると、こっちまでうら寂しい気分になる。彼にも輝かしい青春時代があったろうに。人生の曲がり角のどこかで躓《つまず》いたのか、それともアクシデントのような不運に見舞われたのか。挙げ句の果ての最期が、こんな無惨なものになって、まったく世の中には神も仏もない――と義憤を感じる。

それにしても――と、浅見は「彼」を殺害した動機を考えて、首をひねった。警察の推測では行きずりの「強盗殺人」と見ているようだが、相手は見るからにホームレス風の老人である。それを襲って、しかも殺害してまでも金品を奪う「価値」があると考えるものだろうか。

かりに金目当てだったとしても、殴打して失神させただけで十分、目的を達せられたはずなのだから、ご丁寧にロープで首を絞めてとどめを刺す必要はなさそうなものだし、死体を現場から運ぶ必要もない。もう一つの動機に挙げている「ホームレス狩り」だとすれば、なおのこと、死体を運ぶ意味がない。運んだ先の羊山公園にしても、死体を隠《いん》蔽《ぺい》する意図はなかったとしか思えない場所のようだ。

これらのことを捜査本部はどのように考えているのか、ぜひ聞いてみたいものだ。

一時間の暇つぶしを終えて、浅見は「浅見家」を訪ねた。古めかしい呼び鈴を押し鳴らすと、格子の嵌《は》まった引き戸が開いて女性が顔を見せた。浅見が精一杯の笑顔を作って挨拶《あいさつ》したが、女性はニコリともしないで「どうぞ」と言った。

築後四、五十年は経ったろうと思わせる、古い木造住宅である。しかしよほど大切に使っているとみえて、玄関の板の間や廊下は黒光りに磨かれていた。

応接間に通されると、そこに先客がいた。浅見より少し年長かと思える、顔も体つきもがっしりした男である。父親が留守なので、用心棒を頼んだのか。

「兄のお友だちです」

女性に紹介されて、男は「鈴木《すずき》です」と、これまたニコリともせずに名乗った。浅見の名刺を受け取ったが、彼のほうからは名刺は出なかった。

浅見は女性にもあらためて名刺を出した。そのとき初めて、女性は「浅見順子《じゅんこ》です」と名乗った。何度聞いても「アザミ」と濁るのは耳障りだ。「順子さんは、順序の順ですね？」と訊くと、「ええ」と頷《うなず》いた。どうも愛想がないことおびただしい。この分だとお茶も出そうにないなと思った。

「早速ですが、お兄さんの『事件』のことを聞かせてください」

「兄のことについては、何もお話しすることはないと申し上げたはずです」

「ほう、それじゃあなたは、お兄さんは本当に心中したと思っているのですか」

「いえ、それは……でも、警察がそう断定したことですし」

「警察が断定しただけで、それを疑いもしないのですか。お兄さんはそんなふうに心中なんかしてしまうような、意志の弱い人だったのですか」

「いいえ違います。兄は強い人間でした。だから私たちは、どうしてそんなことになったのか信じられなくて……でも、事実がそうなのですから……」

「事実とは何でしょうか。お兄さん――浅見和生さんと清時香純さんが愛し合ったこと。清時さんのご両親が結婚に反対したこと。二人が書き置きを残したこと。お兄さんの遺体が太地の岬に流れ着いたこと。これだけが事実として分かっていることですね」

「ええ、そうですよ」

順子はそれだけで、十分ではないか――という、反発する目で浅見を見つめた。

「ところが、あなたはいま、お兄さんは強い人間だとおっしゃった。相手の両親の反対ぐらいで結婚を諦《あきら》めるどころか、心中までしてしまうようでは、とても強いとは言えないじゃありませんか。それに、あの書き置きも、とてものこと遺書だと断定できるような代物ではなかった。単に両親の意思に逆らって家出をすることへのお詫《わ》びの手紙に受け取れます。あれは心中なんかではなかったのです。そうは思いませんか？」

「でも、兄の死は事実ですから」

「亡くなったことは事実です。しかし心中ではなかった……とすれば、お兄さんの死の原因は一つしか考えられません」

「といいますと？」

「殺されたのですよ」

「えっ……」

順子ばかりか、隣の鈴木も声を発して、身を乗り出した。

「殺されたとは、穏やかでないですね。なぜそう考えるのですか？　誰が何の目的で、いつ、どのようにして殺害したのですか？」

矢継ぎ早に訊《き》く怖い顔に向けて、浅見は笑顔で答えた。

「鈴木さんは刑事さんですね」

ギョッとして、鈴木は順子と顔を見合わせた。存外、正直に（バレたか――）という表情を見せた。順子は肩を竦《すく》め、両方の客に対して恐縮しきっている。

「あ、気にしなくてもいいんです。だからといって、そのことをとやかく言うわけではありません。あなたにしてみれば、得体の知れぬ客を一人で迎えるのは不安だったでしょうからね」

「すみません、隠すつもりはなかったんです。それに、鈴木さんが兄の高校の友人というのはほんとのことなんです」

「それは事実です。浅見和生と自分とは熊谷《くまがや》高校の同期でした。あいつは出来たが、自分は落ちこぼれだったですけどね」

鈴木は照れ臭そうに名刺を差し出した。

「埼玉県　秩父警察署　刑事課巡査部長　鈴木圭太」。いわゆる「部長刑事」である。

「そうですか、地元署の刑事さんでしたか。ついさっき、刑事課長さんに会ってきたところです」

「だそうですな。どうでした、うちの課長は？」

「話の分かるいい人ですね」

「確かに。分かりすぎるくらいで、少し迫力に欠けますがね」

言いながら、自分もまた迫力に欠けていることに気づいたらしい。急に頰の筋肉を引き締めて「ところで」と言った。

「浅見《あざみ》さん……いや、浅見さんは濁らないのでしたか。浅見さんは太地へも行ったそうですが、何か和生の事件に疑問を抱いたのですか」

「いや、太地へ行ったのはクジラの取材が目的です。ところが、現地でたまたま浅見和生さんと清時香純さんの心中事件に遭遇したのですよ」

「それですが、心中でなく殺人事件だというのは、きわめて大胆というか、われわれ警察の人間から見ると、危険な考えですな。根拠もなしにそんなことを言うのは、関係者の気持ちを逆撫《さかな》でしかねない」

「もちろん、面白半分や話題づくりでそんなことを考えたり言ったりするわけではありません。太地で関係者からいろいろ話を聞いた結果、どうも心中で片付けてしまってはいけないのではないかと思えてきましてね。しかも、二年半前には、かつて、清時香純さんに一方的な好意を寄せていた男性が殺されているのです。それも、背中に銛《もり》を突き刺されるという残虐な手口でです」

「ほうっ……というと、浅見さんはその殺人事件も何か、和生の事件に関連があると考えているのですか」

「それは分かりません。とにかくいまは、浅見和生さんの事件の真相を確かめるのが先決です。妹さんももちろんですが、鈴木さんからも、できれば事件に対するお考えなど、お聞きできればありがたいですね。そもそも、鈴木さんは浅見和生さんが心中のようなことをする人だとお考えですか？」

「いや、自分はそんなことは絶対にないと思ってましたよ。だから心中と聞いたとき、信じられなかったが、しかし警察がそう断定したというのでは……」

自己矛盾を感じるのだろう。鈴木は顔をしかめて黙った。

「警察がそういう判断を下した理由は、まだはっきり確認したわけではありません。しかし、さっき僕が言ったように、心中の決め手となった『遺書』なるものも、両親の下を去ることへのお詫びの手紙とも読める代物でした。少なくとも『死ぬ』とはただのひと言も書いてないのです。もし二人に殺意を抱くものが、その『遺書』の存在を知れば、完全犯罪の千載一遇のチャンスだと考えたにちがいありません」

「動機は何ですか？　二人を殺す目的は何ですか？　かりにさっきあなたが言った男による、横恋慕の挙げ句の犯行だとしても、恋敵の和生だけを殺しそうなものだ。相手の女性まで殺害してしまっては意味がないじゃないですか。それとも、可愛さ余って憎さが百倍ってやつですか単純な恨みによる犯行というやつですか」

「それもまだ分かりません。怨恨《えんこん》以外の理由があるのかもしれません。第一、単独犯なのか複数犯なのかも分からないのです」

「複数犯？……」

「ええ、その可能性もありそうです。男が『心中事件』に関わっていたとすると、彼が殺された背景には、そのときの共犯者の存在があるのかもしれません」

「うーん……」と鈴木部長刑事は唸《うな》った。

「驚いたなあ、たまたま出会ったにすぎない事件だというのに、そこまでいろいろ考えつくもんですかねえ。自分なんか、目と鼻の先で事件が起きて、しかも事件の直前にその被害者を目撃しているというのに、何も思いつかないんだけどなあ」

己の非力を慨嘆しているのか、それとも浅見の誇大妄想を揶揄《やゆ》しているのか、どちらとも取れるような言い方だった。

3

「えっ」と、今度は浅見が驚いた。

「それじゃ、羊山公園で死んでいた老人を、事件直前に目撃した警察官というのは、鈴木さんのことだったのですか」

「ああ、新聞で見ましたか。そうです、自分ですよ。十二月三日、秩父夜祭りの真っ最中でしてね、街の中を屋台と呼ぶ山車《だし》を引き回しているところだった。群衆の中にいる男に、何となく挙動不審な感じを受けたので、部下と一緒に注意していたのだが、その時は何もありませんでした。しかし、翌朝、羊山公園で事件が起きて、死体を見たらその男だったのでびっくりしましたねえ」

「挙動不審というと、どんな様子だったのですか？」

「そうですなあ……どんなと言われると、ちょっと説明しにくいのだが、要するに他の人たちと少し違う。たとえば目の動きだとかですな。みんなとは別のところを見ていたりするわけですよ。スリの常習者である場合が多い。そういうのに気づくのは長年の勘みたいなものでしてね」

「いわゆる、ピンとくるのですね」

「まあそうです。刑事の職業病と言ったらいいのかな」

鈴木は自嘲《じちょう》するように笑ったが、誇らしげでもあった。

「それが的中したのですから、さすがですねえ」

「さあどうですかな、的中したと言えるかどうか。もう少しガンをつけていれば、みすみす殺されずにすんだかもしれない」

「それは結果論でしょう」

浅見は慰めた。

「確か、殺された老人はホームレスのような風体だったのでしたね」

「そう、自分だけじゃなく、喫茶店の連中もそう言ってます。白髪混じりの髪の毛がモジャモジャ肩まで伸び放題だし、見るからに埃《ほこり》っぽい黒いコートを着ていて、あまりいい恰好《かっこう》じゃなかったのでそう思ったのだが、その第一印象は当たったみたいでしてね。昨日の聞き込みでうちの刑事が新宿《しんじゅく》中央公園に行ったのですが、公園の周辺をねぐらにしているホームレスに写真を見せて訊いたら、ごく最近、仲間入りしたじいさんだと言ってました」

「それなのに喫茶店に入ったのですか」

「は？……」

「いえ、もちろんホームレスだからって、喫茶店に入っちゃいけないというわけではありませんが」

「いやいや、浅見さんの言うとおりですよ。じつは自分もその時、ホームレスのくせに喫茶店になんか――と、ずいぶん意外な感じがしたのです。しかし、まだなりたてということなら、所持金も多少はあったのかもしれませんな。犯人はそれを狙ったとも考えられます」

「では、やはり強盗のセンですか」

「まあそうでしょうなあ。でなければ、新聞にも書いてあったように、いわゆるホームレス狩りでしょう」

「かりにそうだとして、犯人はなぜ被害者を羊山公園に運んだのでしょうか？」

「それはまあ、犯行現場に死体を置いておいたのでは具合が悪いので、とりあえず車に死体を乗せてどこかへ運ぼうとした。しかし地理にあまり詳しくなくて、結果的には行き止まりの道に入り込んで、仕方なく羊山公園に死体を遺棄したということじゃないですか。捜査本部の結論もそれでしたよ」

「なぜ死体を犯行現場に置いたままでは、具合が悪かったのでしょう?」

「常識的に考えれば、そこから足がつくからですよ、きっと」

「ということは、その場所に関係のある人物の犯行でしょうか」

「でしょうな。屋内か屋外かは分かっていないが、その場所に死体があっては、犯人の特定に繋《つな》がってしまう。たとえば犯人の自宅であるとか、会社であるとか。そういうことでしょう」

「死体遺棄は犯行の二時間後だそうですが、どうしてそう断定したのですか?」

「それはまあ法医学の先生が言ってるんだから、間違いはないんじゃないですかね。死後二時間ぐらい経つと、血液は死体の下のほうに凝固するのだが、遺棄現場の死体の向きとそれが違っていたとかですね」

「なるほど……そうすると、犯人は犯行後二時間ほどは死体をそのままにしておいたわけですね」

「夜祭りで人通りがあるし、なかなか動かせなかったのでしょうな」

「つまり、犯行現場はこの秩父市内のどこかで、自宅にせよ社屋にせよ、死体を二時間も人目に触れさせずに放置しておけるスペースのあるところ——ですね。ところが犯人は地元の人間ではない。少なくとも羊山公園へ行く道が行き止まりであることさえ知らない人物ということですね。さらにいうと、ホームレスを襲って金品を奪わなければならないほど金に困っていて、それなのに車を乗り回す余裕はある――ですか。なんだか矛盾だらけの人物像ですねえ」

「すごーい！……」と、順子が突然、女子高生のようなあどけない声を発した。「どうしてそんなふうに、いろいろと疑問点が思い浮かぶんですか？　聞いてると、ほんとに犯人像がわけの分からないことになってきますね。警察もそういうこと、分かっているのかしら？　ねえ鈴木さん、どうなんですか？」

「それはもちろん……」と、鈴木部長刑事はブスッとした顔になった。

「われわれだって、いろいろな観点から事件を検討してるよ」

「だけど、いま浅見さんのおっしゃったことを聞いてると、ただの強盗殺人事件じゃないみたいな気がしてきません？」

「どうしてさ。浅見さんはべつに警察の判断を否定してるわけじゃないよ。ねえ、そうですよね、浅見さん」

「ええ、もちろん否定なんかできっこありませんが、ただ謎が多い事件だということは間違いないですね。こんなことを言うと叱られるかもしれませんが、単純に強盗殺人事件やホームレス狩りだと決めていいものかどうか疑問です」

「そうですかなあ」

鈴木は不満そうだ。

「それに、殺された被害者のほうもよく分かりません。たとえば、彼はいったい秩父に何をしに来たのか。なぜ祭りの人混みの中にいて、屋台も見ずにあらぬ方角を向いていたのか。なぜ喫茶店に二時間近くもいたのか。なぜ窓から人待ち顔に外ばかり気にしていたのか。いろいろ気になることばかりですが、いまの時点では何も分かりません。そもそも、ホームレスらしいというだけで、名前も出身地も年齢も、正確なところは知りませんしね」

「ある程度、手掛かりはありますよ」

鈴木は名誉回復——とばかりに言った。

「名前はローマ字で『SEKO』と縫い取りがあったし、ホームレス仲間の話によると、言葉は関西風だったそうです。もっとも、ほとんど口をきかない男だったみたいですけどね。年齢はまあ、だいたい六十から七十歳っていうところでいいんじゃないのかな。血液型はA型。指紋による前歴調査の結果、犯罪の前歴はなしでした。身長は百六十センチ程度でさほど大柄ではないが、日焼けが沈着したように色黒で、頑丈な体つきは筋骨逞《たくま》しい。かなりきつい労働に従事していたと見られます」

聞きながら、浅見はその老人の風貌《ふうぼう》がしだいに脳裏に浮かんできた。

「頑丈そうという以外に、身体的な特徴は何かありませんか」

「何かというと？」

「たとえば鈴木さんのように、おでこの面ずれと、首筋にタコのような痕《あと》があって、耳たぶが少し変形しているとか」

「えっ……」

鈴木は反射的に首筋に手を当てて、「あははは」と笑いだした。

「そうか、さっき浅見さんが自分を刑事と見破ったのはこれでしたか」

浅見が指摘したのは、剣道の面ずれと柔道着の襟の痕である。それに刑事特有の鋭い目つきが揃っていれば、誰だって「警察官」と見破れる。

「そういえば、うちの刑事の一人が、竹細工でもやっていたんじゃないかって言ってましたね。そいつは郷里が長野県の戸隠山《とがくしやま》の出身で、地元名産の根曲がり竹で籠《かご》や笊《ざる》を作る職人だったじいさんが、指に同じようなタコがあって、しょっちゅう小さな切り傷を作っていたのを憶《おぼ》えているそうです。被害者のじいさんも、そんなような手をしてました」

「竹細工ですか……」

浅見は両手を前に突き出して、竹細工を作る真似をしてみた。

「僕みたいに軟弱な人間ならともかく、日焼けして筋骨逞しい男と細工仕事とでは、何となく不似合いな感じがしますね」

「そうとは限りませんよ」

順子が言った。

「ほら、お相撲さんの寺尾《てらお》は、編み物が出来るそうじゃないですか。外見とは必ずしも一致しないんじゃありません？」

「それはそうですが、しかしそれと、日常生活や職業の特殊性が外見に表れるのとでは、ぜんぜん意味合いが違います。その日焼けの状態ですが、どういう焼け方ですか。たとえば顔だけだとか」

「そりゃもう、全身といっていいでしょう。顔はもちろん、腕は肩まで、足は太股《ふともも》まで、斑点《はんてん》状に日焼けが沈着してる感じです。ほら、オリンピックでビーチバレーっていうのがあったじゃないですか。あの選手の焼け方みたいなもんですよ」

「だったら元は漁師だったのかもしれませんね」

「なるほど、漁師ねえ。漁師ならあの焼け方も納得できるな」

「それに、指先のタコも、浜辺で網の繕いなんかしょっちゅうやってますから、タコもできるのじゃないでしょうか」

「なるほどなるほど……うーん、漁師か、間違いないですな。だんだんそんな感じがしてきましたよ」

鈴木は俄然《がぜん》ソワソワしてきて、腰を浮かせた。

「さっそく捜査本部に戻って、このことを伝えなきゃ……浅見さん、順子ちゃん、そういうことだから、自分はこれで失礼します」

挙手の礼の真似をして、部屋を出て行く。浅見は玄関まで送りに出ながら、ふと思いつくことがあった。思いついたとたん、事の重大さに愕然《がくぜん》とした。

「あっ、鈴木さん、ちょっと待ってくれませんか」

浅見の言い方に迫力があったので、鈴木は驚いて振り向いた。

「被害者の服にあったネームの『SEKO』ですが、ひょっとすると『勢子』……勢いの子と書く『勢子』かもしれませんね」

「勢子……」と、鈴木は掌《てのひら》に指で文字を綴《つづ》って、首を傾げた。

「どうですかね、それは。はたしてそういう名字がありますか。われわれはマラソンの瀬古選手と同じ名前かと思ったが」

「太地には、クジラを追い詰める『勢子舟』があって、当然『勢子』もいたわけですよ。明治時代に名字をつけた時、職業に関係した名前を選ぶケースが多かったそうですから、その名前だってありそうな気がします」

言っているうちに、浅見はどんどん確信が強まった。太地の海にクジラを追った勢子たちの、日焼けした逞しい体型や風貌が、見てもいない被害者の老人とダブッた。猛烈な興奮が、全身に漲《みなぎ》った。

4

電話を借りて、浅見は太地町役場の海野課長補佐に「勢子」姓の有無を確かめることにした。鈴木は靴を履きかけていたが、玄関で足止めを食った恰好《かっこう》になった。

海野はのんびりした口調で「このあいだはどうも」と言った。浅見のほうは挨拶《あいさつ》もそこそこに、「太地の住民に勢子さんという名前の人はいますか？」と訊《き》くと、海野はあっさり「ああ、セコさんやったら、大勢いてますよ」と答えた。

「セコさんいうのは二系列あってですね、一つは背中に古いと書く『背古』さん。もう一つは世の中の世に古いと書く『世古』さん。どっちもかつて『鯨方』に属して、太地浦でクジラを追っとった勢子の家系が、明治の初期に姓を名乗ることになった時、そういう名前をつけたのです」

「そうですか、やっぱり……」

「私の『海野』も鯨方に因《ちな》んだ名前だし、ほかに『網野《あみの》』『漁野《りようの》』『梶《かじ》』いう家は、すべてクジラ捕りの家系です。それと先日ご案内した山見台に詰めとった家では『汐見《しおみ》』『遠見《とおみ》』『畑見《はたみ》』『平見《ひらみ》』いうのがあるし、クジラを捌《さば》く『〆谷《しめたに》』、油を取る『由谷《ゆたに》』——油からサンズイを取った理由の『由』と書きますが、そういう家もあったです」

海野は暇なのか多弁だったが、ふと気がついたように、「しかし、そのセコさんがどうかしましたか？」と訊いた。

「いえ、そういうわけではありませんが……いずれまた近いうちにご連絡することになると思います」

浅見は礼を言って電話を切った。鈴木にその話を伝えると、「早速、和歌山県警に照会します」と、今度こそは本当に勇み立って、玄関から駆けだして行った。

ふたたび応接間に戻って、順子と差し向かいに落ち着くと、急に気まずい雰囲気になった。浅見が害のない人間であることは分かったから、べつに警戒してはいないのだろうけれど、順子は元来、人見知りする性格なのか、自分から口を開こうとはしない。手持ち無沙汰《ぶさた》にお茶の用意を始めたりしている。

「失礼ですが、順子さんはお仕事はなさっているのですか？」

浅見はようやく話の糸口を見つけた。

「いえ、いまは何もしていません。母が元気な頃は、銀行に勤めてましたけど」

「あ、それじゃ、お母さんは……」

「ええ、兄があゝいうことになって、その心労で寝込むことが多かったんですけど、三年ほど前に亡くなりました。それからは父の世話をしなければならないし、それで勤めを辞めました」

「お父さんは先生をなさってるのですか？　ご近所の方に聞くと、『先生』とお呼びしてたようですが」

「ええ、大学に勤めてます」

「そうですか」

大学名や教授かどうかといった、立ち入ったことは訊かなかった。

「お兄さんの話に戻りますが」と、浅見はふたたび「本論」に入った。

「あらためて最初から事件の経緯を辿《たど》ってみるとして、亡くなる前のお兄さんの様子に、事件を予感させるような、何か変わったことはありましたか」

「そういうことはありませんけど、ただ、亡くなる少し前、和歌山から電話があった時に、悩んでいるようなことは言ってました」

「それは相手の女性との問題で、ですか」

「ええ、結婚問題だということは、それ以前から聞いていましたから」

「どんな悩みだったのでしょう？」

「先方のご両親との話し合いがこじれたということでした。兄は和歌山支局に赴任して間もなく、最初に太地へ取材で行った時にその女の方と知り合い、休暇で帰省した時、おたがいに一目惚《ひとめぼ》れしたと、家族に話していました。兄は私と違って開けっ広げな性格で、外であったことを何でも話してくれました。その方とは最初から結婚するつもりだったみたいで、両親にもそう言ってました。それから取材だけでなく何度も太地へ行って、お付き合いは進んでいる様子でした。先方のお父さんの反対は相変わらずだけれど、お母さんのほうはだいぶ軟化したし、土地の人で応援してくれる人もいるということでしたから、最後の電話で『こじれた』と聞いた時も、そんなに深刻には受け止めていなかったのです。それが、あんなことになってしまって……」

心の奥底に仕舞っておきたい記憶を思い出させられて、順子は涙を浮かべた。

「でも、兄はまだしも遺体が上がりましたから、お骨をお墓に入れることもできました。相手の方はとうとうご遺体も見つからなかったそうです」

「それも不思議ですねえ。同じ場所から海に身を投げたのに、お兄さんだけが岬に流れ着いたというのが」

「ええ、それは確かにそうですけど」

何が言いたいのかしら？——という目を浅見に向けた。

「お兄さんが発見されたのは何日後だったのですか？」

「身を投げた翌日です。その頃は風も波もなく、海が穏やかで、潮の流れも安定していて、太地沖に流れ込む潮流に乗ってきたのだろうということでした。クジラがやってくるのと同じコースなんだそうです」

「そんなに条件が安定していても、同じ場所から同時に身を投げたのに、まったく別の場所に流れてしまうようなことがあるのでしょうか」

「さあ？……」

「お兄さんが流れ着いた岬の周辺では、当然、徹底した捜索が行なわれたのでしょう。それなのに発見できなかったというのが、素人の僕には不思議に思えてなりません」

「それは漁師の人たちも言ってました。フカにでも持って行かれたのかなとか」

「フカが出るのですか？」

「いいえ、私も訊きましたけど、あの辺りの海ではフカは出ないみたいです。ただ、あんまり見つからないので、冗談半分にそう言ってみたのでしょう」

「漁師でさえ不思議な現象ですか。それなのにどうしてあっさり、心中と断定してしまったのかなあ」

「浅見さんはほんとに心中ではないと考えてらっしゃるんですか？」

「八割……いや、九割方そう思っています。いろいろな事実が明らかになるごとに、確信が深まりますね。あの意思の明瞭《めいりょう》でない『遺書』もそうですが、そもそもお兄さんたちが心中しなければならないような状況にあったとは考えられないでしょう。お兄さんの人となりをお聞きしたかぎりでは、たとえ先方のご両親の反対があったとしても、それで潰《つぶ》されてしまうほど軟弱な方だというイメージには、どうしても結びつきません。しかもお兄さんはジャーナリストですよ。ご自分の最期について、はっきりした意思表示を残さずに行ってしまうようなことはするはずがない。警察は一応、偽装心中の可能性も視野に入れて捜査してはいますが、やはり『心中』という先入観に囚《とら》われて、調べがおざなりなものになったにちがいないのです。そうでなく『殺人事件』であるという前提で捜査を進めていれば、何らかの疑惑が浮かび上がったでしょう。それに、心中はもちろんですが、駆け落ちするにしても、こちらのご両親や妹さんに何もお話がなかったというのも、考えてみるとおかしなことじゃありませんか。前もって何の断りもなしに、いきなりご実家に相手の女性を連れてきて、じつはこれこれこういうわけで駆け落ちをした——なんておっしゃるつもりだったのでしょうか？」

「まさか……そんなことをする兄じゃありません」

「そうでしょう。やっぱりお兄さんは心中どころか、本気で駆け落ちする気さえなかったのですよ、きっと」

「でも、それじゃ、あの『遺書』は何だったのでしょうか？　浅見さんがおっしゃったように、あれが心中のための『遺書』だと言いきれないとしても、少なくとも駆け落ちする意思だけは間違いないと思えますけど」

「ほう、するとあなたは、駆け落ちするために書いた『遺書』を、本物の心中のために使ったと言うのですか？　驚いたなあ、あなたはお兄さんがそんな馬鹿なことをなさったって、本当にそう思っているんですか？」

「思ってませんよ」

兄を馬鹿呼ばわりされたと思ったのか、順子は憤然として言った。

「思ってませんけど、でも、兄が亡くなったのも事実ですし、遺書めいたものがあったのも事実なんですから、仕方がないじゃありませんか。警察も心中と断定したし、それで私たちに何ができるっていうんですか。ずいぶんひどい言い方だわ。そんなふうにおっしゃるなら、浅見さんはそれをどう説明できるっていうんですか？」

「まあまあ、そう怒らないでください」

浅見は真顔で頭を下げた。

「現在『遺書』と考えられている物は自筆だったのですから、書き置きであることだけは間違いないでしょう。しかし、それを遺書に使うはずはない。もし心中なさるとしたら、そのことをしっかり書いて、ご自分たちの意思を遺言として残したはずです。それにもかかわらず、お兄さんたちは亡くなり『遺書』を残した。これは矛盾以外の何物でもありません。そう思いませんか？」

浅見の三段論法に、順子も仕方なさそうに「ええ」と頷《うなず》いた。

「そう言われれば、それは確かに、そう思いますけど。でも、矛盾だとしても、兄たちは亡くなったのだし、一応、遺書……と思われる物はあったのですから」

順子はどうしてもそこから抜け出すことができない。浅見はそのことに呆《あき》れるよりも、むしろ感動を覚えた。人間はある出来事に直面すると、何が起こったのかを自分の中で論理的に消化しようとする本能がある。そうして納得すると、今度はその論理で自己武装を施し、自分の内部から発生する疑惑さえも押さえつけてしまうらしい。捜査当局がそうなるのは分からないでもないが、家族までがその思い込みに陥ったことに、浅見は人間の弱点をまざまざと見る思いがした。

5

浅見は黙って、ポケットからメモ帳を出してページを切り取り、そこに箇条書きで四つの文章を書いて順子に示した。

「いいですか、ここに書いた文章をよく読んで、何か疑問点や事実誤認があったら指摘してください」

1、お兄さんはご家族に何も知らせないで駆け落ちをするはずがない。
2、お兄さんは書き置きを書いた。
3、お兄さんたちは亡くなった。
4、遺書は無かった。
少し幼稚すぎるような文章だったが、順子は真剣な眼差《まなざ》しで読んだ。

「疑問点も事実誤認もないと思いますけど、でも、あの書き置きを遺書に使った可能性は絶対にないとは……」

「えっ、まだそんなことを言ってるのですか？　お兄さんの性格からいって、かりに自殺するとしても、その時はきちんとした遺書を残すって、あなたはさっきそう認めたじゃないですか」

「ええ、それはそうですけど、でも、現実には……」

「現実には何があったと言うのですか？」

「兄が心中したのは、現実です」

「それは違うでしょう。お兄さんが亡くなったのは事実ですが、心中であるのか、それ以前に自殺なのか、事実は分かっていません。そう断定したのは警察であって、断定がイコール事実とは限らないのですよ」

「じゃあ、兄の死は自殺ではないっておっしゃるんなら、浅見さんはいったい何だと思ってらっしゃるんですか？」

「僕は断定はできません。ただし、これまでにお聞きしたようなことを含め、状況から判断すれば自殺でも心中でもないと考えるほかはないでしょうね。残るは事故か他殺かのどちらかです」

「事故？……」

「ええ、たとえば、心中の現場とされる『継子投げ』の断崖《だんがい》の上に『遺書』を置いたりしている時に、うっかり足を滑らせて転落したとかですね」

「馬鹿馬鹿しい！……」

順子は眉《まゆ》を吊《つ》り上げて、怒鳴るように言った。

「そんなことをするはずがないじゃないですか？　足を滑らせることはあっても、その前に『遺書』を置くなんて……それも、遺書だか何だか分からない物を……」

よほど腹が立つのか、声が震えた。

「そうですね、そんな馬鹿なことはありえないでしょうね。だとしたら結論は簡単です。お兄さんは殺されたのですよ。それ以外には考えられません」

「…………」

順子は口を半開きにして、沈黙した。しばらくは静寂が流れた。

「殺されたって、誰に、ですか？」

「それは分かりません」

「まさか、相手の女の人……清時香純さんですか？」

「ほうっ……」と浅見は驚いたが、「さあ、どうですかねえ」と首を傾げた。しかし順子は勢い込んで言った。

「そうだわ、その可能性はありますよ。彼女の死体だけが上がらないことも、それで説明がつくじゃないですか」

「動機は何ですか？」

「そんなこと分かりませんよ。分からないけれど、でもいろいろ考えられません？　たとえば裏切りだとか」

「裏切り？　お兄さんが彼女を裏切ったのですか？」

「兄はそんなことはしないと思いますけど、男女の関係は私には分かりません。何かの誤解があったのかもしれないし。それとも、逆に彼女のほうが兄を嫌いになって、邪魔になって殺したってこともありうるでしょう」

「なるほど、それは大いにありえますね。ありえますが、だからといって何も殺すことはない。交際やプロポーズを断ればすむと思いますが」

「それは常識的に言えばそうですけど、何らかの理由があったり、何かの成り行きだとか、ものの弾みだとか、衝動的にそういうことってありうるでしょう」

「書き置きを書いているのですから、ものの弾みや衝動的な犯行とは思えませんが」

「だったら計画的犯行ですよ。そうだわ、駆け落ちをするからって騙《だま》して、書き置きを書かせておいて、心中に見せかけて殺したんですよ。そして自分は身を隠す。きっとどこかに潜んでいるんだわ。誰か、好きな人と一緒なのかもしれない。そうやって時効がくるのを待っているんですよ」

「すごい推理ですねえ」

浅見はなかば本気で感心した。いや冗談でなく、あの岬に現れた「幽霊」を考えると、本当にそうかも——という気がしないでもなかった。

「しかし、それは違うと思いますよ」

やや控えめな反論になった。

「どうしてですか、どうして違うって言えるんですか?」

「それは、つまり、お兄さんと香純さんは愛し合っていたからです」

「そんなこと、分かりませんよ」

「あなたはお兄さんの愛は本物であって、香純さんのほうが裏切ったという結論なんですね?」

「ええ、まあ……」

「もしそうだとしたら、香純さんはなぜあんなことをご両親に打ち明けたりしたのでしょうか? その説明がつきません」

「あんなことっていいますと?……」

まともに訊《き》かれて、浅見は口ごもった。

「つまり、その、妊娠のことです」

「妊娠……香純さんがですか？」

「えっ、それじゃ、あなたはそのことをご存じなかったんですか？」

「知りませんよ、そんなこと、ほんとですか？　嘘でしょう？」

「僕は香純さんのお父さんからその話を聞いたのですが、どうして嘘をつく必要がありますか？　もし嘘だとしたら、最初から嘘をついたでしょう。とくに浅見《あさみ》家の皆さんにはそう言って、責任問題や賠償問題に発展した時に、話を有利に展開する材料にしたはずです。しかし清時家はそうはしなかった。沈黙を続けて、娘さんの……というより清時家の名誉を守ったのでしょうね、きっと」

「でも、それだったら、なぜ浅見《あさみ》さんなんかに……あ、ごめんなさい。悪い意味じゃないんです」

「大丈夫、僕は気にしません」

「つまり、ぜんぜん無関係の余所《よそ》の人に、なぜ打ち明けたりしたのかしらって言いたかったんです」

「一つには、歳月が頑《かたく》なな殻を風化させたってこともあるでしょうね。そういう意味のことを言ってましたよ。もう一つの理由は、いったい何があったのか、真実を知りたいと考えたためだと僕は思います。もっとも、そうすべきだと焚《た》きつけるようなことを言ったのは僕でしたけど」

「そう、だったんですか……」

順子は深刻な表情で俯《うつむ》いた。妊娠という事実が、女性にとっては生理的な実感となって、ずっしりと胸にこたえるのだろう。

「もし、兄たちが……」と、順子は顔を上げて言った。

「心中でなくて殺されたのだとすると、浅見さんはいったい何があったのか、犯人だとか……それ以前に、あの遺書のような書き置きの意味はどういうことなのか、分かっていらっしゃるんですか？」

「そうですね、すべてのことはもちろん分かりませんが、どういうことがあったのか、事件ストーリーのようなものは、おおよそ説明できると思います。たとえば『遺書』と言われている書き置きですが、あれはご両親に結婚を了承してもらうための演出として書かれたものだったと考えれば、ほとんど説明がつきます」

「えっ、じゃあ、ジェスチャーだったってことですか？」

「さっきクリアにしたように、本気で書いたものでないことは確かなのですから、ジェスチャーとしか考えられないでしょう。問題はそれが演出や冗談ですまずに、『遺書』として利用されたことです」

「利用って、どういう意味ですか？」

「お兄さんに心中どころか、本気で駆け落ちする意志すらなかったにもかかわらず、書き置きがあったために『遺書』と認定され、心中と断定されてしまった。つまり事件を心中として終結させる道具として、書き置きが利用されたのです。さっきあなたも、香純さんがお兄さんを騙して、駆け落ちするという書き置きを書かせたって言いましたね。じつにすばらしい着想です」

「すばらしいって、そんな……それは香純さんが兄を殺したのかもしれないって思って、その仮定の上でそう言いましたよ。でも、そんなことはないって、浅見さんはおっしゃったじゃないですか」

「もちろん、香純さんはそんなことはしませんが、そうでなく、別の人物がそうした可能性はあります。お兄さんと香純さんを唆《そそのか》して書き置きを書かせ、その上で心中に見せかけて殺害する。おそらくそういう事件だったのだと思います」

「えーっ……別の人物って、誰なんですか？　それに何のために？」

「具体的な名前はともかくとして、その人物を推測するヒントはさっき、あなたが言いました」

「えっ？　私が？　言いませんよ、そんなこと。第一、兄が殺されたこと自体、いまのいままで考えてなかったじゃないですか」

「もちろん、その人物が殺人事件の犯人であるなどとは思いもよらないで、何気なくそう言ったのでしょうけど、犯人でありうる資格を持つ人物として、無意識のうちにあなたはちゃんと指摘しているんです」

「うそ……」

何を言っているの、この人？——という目が、次第に不安げな色を湛《たた》えてきた。放っておくと、アブない人と思われそうだ。

「清時さんの親御さんの反対に遭って、窮地に陥っているお兄さんたちのことを、応援してくれる地元の人がいたと、あなたはそう言いませんでしたか？」

「ええ、それはそう言いましたけど……じゃあ、その人が犯人だってことですか？」

「たぶん」

「まさか……」

順子の目の中の不安の色は、ますます濃厚になりつつあった。

「それでは訊きますが、その『応援者』は誰だか分かったのですか？」

浅見は訊いた。

「いいえ、それは、兄からはその人の名前までは聞いてませんでしたから」

「それじゃ、事件の後はどうですか。お二人と親しかったことや、相談に乗ったようなことを言って名乗り出るとか、お悔やみを述べるとか、そういうことをしてきた人物はいなかったのじゃありませんか？」

それには答えず、順子の目には別の意味での不安感が広がった。

「どうです、いなかったでしょう。なぜだと思いますか？　要するに、その人物は、お兄さんが言っていたような、本当の意味での応援者なんかではなかった。それどころか後ろ暗いところがあったから、じっと隠れていたのですよ」

「その人が、犯人なんですか？」

「そう、そいつはお二人に『駆け落ち』の書き置きを書かせて、それを脅しの材料に使って、清時さんの親御さんを軟化させる——という作戦を提案したのだと思います。冷静に考えればずいぶん稚拙な手段だし、お兄さんがその話に乗るとも思えませんが、香純さんのほうは乗ったでしょうね。名案だと思ったかどうかはともかく、相手は気心の知れた地元の人間だし、せっかく自分たちのために奔走してくれる好意を無にしては申し訳ないという気持ちも働いたかもしれません。お兄さんも香純さんの気持ちを尊重するほかはなかったのでしょう。そうして事態はその人物の思惑どおりに進み、書き置きは『遺書』の役割を果たしたのです。おまけに、そいつは『結婚披露』の招待状の下書きに黒枠をつけたりして、効果を補強したりもしている」

「なんだか……」と、順子はのどをゴクリと鳴らして、唾《つば》を飲み込んだ。

「浅見さんてまるで、本当にそういう出来事が起きたって、知っているみたい……」

「知ってはいませんが、ほぼ間違いなく、いま話したようなことが起きていたのだと思います。事件はその人物——もちろん男ですが、その男の犯行です」

「でも、いったいなぜそんなことを？」

「警察用語で言うと、痴情関係のもつれということになるでしょうね」

順子は露骨に嫌な顔をしてみせた。

「実際はその男の横恋慕——この言い方も古めかしいですが、そう表現するのがいちばんピッタリしています。その横恋慕は文字どおり男の勝手で、香純さんには何の責任も自覚もなかったのでしょう。しかしそいつとしては、香純さんにひたすら想いを寄せていた。その香純さんを、余所者であるお兄さんに奪われるような気がして、許せなかったにちがいありません」

「だからって、殺すなんて……どうしてそんなひどいことを……」

「恋敵を殺す以外に何か、香純さんを奪い返す方法がありますか？　少なくとも彼は、ほかに方法はないと思ったのでしょうね。ふつうの人間ならそこで諦《あきら》めるのだけれど、そいつは諦める代わりに殺人という道を選んだ。殺したからって香純さんが戻るはずはないし、結果的にはおそらく香純さんまで殺さざるをえないことになると予測できそうなものです。そいつはそれが見えないほどクレージーになっていたか、たとえ分かっていても暴走を止められない、自己中心的な性格だったのでしょう」

そう言い切ったが、さすがの浅見も、自分の信念に基づいて構築した事件ストーリーとはいえ、「断定」したことの重大さを思わないわけにいかなかった。

「もしかして……」と、順子が怯《おび》えたようにオズオズと言った。

「浅見さんにはその人物が誰なのか、分かっているのじゃありません？　さっき話に出た、銛《もり》で殺されたという男の人なのでは……」

「ははは」

浅見は順子の後ろにある窓に視線を移し、はぐらかすように笑った。

「ただ、疑問点が二、三、あるんです」

「一つは、さっきもちょっと言いましたが、明敏なはずのお兄さんが、犯人の口車に乗って書き置きを書くものだろうか──という点です」

「疑問点て？」

「それはでも、香純さんの気持ちを尊重したからだろうって、おっしゃったじゃありませんか」

「そう言いましたが、それでもちょっと引っ掛かります。そんな稚拙なことを──とね。インテリジェンスのかけらもない、いかにも単純そうに思える相手の口車に、お兄さんともあろう人が、簡単に乗るものかどうか？　そのこともあって、はたして犯行は単独犯なのかどうかという点が疑問なのです。ひょっとすると、実行犯の背後にもう一人、策士がいて糸を引いていたのではないか──と、そんな気がしてなりません」

「じゃあ、その人も香純さんに横恋慕をしていたってことですか？」

「いや、それは違うでしょうね。もしそういう人物が存在するとすれば、そっちの人物の犯行動機は別のものだと思います」

「といいますと？」

「いや、それはまったく分かりません。第一、そんな人物がいるかどうかも、まったく仮定の話ですよ」

　そう言いながら、まだ見えてこないその人物の影を、浅見は確かに感じていた。

第五章　ノルウェー貿易振興協会

1

秩父から帰った二日後の夕刻、浅見光彦に思いがけない訪問者があった。

「光彦、秩父警察署の刑事さんが、あなたにご用事だそうよ」

自室でワープロを叩《たた》いている浅見を、およそ不快感丸出しの顔で、母親の雪江が呼びにきた。ふだんは来客の応待に出るはずのお手伝いの須美子がお使いに出かけていたのが、次男坊にとっては不運だった。

雪江が持ってきた名刺に鈴木部長刑事の名前があったが、浅見は首を傾げて「何の用でしょうかねえ?」ととぼけた。

「また何か、事件に首を突っ込んでいるのじゃないでしょうね」

「とんでもない、秩父へは夜祭りの取材で行きましたが、事件に関わったりはしていません。しかしまあ、とにかく会うだけは会いましょう」

玄関に出て行って、鈴木が「どうも、先日は……」と言いかけるのを、唇に人指し指を立てて封じ込めた。背後のリビングルームに母親の気配を感じながら、わざと大きな声で挨拶《あいさつ》した。

「ああ、あなたでしたか、先日はお世話になりました。ここでは何ですから、どうぞお上がりください」

鈴木を応接室に通して、ドアを閉めてから精一杯の小声で、「おふくろにはこのあいだの件、内緒に願います」と言った。鈴木にはどういうことなのか、すぐにはピンとこなかったにちがいないが、阿吽《あうん》の呼吸で、浅見の意図するところは了解したらしい。思いきり前かがみになって内緒話を始めた。

「じつは、あれから和歌山県警に照会したところ、あのホームレス風の老人は、浅見さんがおっしゃったとおり、太地町の出身であることが分かりましてね。『背古徳二郎《せことくじろう》』といって、かつては捕鯨船の砲手として鳴らした人物だったそうです」

「ほうっ、それほどの人がホームレスになっているのですか」

捕鯨一時停止で仕事を失ったとはいえ、ホームレスになるというのは、何かの事情があったのだろうか。

「それにしても、なぜ太地を離れて東京に流れてきたのでしょうか。太地にいれば、まだしも沿岸でのクジラ漁やイルカ漁もあるし、ほかの漁業の仕事もあったと思いますが」

「その辺の事情はこれから調べることになりますが、とりあえず浅見さんに、そのことだけを報告しておこうと思いまして。じつは、この足で自分は太地へ出張することになっているのです。東京有明から南紀の那智勝浦までフェリーで行く便がありましてね」

「あ、それなら僕もこのあいだ乗りました。明日の朝、着きます」

「そうですそうです。まあ、うちの課長としては褒美のつもりで出張を命じたんでしょうな。相棒は自分より五つも若い県警のデカ長で、あまり愉快な旅にはなりそうにないですが、久しぶりに羽を伸ばせます。それもこれも浅見さんのお蔭《かげ》というわけでして」

鈴木部長刑事は律儀に頭を下げた。

「そうですか、太地へ行くんですか」

浅見の脳裏に太地の青い海と空の色が鮮明に浮かんだ。

「僕も行きたいところですが、諸般の事情により、そういうわけにいきません。鈴木さんからの報告をお待ちしています」

その時、ドアをノックして「諸般の事情」の一つである雪江未亡人が入ってきた。紅茶を載せたトレイを手にしている。室内のまずまず友好的な様子に安心したのか、機嫌のいい笑顔を見せた。

「秩父の刑事さんが息子にどういうご用事かしら？」

客に紅茶と菓子を勧めながら愛想よく言った。

「はあ、じつは……」

言い淀《よど》む鈴木の視線を受けて、次男坊がすかさず言った。

「先日、秩父に取材に行った時、鈴木さんに便宜を図っていただいたんですが、その際、秩父市内で亡くなったご老人の話が出ましてね。そのご老人の名前がちょっと変わっていたのです。僕が太地町へ行った時に聞いた名前ですよとお話ししたのがきっかけで、そのご老人の身元が分かりました」

「そうなんです」と鈴木もそつがない。

「その被害者の身元を探す手掛かりは、洋服の『SEKO』というネームだけだったもんですから、どこの誰かまったく見当がつかなかったところに、浅見さんが太地に『背古』という名前があったと教えてくれまして、捜査本部としては大変助かりました」

「おや」と、雪江の目が光った。

「いまあなた、被害者とか捜査本部とおっしゃいましたけれど、そのご老人は殺害されたんざますか？」

浅見は首を竦《すく》めた。母親の「ざます」言葉は危険信号だ。その雰囲気を察知したのか、鈴木も目を白黒させて、「はあ、そのようなことで」と答えている。

「鈴木さん、そろそろ太地へ出発する時間じゃありませんか」

浅見は時計の文字盤を指さして促した。

「あっ、そうですね、うっかりしてた。急がなくちゃ」

鈴木は慌ただしく立ち上がり、挨拶もそこそこに、お茶もお菓子もほっぽらかしのまま脱出して行った。

「光彦、どういうことなのか、ちゃんと説明してちょうだい」

鈴木を見送ると、雪江は応接室に次男坊を引き込んで、椅子に坐《すわ》らせた。テーブルの上には二人前の茶菓が載っているが、手をつける気分ではなかった。

「じつは、秩父で殺されたご老人というのは、かつて捕鯨船の花形砲手として鳴らした人であることが分かったのだそうです」

「捕鯨船……そういえば、ついこのあいだ、クジラの話をしたばかりだわね」

「そうなんです。しかも『旅と歴史』の仕事でクジラの町太地への取材に行ってきたばかりだったものだから、なんだか他人事《ひとごと》のような気がしないんですよね。かつては砲手として勇名を馳《は》せたような人が、落ちぶれて、秩父の羊山公園で殺されていたなんて、そぞろ哀れをもよおす話でしょう。犯人に対して憤りを感じるなあ」

浅見は大げさに拳《こぶし》を振って見せた。

「犯人は分かってないの？　そんなお年寄りを襲ったって、お金もそんなに持っていらっしゃらないでしょうに。ただの強盗とは思えないわね」

「しかも、わざわざ遺体を別の場所に運んでいますからね。おそらく怨恨《えんこん》がらみの犯行だと思います」

「そうねえ、いったいどういうことがあったのかしらねえ？」

「なかなか難しい事件のようですよ。僕がヒントを出すまで、被害者の身元の見当もつかなかったくらいですから。しかしまあ、何があったにせよ、所詮《しょせん》は僕たちには関係のないことですけどね」

「光彦、なんですか、その言い方は。たとえご縁のない方でも、人様が亡くなられたことに変わりはありません。陽一郎さんをご覧なさい。日本中で起きたありとあらゆる事件の被害者の方々のために、日夜、心を痛めているではありませんか。あなたも少しはお兄様を見習うといいわ」

「だけど、兄さんはそれが仕事で……」

「その考え方がいけないと言っているのよ。職業に関係なく、人間としての正義感の問題です。あなたもジャーナリストの端くれでしたら、社会の木鐸《ぼくたく》として、たまにはいいことをなさい」

「はあ、だから僕が知っていることを、刑事さんに教えてやったんですが」

「そんなのは当たり前のことでしょう。せっかく警察が知らないことを知っていたなら、そこからどんどん推理を働かせて、事件の真相に迫るくらいのことはしてさしあげなさい。そのくらいの知恵は、光彦にはあるはずじゃありませんか。ほんとにあなたって子は、じれったいわねえ」

浅見は呆気《あっけ》に取られて、母親のよく動く唇を見つめていた。喋《しゃべ》っている雪江のほうも、途中で暴走ぎみであることに気づいたにちがいない。最後は「とにかく、わたくしは知りませんよ」と、捨てぜりふのように言って部屋を出て行った。

雪江が「知りませんよ」というのは、「あなたの思いどおりにおやりなさい」と同義語である。少なくとも浅見はそう解釈することにしている。

警察庁刑事局長である長男に累を及ぼさないために、何かというと次男坊の手綱を締めることを考える母親だが、ときどきこんなふうに事件捜査に駆り立てるようなことを言いだす。以前、東京巣鴨《すがも》の染井《そめい》霊園を散歩中、死体に遭遇した時（『津和野《つわの》殺人事件』参照）も、浅見に事件捜査を命じたし、三河三ケ根山《みかわさんがねさん》の殉国七士《じゅんこくななし》の墓にまつわる事件の時（『三州吉良《さんしゅうきら》殺人事件』参照）もそうだった。

そのいずれのケースも、雪江を背後から衝《つ》き動かすのは、やむにやまれぬ正義感だ。とくに被害者が弱者であったりすれば、それがヒートアップする。今度の場合も、被害者が元捕鯨船の花形砲手で、いまはうらぶれた老人——という人物像にホロリときたらしい。そんな不条理や理不尽がまかり通っていいはずはない——と信じているのである。もしかすると、その時、雪江の脳裏には終戦の飢餓時代を生き抜く糧となった、あの懐かしいクジラのベーコンや大和煮の缶詰が浮かんだのかもしれない。

何はともあれ、母親のお墨付きが出たからには、おおっぴらに事件に首を突っ込むことができる。かといって、太地へはさすがに行けない。藤田に依頼されたルポ記事もまだ脱稿していない身分なのだ。浅見はとりあえず秩父へ出かけて、背古老人の事件をなぞってみることにした。太地の心中事件や梶取崎殺人事件との繫《つな》がりがあるとは思わないが、浅見和生の実家を訪ねた先で遭遇した事件という巡り合わせが気にかかってはいた。

秩父はこの前よりもさらに一段と冷え込んでいた。しんとした寒さは盆地特有のものにちがいない。街のジングルベルも寒さに震えているように聞こえた。

羊山公園は想像していたより広い。麓《ふもと》から登る道はほとんど一車線といっていい狭さだが、舗装はされていて、タイヤ痕《こん》などが採取できなかったのも頷《うなず》けた。急な坂を登りきってから武甲山資料館までは三百メートルほどだろうか。平坦《へいたん》な台地のところどころに桜の木や植え込みがある。

死体が転がっていたのは道路のすぐ脇で、通ればすぐに目につく場所であった。犯人には死体を隠蔽《いんぺい》する意思がまったくなかったことが分かる。要するに死体が邪魔だから捨てた——という気分だったのだろう。それを見届けて、浅見は山を下った。

背古老人が入った「白百合」という喫茶店は、市内のたぶんメイン通りの一つと思われる道路に面していた。名前のとおり白を基調にしたインテリアデザインの、なかなか可愛らしい店だ。

店には若い女性店員と、オーナーらしい中年の女性がいた。浅見は窓際のテーブルに坐ると、世間話のような軽い調子で、このあいだの事件の被害者が、この店にきていたことを切り出した。店員はあまりいい顔をしなかったが、店は空《す》いていて、客は常連が二人いるだけで、店のイメージを気にする必要がなかったせいか、中年女性のほうが話に乗ってきた。

「そのおじいさんは、この辺りの席で外を見ていたのだそうですね」

「よくご存じですね。そうです、その席で、コーヒーを一杯だけ飲んで、八時頃からずっと二時間近くも外を見ていました」

祭りの夜の書き入れ時に、コーヒー一杯で二時間も粘られたのでは、記憶に残らないはずがない。

「祭りの行列を見ていたのかな？」

「いいえ、屋台の行列はとっくに行ってしまった後もですよ。あまりキョロキョロしなかったから、ただぼんやり、外を眺めていたんじゃないのかしら」

「こんなふうにですか？」

浅見は椅子の肘掛《ひじか》けに凭《もた》れるようにして、外を眺めた。

「ええ、そうそう、そんなふうでした。そうやってじっとしてました」

「ドアのほうも気にしている様子はなかったのですね？」

「ええ、警察にもそのことは訊《き》かれましたけど、お客さんが出入りしても、ぜんぜん気にする様子はありませんでしたわね」

浅見はふたたび椅子に凭れた。窓の外を見ると、通りの向かい側の変哲もない街並が見えるだけである。店舗住居兼用のような小さなビルが並ぶ街だ。ビルの一階はどこも店舗になっていて、薬局があって、輸入家具店があって、眼鏡時計店があって、フルーツの店があって……といった具合だ。二階と三階は貸し事務所、その上を住居にしているビルが多いが、不景気のせいなのか、事務所は空室が目につく。

背古老人はどこを眺めていたのか。ただ漠然と焦点を定めずにいたのか。

雲に覆われた秩父の冬は寒い。街を行く人の数も今日は疎《まば》らだった。しかし、あの夜は違ったのだろう。祭りの屋台を追う人の群れで、さぞかし賑《にぎ》わったにちがいない。

だが、老人は屋台が通りすぎ、祭りの喧騒《けんそう》がやんでも、じっと動かずに、何かを眺めていたのだ。それも二時間ものあいだである。ただごととは思えない。

(何を？　どこを？　誰を？――)

浅見もその時の老人のように、飽かず眺め続けた。ただし、見つめているのは頭の中の疑問である。

「モーベルさんに、何かあるんですか？」

あまりにも熱心なので気になったのだろう。店員の若い女性が後ろから言って、浅見の脇にきて窓の外を見た。「モーベル」というのは輸入家具の店である。

「いや、べつにあの店を見ているわけじゃないですよ」

「あら、違うんですか？　あのおじいさんとそっくりな感じだったから、てっきりモーベルさんを見ているのかと思いました」

「ほう……」

浅見は彼女の言葉に触発されるものを感じて、初めて振り向いた。

「そうすると、ご老人はモーベルを見ていたのですか？」

「いえ、お聞きしたわけじゃないですけど、見ている方角はそんな感じでした」

「そう……」

また視線を「モーベル」に戻した。いくら眺めても、そこからいい知恵が生まれてくるとも思えない。

「あの店は、夜も営業しているんですか」

何気なく訊いた。

「いいえ、東京と違って、この辺りは店じまいが早いんですよ。六時か、遅くても七時になれば仕舞っちゃいますね」

「ふーん、それじゃ、ご老人はシャッターが下りた店を二時間も眺めていたのか……」

「ほんとに、おかしな人でしょう。そうやってのんびりしていたくせに、突然、立ち上がって、あたふたって感じで出て行くんですから、一瞬、飲み逃げかと思って、びっくりしちゃいましたよ」

「えっ……」

背筋を緊張が走った。見つめた浅見の目がよほど怖かったのか、女性店員は「ほほほ」と、のけ反るように笑って、

「ちゃんとお金は払ってくださいましたよ。テーブルの上に六百円が載せてありました。五十円のお釣りだったんですけど、お釣りはいいっておっしゃいました」

「お釣りはいい……」

浅見は反芻《はんすう》した。そのひと言は、じつは重要な意味を秘めている。裕福とは思えないホームレス風の老人が、釣り銭の権利を放棄するほどの事態が突発したのだ。二時間も

のあいだ、ぼんやりと何もすることのなかった老人がである。これはほとんど「異変」と言ってもいい。

考えてみると、背古老人がこの店に入ったこと自体、異変だったのだ。「白百合」という名にふさわしく、明るく女性的なインテリアのこの店は、たぶん背古老人にはおよそ似つかわしくなかったにちがいない。

鈴木部長刑事によれば、老人は祭りの行列とは別の、あらぬ方角に視線を送っていて、ふいに思いついたように「白百合」に入ったということだ。

その時、老人の視線の先には、やはり「モーベル」があったのではないだろうか。注目すべき何かが「モーベル」にあった。それならば「白百合」に入った理由も、それ以降の行動についても説明がつく。老人が動かなかったのは「モーベル」が動かなかったためだし、突然の行動に移ったのは、「モーベル」に突然の動きがあったからなのだ。

浅見はその「動き」を見た老人のように、勢いよく立ち上がった。店の女性のびっくりした目の前に、千円札を突きつけた。お釣りはちゃんと貰《もら》うつもりである。

2

「モーベル」は北欧風家具の店であった。いや「風」だけでなく、実際にデンマークやノルウェーからの輸入家具を扱っているらしい。店の入口の脇に「ノルウェー貿易振興協会会員」のプレートが掲示されてある。家具以外にも北欧の産品を直輸入で扱っているグループの一員といったところだろうか。

店は間口はさほどでもないが、奥行きのある建物で、品数はそこそこ豊富だ。お客は浅見のほかに誰もいないが、こういう専門店としてはこんなものかもしれない。浅見の姿を見て店員がさり気なく寄ってきた。品のいい中年の男である。「いらっしゃいませ」とお辞儀をしたが、客の品定めの邪魔にならないように、少し離れた位置で止まった。そこに佇《たたず》んで、何か声をかけられれば、すぐに対応できるような構えになっている。

「ちょっと伺いますが」

浅見は軽く頭を下げて言った。店員は「はい」と愛想よく足を踏み出した。

「こちらのお店の営業時間は、夜は何時までですか」

「はい、午後六時までです」

「このあいだの夜祭りの時も、やはりそうでしたか」

「はい、同じでしたが……何か？」

不都合なことでもあったか——という表情になった。

浅見は「旅と歴史」の肩書があるほうの名刺を出した。店員も「申し遅れました」と名刺をくれた。「株式会社モーベル営業部長　佐々木《ささき》正明《まさあき》」とある。部長が店員を務める程度の規模ということなのだろう。

「じつは、秩父の観光と産業の取材に来ているのですが、秩父市内は夜が早くて、すぐ寂しくなっちゃうのに驚きました。ところが、このあいだの夜、十時頃、おたくの前を通っている時、そこの出入口から人が出てきたもんで、あれ、こんな時間まで営業しているお店もあるのかと思ったのです。しかし、いまの話ですと、従業員の方が帰られるのは七時頃ですよね」

「はあ、早い者は六時半頃までには帰りますが、責任者は七時から八時近くになることもございます」

「それ以降は、こちらの建物に出入りすることはないのですね」

「そうですねえ、建物自体は大家さんが三階に住んでいるので、出入りはもちろんありますが、それは裏の出入口を利用なさっています。正面側の店舗とオフィスの出入りはほとんどないと思います」

「そうすると、このあいだの人は何だったのですかね？」

「ああ、それはきっと、二階のオフィスの人でしょう」

「二階？　というと、一階は全フロアが『モーベル』さんのようだけど、二階はおたくで使っているのではないのですか」

「いえ一応、当店でお借りしています」

「一応、と言いますと？」

「一部、関連のオフィスにお貸ししているのです」

「あ、関連というと、表にプレートが出ているノルウェー貿易振興協会でしたか」

「はい、その事務所です。そこはノルウェーとの連絡などがありまして、時差の関係で時々、遅くまでいることもあるようです」

「なるほど……しかし、そういう国際的な事務所が秩父にあるというのは、ちょっと意外な感じがしますが」

「はあ、おっしゃるとおりですが、秩父はもともと絹織物の産地でしたし、ここが出来ました昭和三、四十年代の秩父は、セメント事業が最盛期で、空前の賑《にぎ》わいだったのだそうです。私が子供の頃のことで、はっきりした記憶はありませんが、街には人が溢《あふ》れかえっているようでした。東京から秩父まできていた電車が、やがては軽井沢《かるいざわ》まで延長されるという計画があったりもして、秩父市が埼玉県西部の中核都市になるとか、それは大変な景気だったようです。まあ、そんなような関係で、輸入家具の将来性を見越して、この店なども出来ましたし、家具や加工用木材の輸出先の拠点として貿易事務所も置くことになったのだと思います」

「セメントはもう駄目なんですか？」

「駄目ということはありませんが、当時の日本列島改造論はなやかなりし時代とは、まるで違いましょう。あの頃はセメントはいくら作っても需要に追いつかず、採石場はフル操業。武甲山の山容はみるみるうちに変わっていきました。故郷のシンボルである武甲山が消えてしまっていいのかと、反対運動が盛り上がってきたのはその頃です。それもあり、不景気で需要そのものが落ち込んで、一時はどうなることかと思いました。現在の秩父は従来からの木材加工に力を入れ、精密機器の工場を誘致する一方、環境を破壊するセメント製造中心の構造から脱皮して、秩父神社をはじめ秩父三十四所、それに周辺の山々など、観光資源を活用する方向で、静かないい街にしようとしています。お蔭様《かげさま》で、当店なども細々ながら、なんとか商売をさせていただいておるようなわけでして」

佐々木は生粋の秩父っ子らしい。いい記事を書いてもらおうと、さながら郷土愛の権化のように秩父を語った。

（似たような話だな――）と、浅見はふと思った。セメント生産という基幹産業が環境破壊を理由にダメージを受けて、観光主体の構造に転換を図る――という辺りが、捕鯨を禁止された太地の事情と通じるところがある。考えてみると、石炭が駄目になり、鉄鋼が駄目になり、戦後の復興期や高度成長期に繁栄した産業が衰退していった土地は、日本の至る所で同じような悩みを抱え、同じように別の道に活路を求めている。

「ところで」と、浅見は本来の目的に話題を戻した。

「二階のノルウェー貿易振興協会というのは、どういった会社なのですか？」

「いえ、会社ではなく財団法人ですよ。半分お役所の出先機関みたいなものですね。詳しいことは存じませんが東京にある事務所の分室のような役割をしているようです」

「何人も勤めているんですか」

「いえいえ、以前は何人もの人がいましたが、現在は常駐の方は一人で、留守の際の電話など事務的なことは、うちの社員が対応しております」

「ノルウェー人ですか？」

「いえ、日本の方です。昔はノルウェー人のスタッフもいましたが、現在は東京だけだそうです」

「いまはいらっしゃいますかね？　もしできたら、話を聞きたいのですが」

「ちょっと聞いてみましょう」

奥のほうの社内電話で確かめて、「オーケーだそうですので、どうぞ二階へ」と、階段のところまで案内してくれた。モーベルの店内と小さなドア一つ隔てた建物の左端に階段の昇り口がある。そこには直接、外から出入りするドアがあり、従業員の通用口にもなっているらしい。

二階は手前が事務所、奥が倉庫になっているようだ。事務所の一部を仕切ってノルウェー貿易振興協会に貸与しているのだろう。ドアに小さいプレートが貼ってある。ノックすると中からノブを回してドアが開いた。五十歳代後半ぐらいの男が「どうぞ」と笑顔で迎えてくれた。背は浅見よりやや低い程度で、痩《や》せ型の神経質そうなサラリーマンといった印象の男だ。

名刺を交換した。

「財団法人ノルウェー貿易振興協会日本本部西関東駐在所　所長　更井《さらい》秀敬《ひでたか》」

おそろしく長い肩書である。

「長ったらしいでしょう」

客が何か言う前に更井は笑った。

部屋はせいぜい十五、六坪ほどに仕切られている。デスクは一応、三脚あるが、佐々木が言っていたとおり、実際に使用されているのは更井のデスクだけのようだ。北欧家具の輸出入に関わっているくせに、使用しているデスクはスチールデスクである。調度品類は案外さっぱりしたもので、ファックスやコピー機、それにパソコンの類《たぐい》がふつうのオフィスなみに揃っているだけだ。

用向きは最前、佐々木から聞いているようだった。「まあお掛けください」と勧められるまま応接セットに腰を下ろして、更井と向かい合った。

「こういう取材を受けるのは二度目ですよ。それも、前回は地元出身の記者さんでした。うちみたいなちっぽけなところには、あまりニュースになりそうな話はないと思ってましたがね」

更井は逆に興味深そうな顔を見せている。

浅見は型通りに、ノルウェーの貿易事務所が秩父にあることの珍しさから入って、具体的な業務やこれからの見通しなどを聞くことにした。更井の話によると、彼は元は日本の商社員だったのだそうだ。ノルウェーの営業所で北欧地域の貿易業務に携わっているうちに体をこわし、長い休暇中に現地で、ある人に紹介されたノルウェー貿易振興協会の幹部に見込まれ、引き抜かれた形でここに来たという。

「かれこれ十年になりますか。私で八代目ということのようですが、こんなに長いのは私が初めてじゃないですかな。秩父は田舎で、仕事も過密ということはありませんから、退屈といえば退屈ですが、体もあまり丈夫なほうじゃないし、のんびりできるぶん、ありがたいと思ってます」

本人が自覚しているように、体力はなさそうだが、事務的な能力はふつう以上のレベルはあるのだろう。浅見はずっと相手の目を見て話を聞いているのだが、見返す眸《ひとみ》は安定していた。人柄も穏やかで、殺人事件はもちろん、大きな悪事を犯せるような人間には見えない。

ここでの仕事の内容は、主にノルウェー産原木の加工と、ノルウェーで部材を用意したものを、秩父の工場で組み立てる、いわゆるノックダウン方式の作業を円滑に行なう事務手続きだという。かつては秩父産絹織物の買いつけの斡旋《あっせん》などもしていたが、それは更井が着任した頃にはすでに終わっていた。

「ノルウェー本国との連絡などがあって、時差の関係でときどき残業することもありますが、楽な仕事というべきでしょうなあ」

更井は呑気《のんき》そうに笑った。

「なるほど、それでこのあいだはお帰りが遅かったのですね」

「は？　このあいだとおっしゃると？」

「十二月三日、夜祭りの日です。たまたま午後十時頃、この前を通ったら、入口のドアが開いて、出てこられたのを見ました」

「私が？……」

訊《き》き返して、ふいに更井の目が揺らぎを見せた。警戒の色と言ってもいい。

「いや、それは何かの見間違えでしょう。私はその夜は零時過ぎまでここにいましたよ。ノルウェーからの連絡が入る約束になっていましてね、祭りどころではなかったから、よく憶《おぼ》えています」

「そうでしたか……じゃあ勘違いですかね。いや、べつにどうということではないのですが」

浅見は笑い捨てて、それからしばらくは意味のない世間話程度のことを話して、辞去することにした。

更井はドアの外まで出て、浅見が階段を下りきるまで見送った。

浅見は下の店に戻ってから、やや間を置いて、ふたたび階段を昇った。足音を忍ばせ、ゆっくりゆっくり昇った。事務室の中から更井が電話している声が聞こえてきた。途中からだし、切れ切れにしか聞こえないが、「浅見という……」と言っている。それから「旅と歴史」の住所や電話番号を伝えているらしい、小声が聞こえた。最後に更井は、「気をつけたほうがいいかもしれません」と言っていた。

浅見は、自分の心臓の鼓動に怯《おび》えながら、階段を後ずさりするようにして下りて「モーベル」の店内は通らず、直接、表に出た。

更井が一瞬見せた目の揺らぎは、やはり意味のあるものだったのだ。午後十時に出るところを見た——と浅見が言った時の彼の反応は、ただごとではなかった。いたずらが見つかった悪ガキか、不貞がバレた時の気弱な亭主——といった感じだ。

しかし、その後すぐに、われを取り戻したのには感心した。「それは何かの見間違えでしょう」と言い切った様子は、嘘を言っているとはとても思えない、断固たる自信に満ちたものだった。つまり、「出て行った」のが更井ではないということだ。

そうはいっても、更井が一瞬見せた動揺は本物だった。客が引き上げた後、慌てて電話で「ご注進」に及んだのはその証拠である。更井本人ではないが、「出て行った」人物が実在したことは間違いない。彼はその人物に「浅見」というルポライターが来たことを告げ、「警戒したほうがいい」と忠告したわけだ。

なぜだろう——と考えれば、「あの夜」に起きた殺人事件と無関係とは思えない。

この付近には警察が何度も聞き込み捜査に訪れて、背古老人が「白百合」を出た時刻に不審な人物を見かけなかったか、目撃情報を訊き回っていたはずである。夜中まで残業していた更井も当然、その聞き込みの対象になったにちがいない。だが更井は「知らない」とつっぱね通したのだろう。

一般的に言って、警察がいくら「不審者を見なかったか」というような漠然とした聞き込みをしても、ちゃんとした答えが返ってくることはめったにない。無関係の人間なら正直に答えるだろうけれど、「不審者」に関係のある者は絶対にまともには答えない。

まして、殺人事件の捜査に来た刑事に対して、知人に累を及ぼすようなことを言うはずはない。更井にしたって、自分のところに来た客が事件に関係している「不審者」であるなどとは、思いもよらなかったのかもしれない。

ところが、訪ねて来たルポライターが「午後十時に『モーベル』を出た人を見た」と、ズバリ目撃談を語ったのである。だから更井はギョッとして、思わず動揺を露呈した。その瞬間、更井は殺人事件と「客」の繋《つな》がりを初めて連想したにちがいない。

しかし更井はすぐに踏みとどまった。動揺をかき消して、平然と笑みを浮かべ、「そんな人物はいない」と否定した。見かけによらぬタフな精神力の持ち主というべきだ。

それにしても、問題の十時に「モーベル」を出た人物のことを、口が裂けても言えなかったどのような事情が、更井にはあるというのだろうか？

浅見は「モーベル」を出て、五十メートルほど先まで歩き、街角に立って振り返った。「モーベル」と「白百合」が向かい合う通りを眺め、「その夜」の情景を思い描く。午後十時過ぎ、「モーベル」の建物からその人物——更井の電話の口ぶりから見て、相手はたぶん男性で、それも更井より目上の人間と思われる——が現れ、その直後、「白百合」から背古老人が飛び出した。

そして——。

背古老人は男の後をつけたか、ひょっとすると呼び止めたか。

もし呼び止めたとすると、その瞬間の男の驚く表情が目に浮かぶようだ。しかし、警察の聞き込み捜査に、それらしい目撃談が浮かび上がっていないということは、老人はすぐには声をかけず、しばらく男の後を追ったと考えるべきかもしれない。

そして、それから何があったのか——。

浅見は真っ直ぐな通りをじっと眺めた。そうしていると、祭りの喧騒《けんそう》がやみ、人通りが途絶えた暗い街を、男と老人の遠ざかってゆく姿が見えるような気がする。その先にはいっそう暗い闇がある。

それから間もなく、背古老人は本物の闇の底に、永久に突き落とされるのだ。

いったい背古老人とその男はどういう関係なのだろう？

老人が秩父の夜祭りの最中、その男を見つけたのは偶然だったのだろうか？　それとも、東京からずっと、男の後をつけて秩父に来たのだろうか？

いずれにしても男にとっては、老人の出現は予想外のことだったし、きわめて望ましくない出来事だったにちがいない。男が文字通り一刻の躊躇《ちゅうちょ》もなく老人を殺害した果断の措置に、その切迫感が表れている。

（何者？——）

あらためて、その男のイメージを想像してみようと試みた。背古老人の知人ということろから推測すると、老人とはあまり年齢差のない、おそらく六十歳から七十歳ぐらいまでと考えられる。一撃で老人を倒したことからいえば、屈強の男——というイメージがあるが、背後から油断を見澄まして、鈍器様のもので殴打するには、それほどの膂《りょ》力《りょく》を必要とはしない。極端にいえば女性でも可能な犯行だ。男という前提で考えるのは危険かもしれない。そうなると、年齢のことも一概には言えない。

浅見は頭を振って、出来かかっていたイメージを払い捨て、今度は別の角度からその人物の実像に迫ることにした。

浅見は更井にはあくまでも、十時に「モーベル」を出たかどうかを訊いただけで、背古の事件のことにはまったく触れていない。にもかかわらず、電話の様子からいって、更井は浅見というルポライターの登場に、なみなみならぬ警戒感を抱いたようだ。その理由は、どういう角度から考えても、あの事件と無関係とは思えない。

見知らぬルポライターがやってきて、いきなり「午後十時……」と質問すれば、大抵は（何かある？――）と警戒するものだろうけれど、更井がそれを素知らぬふりで否定し、しかもすぐに電話をかけ、「警戒したほうがいい」と伝えたのは、大いに怪しい。

その人物――「X」は祭りの夜、午後十時頃に「モーベル」を出ている。更井がその事実をなぜ隠すのか、それが問題だ。「X」が背古老人殺害に関わっているかどうかはともかくとして、何か後ろ暗いところがあることだけは確かだ。

こういう場合、警察のような捜査権を持たないことが、浅見は歯がゆい。

もっとも、警察が事情聴取に行っても、更井が素直に本当のことを話すかどうかは分からない。これまでだって、その気があれば、いくらでも話すチャンスはあったのだ。ただし、警察に特定の予見があって事情聴取に臨めば話はべつかもしれない。警察がいったん的を絞って訊問《じんもん》を始めるとなると、相当にしつこい。僅《わず》かな言葉尻《じり》を捉《とら》えて、ビシビシ言葉による拷問を加え、その結果、冤罪《えんざい》を生むことさえある。

まあ、そんなのは論外としても、せめて話し合いのチャンスでも与えてもらえたら、うまく誘導して本音を聞き出せる可能性はあるのだが、素人探偵にはそれすらもできないのがつらい。

しばらく思案してから、浅見はついに諦《あきら》めてソアラの待つ駐車場へ向かった。これから先は秩父署の鈴木部長刑事に委《ゆだ》ねるしかない。無理な「捜査」をすれば、それこそ兄陽一郎に迷惑をかける事態を引き起こしかねないと自戒した。

3

鈴木は思いがけなく早く連絡をくれた。あの日の夜、フェリーで東京を離れ、翌朝、那智勝浦に着いて、その日丸一日を費やして聞き込みを終え、翌々日の未明の船で帰ってきたのだそうだ。警察官もなかなか大変な職業ではあった。

「背古徳二郎は五年ほど前に太地を離れたのだそうです。親戚《しんせき》は多いのだが、家族運に恵まれない独り暮らしでして、郷里を出たのはそのこともあったらしいですな」

「そのことも——というと、他の理由もあるのですか？」

「うーん、あるにはありますがね、電話ではちょっと……」

「分かりました。それじゃ明日、秩父へ行きます」

「しかし、明日は忙しい……」

あまり歓迎するような雰囲気ではなかったが、浅見は強引に電話を切った。

翌朝はアポイントを取らずに出かけて行った。秩父に着いたのは十時頃だったが、鈴木は昼食時間まで摑《つか》まらなかった。

鈴木は周囲に気兼ねするような様子を見せながら、それでも浅見に付き合って、このあいだと同じ「武蔵屋」という蕎麦屋《そばや》へ行った。

「素人さんと一緒にいるのは、どうも具合がよくないのですよ」

「それはそうかもしれませんが、僕から情報を仕入れるという名目にすれば構わないでしょう。事実、ビッグニュースがあります」

「ふーん、どういうニュースです？」

「それは後にして、まず背古さんのことから話してください」

背古徳二郎はかつては腕利きの砲手として鳴らしたが、捕鯨の一時停止以降は職を失った形で、太地の自宅でゴロゴロする日々を送っていた。太地湾のイルカ漁や、一般漁船に乗り込む日銭稼ぎのような仕事はあったが、パッとしなかったようだ。

それでも生活に困窮することはなかった。贅沢《ぜいたく》さえしなければ、地元の人々に助けられながら、なんとか暮らしていけた。その背古が、すでにそう若いと言えない歳になってから太地を出たのは、彼が捕鯨に反対する姿勢を示し始めたためであった。

捕鯨船の花形砲手だったくらいだから、背古は捕鯨の町・太地の申し子のような人間だった。それがある時から、「捕鯨反対」を主張するようになった。捕鯨はもちろん、クジラを食べることも否定したのである。

太地にいて捕鯨反対、クジラを食うな――とやっては明らかに異端だ。村八分のような時代錯誤はないにしても、住民たちの神経を逆撫《さかな》ですることは間違いない。それまで背古と好意的に付き合っていた住民のほとんどがいっぺんに離れてしまった。親戚たちはなおのこと非難ごうごうであった。徳二郎のために、自分たちまで肩身の狭い思いをしなければならない――というわけだ。

背古がなぜ突然、反捕鯨に走ったのか、その理由は誰に訊《き》いても分からないそうだ。親戚の長老や町の有力者たちが、入れ替わり立ち替わりして徳二郎に真意のほどを確かめたのだが、具体的な理由は話さなかったということである。「生類憐《しょうるいあわ》れみ」のような宗教的な理由でもないらしい。

結局、背古徳二郎は自分から居場所を無くした恰好《かっこう》で、とうとう故郷を離れざるをえなくなった。その後、彼がどこへ行ったのか、誰も知る者はなかった。東京の新宿でホームレスをしたあげく、秩父の山中のようなところで殺されていたと聞いて、町の人々は暗澹《あんたん》とした表情を見せたそうだ。徳二郎をそこまで追いやった責任を感じたのだろう。

「それが聞き込みのすべてです。まあ結論として、捜査の参考になるような話は聞けなかったというわけですな」

鈴木部長刑事は蕎麦湯を啜《すす》りながら、自嘲《じちょう》的に言った。

「そんなことはないでしょう」

浅見が言下に否定したので、鈴木は飲んだばかりの蕎麦湯を吐き出しそうになった。

「そんなことはないって……いや、どう考えても、手掛かりになるような事実は何も出ませんでしたよ」

「そうでしょうか。僕には少なくとも重要な事実が三つあるように思えますが」

「ん？　三つもですか？　何ですか？」

鈴木は出来の悪い中学生のように、キョトンとした目で浅見を見つめた。

「一つは、背古老人がある時から突然、反捕鯨論者に転向したということ。もう一つは、その理由をどうしても言わなかったこと。そして最後の一つは、背古老人は郷里を出て、なぜ東京に来たのか、です」

「はあ……それがどうして、何か事件に関係でもあると？」

「あると思うべきでしょう。だって、背古老人にとっては、捕鯨は人生そのもののような仕事ですよ。その捕鯨を否定し、ひいては生まれ故郷に決別しなければならないような、重大な転身に踏み切ったのだから、そこにはよほどの、何か大きな理由があったにちがいありません。しかも、その理由を誰にも言いたがらなかったという、その理由にも秘密がありそうじゃないですか。郷里を出た後、大阪でも名古屋でもなく、東京に流れてきたのにも何か理由がありそうです。そうして悲劇的な最期を遂げたのは、その大きな転向点から事件ストーリーが始まっていたと考えるべきです」

「まさか……」

鈴木は呆《あき》れたように言った。

「じゃあ、浅見さんは背古老人が反捕鯨運動に転じたことが、殺害されることの原因だったとでも言うんですか？」

「反捕鯨運動が原因だとは言いませんが、転向した理由に、事件の本当の原因が潜んでいることを疑うべきだと思います」

「ふーん、どういう意味か、よく分かりませんなあ」

鈴木は腕を拱《こまね》いて、しばらく考えたが、じきに諦めたように首を振って、言った。

「それで、浅見さんのビッグニュースなるものは何ですか？」

「じつはですね」

浅見は唇を湿して言った。

「背古老人が事件直前にいた『白百合』の向かいに、『モーベル』という家具屋があるのを知ってますか？」

「もちろん知ってますよ。あそこは秩父じゃ有名な高級家具店だし、事件後、自分も聞き込みに行きましたからね。それがどうかしたんですか？」

「聞き込みの結果は、何も出なかったのではありませんか？」

「ああ、何もなかったですな。家具店のほうは六時半頃に閉まって、八時頃には社員は全部帰ったそうです。ただ、二階に別会社のようなオフィスがあって、そこに一人、夜中まで残業していた人がいたが、夕食に出た以外、外出はしていないし、もちろん不審な人物も見ていないと言ってました」

「ところが、じつはいたのですよ」

「えっ？」

「そのオフィスの人は更井というのですが、更井氏のところに客があって、午後十時――つまり背古老人が『白百合』を出た時刻に、『モーベル』を出ているのです」

「驚いたなあ……浅見さん、あんたどうしてそんなことを……第一、更井なんて名前までどうして知ってるんです？」

「取材に行きましたから」

「取材って、あんた……そういう捜査の妨害をするようなことは困るなあ」

「妨害なんかしてませんよ。捜査協力と言っていただきたいですね。それはともかく、鈴木さんにはその男のことをぜひ洗い出していただきたいのです」

「洗い出すって、その男が不審人物だっていうんですか？」

「ええ、少なくとも更井氏が警察に、その夜に『モーベル』を出た人物がいたことを言わなかったのは事実です」

「うーん……しかし、それだけでは不審者とは言い切れないが」

「だったらなぜ黙っていたのでしょう」

「それは……しかし、本当にそういう男がいたのかな？　更井が浅見さんにそう言っていたのですか？」

「いえ、何も言いません。しかし気配で分かりました。間違いなく、午後十時に帰った客がいたはずです。更井氏を問い詰めても言わないと思いますが、ひょっとすると下の『モーベル』の店員の誰かが見ていた可能性はあります。とくに佐々木という責任者は遅くまでいる習慣のようです。男が帰ったのは十時だとしても、やって来たのはもっと早い時間、八時前だったかもしれません」

「あんた、そんなことまで調べて……まずいよそれは。自分の責任に関わる……」

「ですから、僕のことは内緒にして、ここから先は鈴木さん独自で調べてくださればいいのです。必ず収穫があるはずですよ」

「うーん……」

鈴木は何度目かの唸《うな》り声を発して天井を見上げたが、「分かりました」と言った。

「早速、『モーベル』へ行ってみることにします。だけど浅見さん、あんたこれ以上は首を突っ込まないでくれませんかね。でないと、場合によっては公務執行妨害でパクるようなことになりかねない」

「ははは、駄目ですよ、脅しても」

「脅しじゃない。まあ、捜査協力もほどほどにってことですね」

そう言うと、怒ったように乱暴な手つきで伝票をひったくり、立ち上がった。

「あっ、支払いは僕がしますよ」

「いいからいいから。このくらいは、あんたが言うところの捜査協力の見返りで自分が払います。だから、くれぐれも今後はおとなしくしてもらいたい」

どうやら鈴木は本気らしい。

「それじゃ、聞き込み捜査の結果は、後で教えてくれるのでしょうね？」

外に出てから、浅見が訊くと、「まあ、そのくらいのことは教えますがね」と、突《つ》っ慳貪《けんどん》に答え、「ではこれで」と後ろ向きに手を挙げて、浅見を残したまま、さっさと行ってしまった。

（やれやれ――）

どうして警察はこんな具合に素人探偵を邪魔者扱いするのだろう――と、浅見は鈴木の後ろ姿を見送った。そう思う反面、確かに自分にも嫌われる素質があるかもしれない――と反省はする。警察が把握している以上の事実を、たとえそれがまだ推量や憶測の段階だとはいえ、あまりにも先走って指摘しては、刑事稼業を天職と思っている彼らのプライドを逆撫ですることになるだろう。

これからはなるべく控えめにしよう――と自戒しながら、そう思う傍から、浅見はさっき挙げた三つの疑問以外に、もう一つ気がかりなことを思いついた。鈴木の話の中に、背古老人が「家族運に恵まれなかった」というくだりがあったことである。家族運に関しては、いささか恵まれすぎている浅見には、恵まれない状態なるものが、どういうものなのか、関心があった。

もっとも、それは大した問題ではない。それこそ事件には関係ないことだ。早速、(自戒自戒――)と自分に言い聞かせて、思い捨てることにした。

だいたい浅見は、自分でもいやになるくらい、どうでもいいような瑣末《さまつ》事にこだわる悪癖がある。幼い頃、虹《にじ》の根っこを尋ねて、見知らぬ街まで行ってしまったことや、浜辺に作った砂の城を波が浸食してゆく様子を、日が落ちて誰もいなくなった後も、最後まで見届けていたことなど、好奇心は生まれつきのものらしい。

見上げる空から風花が舞い落ちてきた。いつの間にか雲が広がり、そろそろ雪になるのかもしれない。盆地の気温はぐんと下がってきた。気象庁の長期予報によれば今年は暖冬だそうだが、あてにならない。足元の明るいうちに引き上げたほうがよさそうだ。

次第に強くなってくる北西風に追われるように、浅見は関越《かんえつ》自動車道で東京へ向かった。時間は予定より大幅に早い。途中の三芳《みよし》サービスエリアから自宅に電話すると、須美子が出て「藤田編集長さんがお電話くださいっておっしゃってました」と言う。

(原稿の催促か――)

浅見は首をひねった。「クジラ」のレポートは年内に原稿を入れてくれればいいと言っていたのである。珍しく余裕のある仕事だから、浅見も念入りに取材をしてきたのだが、また気が変わったのだろうか。

だが、用件は原稿の催促ではなかった。藤田は憂鬱《ゆううつ》そうな声で「都合がよかったら、社に寄ってくれないか」と言った。藤田がこっちの都合を確かめるなどは、いまだかつてあったためしがない。

新橋《しんばし》にある出版社の「旅と歴史」編集部に顔を出すと、藤田はすぐに立ち上がり、浅見の腕を摑《つか》んでドアの外に連れだした。そのままドンドン歩いて表に出て、少し離れた喫茶店に入った。

「例の『クジラ』の話だけどね、ちょっと趣旨が変わった」

テーブルについて、コーヒーを注文するなり、切り出した。

「えっ、キャンセルですか？」

浅見は膨大な取材費や、すでに手をつけている原稿の枚数を計算した。取材費の実費は貰《もら》えるにしても、取材や原稿執筆に費やしたタイムフィーは払ってくれるかどうか、きわめて心配なことである。

「いや、キャンセルではない。キャンセルではないが、方針変更だな」

言いながら、藤田はだんだん不機嫌な顔になってゆく。運ばれてきたコーヒーを、ブラックのままガブッとやって、「あちち……」と目を白黒させた。

「方針変更というと、枚数の削減とか」

「そうじゃない。むしろ浅見ちゃんの気のすむまま、書きまくってもらいたいくらいだ。ただし、その場合はおれもクビを覚悟しなきゃならんけどね」

「どうしちゃったんですか？」

「これだよ」と、藤田はポケットから紙片を出して、テーブルの上で広げた。Ａ４判のコピー紙にインターネットで引いた情報をプリントしたものである。

「今日の夕刊か、明日の朝刊で新聞が扱うと思う」

記事は「クジラ」に関するものだ。「ノルウェー」の活字が真先に目に飛び込んだ。

〔ノルウェーのグレーグッセン漁業相は、同国近海で捕獲した鯨肉の輸出を解禁すると発表した。輸出先には言及していないが、事実上、主に日本市場向けとみられる。

同漁業相は記者会見でことしのクジラの捕獲量を約六百トンと推定。鯨肉約百五十トンを輸出に回せるとし、日本人が好む「尾の身」やベーコン用の「脂身」なども輸出対象であると語った。

ワシントン条約でクジラの商取引は禁止されている。この決定を留保している日本やノルウェーでは、法的には問題ないが、環境保護団体をはじめとする、反捕鯨国の批判を浴びるのは必至と見られる。

ノルウェー国内で鯨肉は一キロあたり日本円に換算して約四百五十円。日本では低く見積もっても五倍以上の高値で取り引きされるため、同国にとっては外貨獲得の貴重な資源になりそうだ。〕

「驚きましたねえ」

浅見は率直な感想を述べた。

「ああ、おれも驚いた。驚いて腹が立った。それで方針を転換することにした。じつはこの件で朝から中沢《なかざわ》常務とやりあって、ようやく説得したところだ」

「じゃあ、この仕事は常務のお声がかりだったってことですか」

「うん、通産省の某外郭団体からいろいろと働きかけがあって、クジラ問題を取り上げることになったのだそうだ。もちろん捕鯨再開を促進し、鯨肉を大いに推奨するというのが連中の狙いだったのだが、まあ、そこまでお先棒を担ぐ気はさらさらなかったがね。とはいっても浅見ちゃんを巻き込んで、日本のクジラ産業に与《くみ》するようなルポに仕立てようとしたことは事実だ。おれもクジラは好物だし、そのこと自体にはあまり抵抗を感じなかったのだが、背景にこういう邪悪な事情があるとなると話は別だね。いやしくも『旅と歴史』の編集長としては、この雑誌の魂を悪魔に売り渡すつもりはない。だから当初の方針を変更して、あくまでも事実関係のみを忌憚《きたん》なく浅見ちゃんに書いてもらうことにした。むしろ、そういう姑息《こそく》な手段を弄《ろう》して、日本の対外的なイメージを失墜させるやり方を、大いに批判してもらいたいくらいだよ」

藤田は喋《しゃべ》りまくり、鬱憤《うっぷん》が晴れたのか、いくらかさっぱりした顔になった。

「分かりました。いいですねえ、編集長がそう割り切ってくれるなら、僕も思う存分、書けそうな気がしてきました。といっても、一方的に批判するような立場は取りませんよ。捕鯨禁止の弊害だって、絶対にないとは言えないのですからね。永野稔明氏が提唱しているような、漁業資源への脅威ということも無視できないかもしれません。捕鯨に対する漁民の思いや、逆にクジラをかわいいと、愛着を抱く人々の思いもある。その両方についてありのままを、思ったとおりに書くつもりです。それにしても、自分の手を汚さずに、ノルウェーが捕獲したクジラを輸入しようという根性は情けないですね。そうまでしてクジラを食べたいのかなあ。第一、それでは捕鯨漁民には何の恩恵もなく、単に商社が潤うだけじゃないですか。こんなことを日本の国民は許してしまうのでしょうか？」

藤田と違い、たんたんと話しながら、浅見は永野稔明のことを思った。今回の鯨肉輸入問題に、水産庁出身であり、捕鯨再開を推進する立場にいる永野が、何らかの関与をしていないものだろうか——と思った。

永野はしかも太地の出身でもあった。そう思った時、浅見は身震いが出るほどの衝撃を覚えた。

背古徳二郎老人がまだ若く、捕鯨船の花形砲手だった頃、永野稔明は太地で少年時代を過ごしていたのだ。彼ら二人はその時に接点があった！

背古老人が東京で永野と出会ったとしても不思議はない。しかし、現在はとても対等に付き合える身分ではなかった。声をかけそびれたか、それとも声をかけても相手にしてもらえなかったか。とにかく背古は永野をつけて秩父まで行った。

（そして——）

「……浅見ちゃん、おい、どうしたんだよ、急に黙りこくっちゃってさ」

藤田が心配そうに顔を覗《のぞ》き込んでいるのに気がついて、浅見はわれに返った。

「あ、すみません。ちょっと用事を思い出したもんで、失礼します」

浅見はあたふたと喫茶店を出た。ソアラにもぐり込むと、すぐに自動車電話の受話器を取って永野の事務所の番号をプッシュした。「はい、永野稔明事務所です」と女性が出た。浅見は送話口をハンカチで覆って、少ししわがれ声を作った。

「先生はいらっしゃいますか？」

「あの、どちらさまで？」

「秩父の更井ですが」

「あ、更井さん、こんにちは。このあいだは御歳暮、ありがとうございました。あいにくですが、先生はいま外出中ですけど」

「そうですか。それじゃまたお電話します。いえ、急ぎの用事ではありませんので」

電話を切って、浅見は心臓が苦しいほどの緊張を感じていた。

永野稔明――クジラ――ノルウェー――貿易振興協会という図式が成立したのだ。あの夜、秩父の「モーベル」を訪問したのは永野稔明だったにちがいない。

浅見は置いたばかりの受話器を握って、秩父署に電話した。だが鈴木部長刑事は不在であった。苛立《いらだ》ちを抑えて、自宅へ向かい車を走らせた。

夕刻過ぎになって、ようやく鈴木が摑まった。浅見は意気込んで「どうでした？」と訊《き》いた。

ました」

「ああ、浅見さんが言ったとおり、三日の午後八時頃、『モーベル』の二階に客がありましたよ」

「そうでしょう、やっぱり。それで、その男の名前なんかは分かりましたか？」

「男？　いや、客は女性が一人です」

「えっ、女性？……」

「そう、少なくとも『モーベル』の佐々木氏が目撃した客は女性で、一人だったそうです。もっとも、その後、訪ねてきた男がいたかどうかは分かりませんがね」

「その女性は何者ですか？」

「いや、それは分かりません」

「分からないって、訊かなかったのですか、更井氏には？」

「訊いたが、言わないのですよ。プライバシーに関することだからとか言って。まあ、それ以上、追及する権限もありませんしね」

「そうですか……」

浅見は言葉を失った。

4

鈴木からもう少し詳しく聞いたところによると、「モーベル」の佐々木部長がその女性と出会ったのは、午後八時頃だったという。店を出て十メートルほど行ったところで女性とすれ違った。

「その女性なるものが、若くてけっこう美人だったのだそうですよ。表の通りは屋台が通過中だったが、佐々木は思わず女性のほうを振り返ってしまったと笑ってました」

ところがその女性は、たったいま佐々木が出てきたばかりのドアを開けて、建物の中に入って行った。

「モーベル」の建物は店の出入口とは別に、建物の左端に、社員や関係者専用の出入口がある。もちろん二階の「ノルウェー貿易振興協会」のオフィスにも通じている。日中はオープンにしていて、そこから店内に通じるドアもあるから、客が利用することもできる。先日の浅見がそうだった。

夜間、店のシャッターが下りた後は、社員はこのドアから出入りする。その夜も佐々木は社員がすべて出た後、しばらく事務処理に時間を費やしてから、最後にドアを出て家路に就いた。彼が女性を目撃したのは、その直後ということになる。

「そうですか、女性だったのですか……」

落胆がそのまま声音に表れた。

「いまの話の印象ですと、その女性は佐々木氏の知らない顔だったのでしょうね」

「そうです、初めて見る顔だったそうです。一度見たら忘れられないほどの、相当な美人だったと言ってますよ」

「女性が来た目的や帰った時刻については、更井氏はどう言ってるのですか？」

「ですからね、用件は言わないんですよ。帰ったのはそれから間もなくだと言ってましたが、それが事実かどうかは分かりません。ただ、更井が深夜までオフィスにいたことだけは間違いないですね。ノルウェーとの通信記録が残ってました。まあ常識的に考えて、更井の愛人といったところじゃないですか。素性を明かさない理由もその辺りにあるんでしょう。もちろん、これっきりにはしません。女の素性を聞くまで、何度でも更井を訪問するつもりですがね」

　鈴木は「それじゃ、失礼しますよ」と、電話を切りかけた。

「あっ、ちょっと待ってくれませんか」

　浅見は慌てて引き止めた。

「その女性が『モーベル』に入ったのは午後八時頃って言いましたね。それは鈴木さんが背古老人を見かけた時刻と一致するのじゃありませんか？」

「そうですね、確かに同じような時間帯ではありますね」

「老人が注意を惹《ひ》かれていたのは、その女性の方向ではなかったのでしょうか」

「いやあ、そこまでは分かりません。かりにそうだったとしても、道路のこっちと向こうですからね、屋台の行列に遮られて、見通しがききませんよ」

　電話を終えた後も、浅見はしばらく受話器を握ったまま、ぼんやりしていた。

　考えてみると、背古老人が東京で永野を見かけて、秩父までつけて行った——という憶測からして、相当に無理があったのだ。旧知の仲なら、出会った時点で声をかけそうなものである。それに、かりに永野が秩父に行くにしても、はたして電車に揺られて行くものだろうか。現に浅見でさえマイカーを利用しているのだ。

背古がつけた相手が女性だったとなると、さらに説得力に欠ける。若い美人だったそうだから、年甲斐《としがい》もなくつけてみたい欲求に駆られたということはあるかもしれないが、七十の老人がストーカーまがいに何時間もの距離を、わざわざ電車に乗ってまでつけて行くとは考えにくい。

むしろ、背古はたまたま秩父に来ていて、そこで女性に会ったとしたほうが自然だ。鈴木部長刑事がガンをつけたように、秩父夜祭りの賑《にぎ》わいは、背古にとって稼ぎの場所だったのかもしれない。

いずれにしても、更井の訪問客が女性であっては、浅見の思い描いたストーリーが的外れであったことに変わりはない。背古老人を殺害したのが女性である可能性は絶対にないとは言い切れないけれど、それはあくまでも可能性の問題であって、現実性にはきわめて乏しい。

とはいえ、更井が女性の素性を明かさないという理由には興味が残る。鈴木もこれっきりで済ますつもりはないそうだから、今後の事情聴取から何か新事実が発見されないともかぎらない。どちらにせよ、その結果が出るまでは、浅見も動きようがなかった。

それに、本来の仕事のほうもそろそろ纏《まと》めにかからなければならない。藤田編集長の方針転換があってもなくても、クジラ問題はひょっとすると、「環境と産業」という今日的なテーマの象徴となりうるものだ。

どういうわけか、ノルウェーの鯨肉輸出問題は、マスコミが初日に報じただけで、翌日はもう続報がなかった。あまり騒ぎたてるのは国益にならないからという理由で、政治的な報道管制でも布《し》かれたのではないかと疑いたくなる。

あの報道があった以後、判明したのは、ノルウェーの鯨肉の買いつけに動いたのが、日本の四つの商社だということだ。一社でなく四社というところに、何となく政治的な作為を感じてしまう。みんなで渡れば怖くないのココロである。

ノルウェーが輸出する鯨肉は「尾の身」と呼ばれる尾に近い部位とベーコン用の「脂身」だそうだ。尾の身は刺身として、一般の魚よりも美味と言われる。このあいだの渋谷のクジラ料理の店では供されなかったほどの貴重品だ。ベーコンは浅見の母親の話では、戦後の食糧難を救った最も庶民的なクジラ肉だったという。

尾の身にせよ脂身にせよ、ノルウェー国内では消費しきれないのだろうか。それとも、そういう肉は食べない慣習があるのだろうか。アメリカなどでは、かつてクジラはほとんどが鯨油を搾る目的で捕獲され、体の大半は投棄したのだそうだ。それに較べると、日本ではクジラは余すところなく利用する。だからわが国では捕鯨は再開してもいいのだ――という説もある。

とにかく調べれば調べるほど、現在の日本人がいかにクジラについて知らないかがよく分かる。クジラ肉の食べ方にしても、刺身、ベーコンのほか、スキ焼き、酢味噌《すみそ》和えなどがあるが、「松浦漬《まつうらづけ》」に代表される軟骨の粕漬《かすづ》け、海丹《うに》漬け、さらには内臓までさまざまな食し方があることを浅見は初めて知った。

もちろん、かつては油も食肉とともに重要な利用法であった。一七七八年の暮に司馬《しば》江漢《こうかん》が長崎地方で見聞した記録に、「背美鯨十余間の者、油二百樽。金にして四百両なり」とある。セミクジラよりもマッコウクジラのほうがさらに油の量が多く、マッコウクジラからはその上に「竜涎香」という香料が採れた。そのほか漢方薬の原料、工芸品としてのヒゲや骨の利用等々、まったく捨てる部分がないというのは、過大な言い方でないことが納得できた。

確かに、資源として考えるかぎり、クジラは魅力的な獲物である。要は地球上に共に生きる仲間として、人間が彼らと共存するかどうかという、生命倫理ともいうべき根本的な理念に関わる問題だ。

可愛いから、あるいは可哀相だから――というだけで反捕鯨の理由にするのは、あまりにも情緒的すぎるような気がする。ウシだってウマだって可愛いし、『ベイブ』という映画を観た人なら分かるだろうけれど、ブタだってなかなかどうして、可愛らしい「仲間」のように思えるものだ。

ただし、彼らとクジラとの決定的な相違点は、人為的、人工的に繁殖させられているかいないかの差である。サケも人工孵化《ふか》によって資源が守られ、安定的に供給されるようになった。しかしクジラは完全な野生だ。クジラを捕獲するのは、つまり自然そのものを収奪し破壊することにほかならない。

唯一、捕鯨を正当化する拠《よ》り所のように思われている永野稔明の理論は、クジラが水産資源を大量に食うという点に要約される。捕鯨停止以来、増えすぎたクジラによって、イワシ、サンマはもちろん、はえなわに掛かったマグロまで食い荒らされると主張する。増えすぎたために、クジラ自体も飢餓状態におちいり、餓死するクジラが現れた。したがって捕鯨は解禁し、適正な数量を捕獲。それによってクジラばかりでなく、他の水生動物資源の安定を図るべきだというのである。

その「理論」に触れた時、浅見も（なるほど――）と感心した。そういう考え方があることに、目からウロコが落ちたような気がしたものである。

しかし、クジラが増えすぎたために魚が減ったという理論は、事実なのだろうか――と考えると、首をひねりたくなる。数百年昔、近代捕鯨が始まる以前の海には、現在よりもはるかに多くのクジラが生息していたはずである。だからといって、水生動物――魚が極端に少なかったとは思えない。

沿岸漁業が落ち込んだのは、ニシンに代表されるような乱獲が原因ではないのか。マグロにしたって、漁港の冷凍庫が満杯になり、始末に困るほど獲《と》りまくっていた。その結果、マグロが絶滅の不安を感じさせるほど減少し、ついには国際条約によって漁が規制された。現在、わが国で消費されるマグロのかなりの部分が、アフリカや南米大陸の沿岸諸国からの輸入によっている。

マグロばかりではなく、他の多くの水産物が他国で捕獲されたものを、商社が輸入して国内に配給する。つまり、いまや水産物は漁業の対象である以上に、貿易によって流通する「商品」になってしまった感がある。

クジラはその中で最後に残された「聖域」といってもいい。ワシントン条約には抵触しないが、世界常識や倫理の枠によって守られてきた聖域である。いまノルウェーがやろうとしていることや、日本の商社がやろうとしていることは、その枠を無視することにほかならない。早い話、金儲《かねもう》けの手段としてクジラを利用しようということだ。ノルウェーに経済的に逼迫《ひっぱく》しているような事情があるのなら、背に腹は替えられないという大義名分があるかもしれない。しかし、わが国の経済事情や食糧事情は、戦後のようにクジラを必要とするような状況にはない。それどころか飽食の時代の真っ只中《まっただなか》にあって、さらに旨《うま》い物、珍しい食材をと追い求める有り様だ。そのどこにも、世界の同情を期待できるような要素はない。

ワープロにそういった考えを打ち込みながら、浅見はこの「商談」は成立しないな――と思った。世界の反発を前に、それでもクジラの輸入に踏み切るとは、どうしても考えにくい。ひょっとすると、今回の報道は、いわゆる様子見のアドバルーンではないかとさえ疑った。

「なぜいま捕鯨再開か――捕鯨の歴史と将来」と題するルポの執筆は快調に進み、「年内に」という藤田の注文よりは、この分だとかなり早めに脱稿しそうだった。それでも、ワープロを叩《たた》く合間合間に、事件のことが脳裏をかすめるのには閉口した。とくに捕鯨船の「砲手」を務めた背古徳二郎老人のことが、しょっちゅう頭に浮かんだ。

背古老人が太地を離れた事情は、彼が反捕鯨に宗旨がえしたためだという。町中から総スカンを食って、居たたまれなくなって東京に出て、ホームレスまがいにまで落ちぶれた。そして、故郷太地とは何の縁もゆかりもなさそうな秩父の山中で、無惨な他殺死体となって転がっていた。

いったいその間に、彼の身に何が起きたのだろう？

しばしば手を休めて考えに耽《ふけ》った。やはり背古老人は女性をつけて秩父へ行ったのでは――という思いに囚《とら》われる。

鈴木部長刑事が背古の怪しげな素振りを見たのも、女性が「モーベル」を訪れたのも、まさに午後八時頃で一致するのだ。それに、ノルウェー貿易振興協会の更井秀敬が女性の素性や行動について曖昧《あいまい》な答え方をしていることも気にかかる。ノルウェー――クジラ――背古徳二郎――太地――永野稔明という繋《つな》がりも妙に気になる。

やはり更井がキーパーソンではないだろうか？――という思いが募る。鈴木が更井の重要性を軽く見ているようで、まだるっこしいどころか不安でさえあった。電話を切る間際に、もう少し更井を追及するよう、勧告すべきだったかもしれない。

そう思いつつ、浅見はふいに愕然《がくぜん》とした。何の気なしに見過ごしていたことに、重大な意味がありそうな予感を抱いた。更井の名刺を引っ張りだして「ノルウェー貿易振興協会」に電話した。時間は遅いが、更井はまだいてくれた。

「先日はお邪魔しました」と、浅見は相手の警戒心をほぐすように、のんびりした口調で挨拶《あいさつ》した。

「あの時、更井さんがおっしゃってましたが、ああいう取材は僕で二度目だったそうですね。一度目は地元出身の記者さんだったとか。その記者さんの名前ですが、憶《おぼ》えておいでですか？」

「そうそう、そのことですよ」と更井は少し声が上擦った。

「じつは、あの時は忘れていたのですが。何しろ六、七年も昔のことだもんで。私もすっかりぼけましてね、歳ですなあ。それが昨日になってその人の名刺が出てきました。驚いたことに、その時の記者さんの名前も浅見さんというのでした。まさか、あなたの親戚《しんせき》じゃないでしょうね」

「いえ違います。しかしそうですか、やっぱり浅見さんだったのですか。秩父では『アザミ』と濁って呼ぶのですが」

「そうでした、アザミでした。地元の人で、たまたま帰省していて、うちの事務所の存在を知って、あなたと同様、こんなところにノルウェーの事務所があるのは面白いと思ったのだそうです。意気投合しましてね、一緒に飲みに行ったりしましたよ。それっきり会ってませんが、いい人でしたなあ。秩父に住むようになってからずいぶん長いが、あんなに気持ちよく付き合えたのは、あの人が最初で最後でした。確か和歌山支局勤務だとか言ってたが、いまはどうしていますかねえ。東京本社に戻ったでしょうか」

「亡くなりましたよ」

「えっ？……」

「和歌山県の太地で、自殺しました。いや、殺された可能性があります」

「えーっ……」

更井は悲鳴のような声を上げ、それっきり絶句した。浅見が何か言おうとした瞬間、ガチャッと邪険に電話が切られた。「ツーツー」という電子音が無情に聞こえてきた。その時、浅見は取り返しのつかないヘマを犯したような不安を感じた。

そして——浅見の不安は不幸にして的中した。

十二月二十一日の朝、まだ朝食のテーブルにいた浅見に、鈴木からの電話が入った。どこか屋外にいるらしく、電話の背後で何やら騒ぐ人の声が聞こえていた。そしてふいにパトカーのサイレンが鳴り、遠ざかった。

「浅見さん、えらいことになったです」

鈴木は周囲を意識するような、ひどく抑えた声で喋《しゃべ》った。それ以上聞く必要もなく、浅見は最悪の事態を予測した。

「殺《や》られましたか？」

「えっ？……」

鈴木はギョッとしたような声を発した。続いて唾《つば》を飲む音が聞こえた。

「更井氏が殺されましたね？」

「ど、どうしてそれを……」

「いや、何となく。それで、場所はどこですか？」

「秩父さくら……いや、そんなことより浅見さん、どうして更井が殺されたことを知っているんです？」

「ですから、何となくです」

「何となくって、あんた、われわれでさえたったいま、死体を引き揚げ、身元を確認したばかりですよ。おかしいじゃないですか」

鈴木の声が尖《とが》った調子になった。

第六章　蒼ざめた湖水

1

荒川《あらかわ》水系の一支流である「浦山川《うらやまがわ》」は、埼玉県秩父市と東京都奥多摩《おくたま》町の境にある天《てん》目山《もくざん》に水源を発し、秩父郡荒川村で荒川に注ぐまでの、流路延長約十キロの谷川であった。一九九九年、秩父市と荒川村の境・浦山にダムが完成、谷川のほとんどが湖底に沈んだことになる。

ダムによって生まれた湖水を「秩父さくら湖」と命名、奥秩父地方の新しい観光スポットとして脚光を浴びつつある。

十二月二十一日午前八時頃、ダム管理職員が巡回中、ダム湖の上流域近くに架かる橋に無人の乗用車が停まっていた。職員は不審に思って、橋の上から、何気なく湖面を見下ろして、人間が浮いているのを発見した。

直ちに一一〇番通報をして、間もなく秩父署員二十数名と消防署員、それに消防団員が駆けつけて収容作業にかかった。現場は秩父市内からでも十数分の距離である。メンバーはすぐに揃ったが、凍《い》てつくような湖面での収容作業は難航した。

死者の身元はすぐに判明した。車内にあった車検証を確かめるまでもなく、「ノルウェー貿易振興協会」の更井秀敬の顔はかなりの人間に知られていた。現に「羊山公園殺人事件」の捜査本部の刑事はここ数日、足しげく聞き込みに訪れている。その中心人物だった鈴木圭太部長刑事は、ひと目、更井の顔を見た瞬間、死者と同じくらい青ざめた。

死亡推定時刻は昨夜の午後十一時頃。死因は溺死《できし》だが、飲んだ水の量が少ないことと、衣服の乱れがそれほどなかったことから見て、落ちた時のショックで気絶したか、それ以前に睡眠薬で眠らされていた可能性もある。事実、解剖の結果、血液中に睡眠薬の成分が僅《わず》かに残存していることが分かった。自殺のセンもありうるが、橋上から投げられた他殺の疑いが濃厚だ。

捜査本部は沈鬱《ちんうつ》な空気に包まれた。遺体の確認に駆けつけた更井の家族たちの、悲嘆にくれる有り様もその原因だが、それよりも、刑事がかなり執拗《しつよう》に更井への事情聴取を行なっていたという事実がある。そのことが更井を追い詰めたことは想像に難くない。

家族をはじめ周辺の人間はおしなべて自殺を否定しているので、その可能性はほとんどなく、何者かに殺されたと見られるが、警察の執拗な事情聴取が、結果的に殺人を誘発したと思わないわけにいかなかった。

その背景にはむろん、背古徳二郎殺害の事件との関連が疑われる。捜査本部長である県警捜査一課長・萩原孝彦《はぎわらたかひこ》警視が、二つの事件は同一犯人による犯行の疑いが濃厚と判断、単一の捜査本部内で捜査を行なうことを決めた。

第一回の捜査会議では、冒頭、更井への事情聴取に当たった鈴木部長刑事が萩原捜査一課長の質問の矢面に立たされた。数回にわたる事情聴取を通じて、今回の事件が起こる予測はできなかったのかと、萩原は鈴木の怠慢か無能を責めるような口調で言った。

鈴木は返す言葉もなかった。鈴木としてはそれなりに要点を押さえた事情聴取をしていたつもりだったが、背古の事件との関わりについて、それほどの確信があったわけではない。したがって、聴取の接し方にも甘さがあったことは否めない。どうせ相手は逃げも隠れもできっこないだろうという安心感も働いた。

「そもそも、きみが更井にガンをつけたきっかけは何なのかね？」

萩原一課長はそこを衝《つ》いてきた。単なる聞き込み捜査にしては、事情聴取の回数だけから見ても、執拗にすぎる。

「じつは……」と、鈴木は浅見という、雑誌社のルポライターの話をした。被害者の背古老人が不審な動きを見せたのと同じ、午後八時頃に、更井を訪ねた「客」がいたことを浅見が突き止め、更井を追及するよう鈴木に進言した経緯である。

「そこで自分はノルウェー貿易振興協会へ出向き、更井に対してその『客』について尋ねたところ、更井は女性客があった事実は認めたものの、その女性の素性に関してはノーコメントを続けていたのであります。自分は最初、その女性が愛人か何かで、それを隠していると思ったのでありますが、訊問《じんもん》の回数を重ねるごとに、次第に、更井の様子に落ち着きがなくなり、不審な気配が表れたのを察知したため、さらに厳しく追及しつつあった矢先でありました」

「つまり、浅見なる人物に唆《そその》かされたのが、きっかけというわけだね」

「唆されたわけではありません。参考意見を聞いたのですが」

「いや、まあどっちでもよろしい。とするとだ、問題はその浅見という人物がなぜ更井に疑いを抱いたのかだな。だいたい浅見というのは何者かね？　何だってまた秩父にやって来て、事件に鼻を突っ込むんだ？」

「じつは、羊山公園事件のガイシャが、和歌山県太地町の背古ではないか——という示唆をくれたのが、その浅見氏でして」

「ふーん……だけど、それがまたどうして分かったのかね？」

「それをご説明すると長い話になりますが、いかがしましょうか」

「もちろん話してもらわなきゃ困るよ。長いったって、NHKの大河ドラマほどじゃないんだろう」

萩原のジョークに、室内から空疎な笑いが起きた。

鈴木は浅見順子の依頼で、初めて浅見光彦という男に会ったところから話し始めた。太地町で起きた奇妙な「心中事件」の一方の死者が浅見順子の兄・和生であったことから、浅見光彦は秩父を訪ねて来て、ここでまた背古徳二郎の事件に遭遇した。そうして、そこから浅見の推理が始まった。背古が祭りの夜に何者かと遭遇し、「白百合」でその人物を待ち受けていた気配があること。そして、その人物が現れたのは「モーベル」ではないかと推測したこと……。

「浅見氏は、更井を訪ねて来たのは男ではないかと考えていたようです。しかし、自分がその後、『モーベル』の従業員に会って確認したところ、女性客はあったが、男性客は目撃していないとのことでありました」

その点が唯一、浅見の見当違いであり、鈴木の手柄でもあった。

「その浅見っていうのは、何だってまた『モーベル』だとガンをつけたのかね？」

萩原は訊《き》いた。

「それは分かりませんが、たぶん勘じゃないかと思います」

「勘？　勘なんてものを、きみは信じるのかね。どうもそいつは怪しいんじゃないのか。シャーロック・ホームズじゃあるまいし、あまりにも事情に詳しすぎる。何か背後関係を知っていて、画策している臭いがするな」

「確かに、自分もそう思わないでもありません。今回の事件にしても、けさの死体発見の直後、浅見氏に第一報をした時、こっちがまだ何も言わないうちに、更井が殺されたことを言い当てました」

「本当かねきみ、それは確定的に怪しいじゃないか。そういう事実があるのなら、すぐに確保して事情聴取をすべきだろう」

「はあ、自分もそう思いました」

「だったら、早いとこ確保に向かったらどうかね。きみが事件のことを漏らしたのは、きわめて不用意だったかもしれんぞ。逃亡でもしたらどうするつもりだ」

「いえ、その心配はないと思います。家庭環境はしっかりしているようでありますし、それに、本人が間もなくここに現れることになっておりますので」

「来るって、出頭するのか」

「いえ、本人は出頭するという意識はないと思いますが」

「まさか、嘘をついているんじゃないのだろうな？」

「はい、嘘ではないと思います」

「思いますじゃ困るよ。万一の場合は責任を取れるのか？」

「はい、責任を取ります」

胸を張って答えながら、鈴木は（何だっておれが、あいつの保証をしなきゃならんのだ――）と、少なからずいまいましかった。

「そうか、よし分かった。それはそれとして一応、浅見なる人物の身元を調べておこう。相当にしたたかそうだから、ひょっとすると前科があるかもしれん」

萩原一課長は部下に指示を出した。

しかしそれから間もなく、鈴木が保証したとおり、浅見光彦は秩父署に到着した。これで最悪、鈴木が責任を取る必要はなくなったが、身元調べのほうはすでに警視庁を通じて作業が進められていた。

鈴木は浅見を取調室に案内し、向かい合いに坐《すわ》った。まるで被疑者に対するような扱いだから、鈴木はいくぶん気がさしたが、浅見のほうは、過去に何度もこういう目に遭っているらしく、平気な顔である。

浅見はすぐにでも捜査状況を訊きたがったが、鈴木はそれには一切、答えてはならないとクギを刺されている。これまでの友好的な関係から一転して、何となくギクシャクした雰囲気に、浅見も戸惑っていた。

やがて、県警捜査一課の渡辺《わたなべ》という若手の警部補がやってきた。鈴木と席を替わって、浅見に対する訊問を始めた。鈴木がすでに捜査会議で説明した、そもそもの事件との関わりから問いただすつもりのようだ。

鈴木は（何をいまさら――）と思い、浅見が気の毒だったが、どうしようもない。

警部補は浅見の答えが鈴木から聞いていることと、ほんの僅かでもニュアンスが異なると、鬼の首を取ったように、ジロリと鈴木に視線を送り、浅見にはさらに重箱の隅を突っつくように詳細を確かめる。県警の中でも出世頭だと聞いていたが、浅見より若いくせに口のきき方が横柄で、第三者として見ると悪役刑事を絵に描いたようだ。

（いやな野郎だ――）と、鈴木ははらわたが煮えくりかえる気分だった。

その不愉快さは浅見も同じにちがいない。初めのうちはいつものように穏やかな受け答えをしていたが、次第に眉根《まゆね》を寄せ、気分が険悪なものになってゆく様子が手に取るように分かる。そして、ついに鬱積《うっせき》したものが爆発するように、浅見は言った。

「そんな、僕のことなんかより、事件の話のほうを聞かせてもらえませんか。初動捜査で後れを取ると、解決が長引くのじゃありませんか？」

「ほう……」と、渡辺警部補は面白そうに鼻先で笑った。

「あんたねえ浅見さん、勘違いしてやいませんか。われわれがあんたを訊問してるのは、遊びや道楽でやってるんじゃないんだ。あんたが言ったように、まさに初動捜査の対象として、あんたを取り調べている」

「えっ、それじゃ、僕は被疑者ですか？」

「そこまでは言ってませんがね、しかし状況次第ではそうなるかもしれない」

「驚きましたねえ。被疑者が捜査上のヒントを示したり、ノコノコこんなところまでやって来るわけがないでしょう」

「いや、そうとも言えない。犯人は現場に戻って来るという鉄則がありますよ」

「そうだ、その現場ですが、場所はどこなんですか？」

浅見は腰を浮かせた。

「場所を聞いて、どうするつもりかね？」

「もちろん、現場を見たいのです。現場百遍というのは捜査の鉄則でしょう」

浅見は椅子を後ろに押して、ドアへ向かいかけた。渡辺警部補は慌てて「あんた、どこへ行く」と立ち上がり、デスクの角でしたたかに腰を打ち「あいててて」としゃがみ込んだ。鈴木は部屋の隅の椅子に坐ったままで、その様子を傍観していた。

浅見がノブに手をかけた時、ドアが外から開いて捜査一課長が入ってきた。浅見とあぶなく鉢合わせしそうになった。

「あ、課長、ちょうどよかったです。そいつを捕まえてください」

渡辺が怒鳴った。もっとも、浅見は逃げる気配もなく、一歩、室内に退《ひ》いている。

「なんだ？　どうしたんだね？」

「訊問《じんもん》の途中、逃走を図りました」

「ん？　ほんとですか？」

一課長は真っ直ぐ浅見を見て訊いた。

「まさか。僕はただ、事件の現場を見せてもらいたいと思っただけです」

「でしょうな。えーと、あなたが浅見光彦さんですね。私は県警捜査一課長の萩原です。このたびは遠路、ご苦労さまです」

名刺を出しながら挨拶《あいさつ》している。これには警部補はもちろん、鈴木も面食らった。被疑者はともかく、参考人と目していた人物に対して、捜査一課長がそんなふうに丁寧な挨拶をしては、下の人間は立つ瀬がない。

「えーと、きみらはまだ知らなかったかもしれないが、こちらの浅見さんは、警察庁の浅見刑事局長の弟さんだよ。私も詳しいことは知らなかったが、過去にいくつかの事件で警察に協力していただいている。本事件においても、鈴木君が貴重な助言をいただいたそうじゃないかね」

捜査会議では「唆《そその》かされた」だとか「確定的に怪しい」と言い、「すぐに確保しろ」と命じていたくせに、一課長は手の平を返すように清《す》まし顔で言った。渡辺も鈴木も呆気《あっけ》に取られて、言葉も出なかった。

2

秩父市内から国道140号を西へ向かって間もなく、秩父鉄道の浦山口《うらやまぐち》駅の手前で左折すると、すぐ山道にかかる。右手に見えてくる堰堤《えんてい》が浦山ダムである。坂を登って行くと、五日前に降った雪が森陰のそこかしこにうっすらと残っていた。

坂を登りきり、一つ目のトンネルを抜けると、ダムサイトへ向かう道が分岐している。その先には「うらら ぴあ」という名称のダム資料館がある。事件前後の事情や周辺のことを訊くには、そこへ行くことになるのだが、とりあえず事件現場を見ることにした。

道路はゆるやかなカーブを描きながら湖畔沿いに進む。ダム湖は渇水期の割りには水量が多く、いくぶん緑色がかった湖面が冬晴れの空に映えて美しかった。湖畔には桜の植樹が進められ、「秩父さくら湖」の名に相応《ふさわ》しい観光地になりつつある。小さな公園や民宿らしい建物も点在するのだが、さすがにこの季節は人影がなかった。

交通量はほんのポツリポツリ、対向車とすれ違う程度だが、それでも浅見が思っていたのよりは多い感じがする。そのことを鈴木に言うと、「いや、夜間はほとんど車は走りませんよ」ということだった。

およそ一キロほど走り、三つ目のトンネルに入った。湖岸の曲線に沿って、右方向にカーブするトンネルだ。壁にコンクリートを打った時の縞模様《しまもよう》が螺旋《らせん》状にどこまでも続き、あたかもタイムトンネルに引き込まれるような不思議な気分にさせる。トンネルを出て間もなく、橋にさしかかったところで、鈴木が「ストップ」と言った。

「ここが死体発見の現場です」

橋の中央で車を降りた。冷たい風が湖面から吹き上げてきた。

鈴木はコートを着ているが、浅見はブルゾンの襟を立てて、橋の欄干にしがみつくようにして真下の湖面を見た。湖面までの高さは五、六十メートルはありそうだ。寒さの上に高所恐怖症だから、あまり長くはそうしていられなかった。早々に車に戻って、

「絶対に自殺じゃありませんね」と言った。

「こんな寒いところに、それも深夜、やって来るはずはないですよ。自殺する前に凍死しそうです」

浅見のせっかくのジョークに、鈴木はほとんど笑わなかった。浅見も仕方なく、鬼のような真顔を作って言い直した。

「犯人はこういう状況を知っていたのでしょうね。つまり、ここなら誰にも邪魔されることなく、心ゆくまで殺人を遂行できるというわけです」

「まあそうでしょうな」

鈴木は気がなさそうに頷《うなず》いた。

「それとも一つ、さっき見たダムや付近の様子からいって、このダム湖は最近できたのじゃありませんか？」

しかし、地元にいる鈴木も、ダムの完成がいつだったのか、知識がなかった。

「さっきの資料館で訊《き》いてみますか」

湖畔の道を引き返した。

浦山ダム資料館の「うららぴあ」は、ダムサイトに建つ瀟洒《しょうしゃ》な三階建てのビルだ。周辺には植え込みや駐車場も整備され、湖水の美しさを借景にして、ちょっとした公園の雰囲気を醸しだしている。秩父市や荒川村、商工会議所など六つの団体が共同出資した「浦山ダム振興センター」という第三セクターの有限会社なのだそうだ。

玄関ホールを抜けると、軽食と喫茶ができる「レイクレスト・うららぴあ」というラウンジと、施設内の説明や観光案内のためのカウンターがある。カウンターには二人の女性職員が詰めていた。

鈴木は事件発生後、何度も出入りしているから、女性職員とは顔馴染《かおなじ》みだ。「保泉《ほずみ》さん、たびたびで悪いねえ」と気安げに声をかけた。もっとも女性のほうはあまり刑事の訪問は嬉《うれ》しくないらしい。（またか――）と言いたそうな顔で振り向いたが、鈴木の背後にいる浅見に気がついて、眩《まぶ》しそうな目で会釈した。

「あのさ、浦山ダムの完成はいつなの？」

「平成十一年の三月です」

「とすると、まだ一年と九ヵ月か」

鈴木は浅見に、（他にも何か？——）と目で訊いた。

「あの道はどんどん行くと、どこへ抜けるのですか？」

ガラスドアの向こうを指さして、浅見は訊いた。

「あの道は地方道『秩父名栗《なぐり》線』と呼んでいまして、峠を越えて名栗へ通じています」

保泉と呼ばれた女性が、緊張した面持ちで答えた。

「あまり交通量はないようですが、道路の状況が悪いのでしょうか？」

「ええ、最近になって、一応、車が通れるようになりましたけど、悪路に強い車でないと無理みたいですね。この先、しばらく行くと林道みたいになって、とくに冬は峠が雪で通れなくなることがあります」

二人の「捜査員」は礼を言って、カウンターを離れ、ラウンジに移った。冷えた体をコーヒーで暖めるつもりだ。

ラウンジのテーブルからは、大きなグラスウォール越しにダムの全容が眺められる。堰堤の高さは百五十メートル以上もあるそうだから、見下ろす風景は相当な迫力だ。

「思ったとおりでしたね」

コーヒーカップを両手で包みながら、浅見は言った。

「ダムが完成してから二度目の冬が来たばかりなのに土地鑑があるとなると、犯人は以前にも何度か、それも冬の秩父を訪れている人物ということになりそうです」

「なるほど……」

鈴木はようやく浅見の意見に同意を示してくれた。

「犯人はたまたま通りすがりに更井氏を放り投げたというのではなく、むしろ、行き止まりのような道であることを知っていて、通行する車がほとんどないことを計算の上、この場所を選んだにちがいありません。背古老人の死体を遺棄した羊山公園ももちろん行き止まりです。となると、いよいよ犯人はよほど土地鑑のある人間ですね」

「そう言っても、土地鑑のある人間なんて、この秩父だけでもゴマンといるからなあ」

「いや、秩父の人じゃないでしょう」

「ほう、どうしてそんなことが言えるんですか」

「地元の人は地元に死体を捨てたがりませんよ。同じ水に捨てるにしても、閉鎖されたダム湖ではなく、川に流します」

「なるほど、面白い考え方ですねえ」

秩父生まれではないが、埼玉県人である鈴木は感心したように大きく頷いて、浅見の顔を見つめた。

「だけど浅見さん、地元の人間がダムに捨てないのは分かるけど、川に流すほうは、必ずしも地元の者でなければならないということはないでしょう。一刻も早く始末したかったのなら、なおのこと荒川に捨てるほうが、よっぽど簡単そうに思えますよ。この辺りには荒川を渡る橋がいくらでもありますからね。にもかかわらず、わざわざ羊山公園やダムに捨てたのは、どうしてだろう？　やっぱり交通量が多く、不審な行動を目撃される危険があったからですかね？」

「そうですね……」

確かに、荒川なら捨て場所はいくらでもありそうではあった。浅見は深夜、荒川の畔《ほとり》で死体を投げ捨てようとしている犯人の姿を思い描いた。

資料館を出て車に戻りながら、「もしかすると、別の理由があるのかもしれませんね」と浅見は言った。

「と言いますと？」

「荒川に捨てると、死体が追いかけてくるような気がしたのじゃないでしょうか」

「は？　死体が追いかけてくるって、それはどういうことです？」

「荒川は流れ下って、やがて東京の隅田川《すみだがわ》になります。僕の家がある北区《きた》には、荒川が隅田川につづく水門があります。死体は流れ流れて水門に引っ掛かるかもしれない。僕が犯人だったら、死体を荒川に捨てるようなことはまずしませんね」

「ははは、そいつは面白い」

鈴木は笑ったが、浅見が真面目な顔をしているので、すぐに笑いを引っ込めた。

「つまり、犯人は荒川の下流域に住んでいるってわけですね。それにしたって、荒川は埼玉と東京という人口密集地帯を流れ下るのだから、流域には何百万人も住んでますよ」

「しかし、その何百万人の中で、更井氏と付き合いがあって、しかも殺す動機を持つ人間はそれほど多いとは思えません」

「そりゃそうですけどね」

鈴木は呆《あき》れた顔になった。（マジかよ――）と言いたげだ。

車に乗って、エンジンをかけたが、浅見はギアをパーキングの位置にしたまま、しばらく物思いに耽《ふけ》った。

鈴木は浅見の言ったことを気にするのか、弁解めいた口調で言った。

「もちろん、警察は動機のありそうな人間には片っ端から事情聴取を行なってますよ。たとえば東京のノルウェー貿易振興協会には、すでに捜査員が行ってます。被害者の更井は、かつてノルウェーに駐在していた時期が長くて、国内にはそれほど沢山の知り合いがいるってわけじゃないんだそうです。しかも殺害の動機を持つ人間となると、まったく浮かんできそうもないです。だいたい、更井って人は、どっちかというと平凡なタイプで、他人に恨まれたり妬《ねた》まれたりするようなことは考えられないっていうのが、関係者に共通した意見でしてね」

「動機は一つしかありません」

浅見があっさりした言い方をしたので、鈴木はしばらく反応しなかった。

「えっ？　いま、何て言いました？」

「動機は一つしか考えられないと言ったのです」

「はあ……それはどういう意味です？」

「更井氏を殺した動機はただ一つ、更井氏が背古老人を殺した犯人を知っていたからです。いや、犯人そのものかどうかはともかく、あの晩、『モーベル』の通用口から入って、ノルウェー貿易振興協会を訪れた人物は知っています。犯人としては、そのことが犯人特定の決め手になることを恐れたのでしょう。ほかの動機は無視していいと思います。したがって、犯人は背古老人と更井氏と共通の知り合いで、つまり背古老人を殺害する動機を持っていた人物ということになります」

「そうは言っても、その二人に共通する知り合いなんて、ちょっとやそっとじゃ浮かんでこないでしょう」

「そんなことはありません。背古老人と更井氏に共通する接点があることは、はっきりしているのですから」

「えっ？　ほんとですか？　それが分かってるなら苦労はない。何なんです？　その接点なるものは」

「クジラです」

「クジラ？　なるほど、確かに背古は捕鯨船の砲手だったのだからクジラに縁があるのは分かるとして、更井はどうなんです？」

「これを見てください」

浅見はポケットから例の記事のプリントを出して、鈴木に渡した。鈴木はそのニュースを知らなかった。新聞は小さな扱いだったし、テレビでもごく控えめな報道にしかならなかった。もともと、一般的な関心の低い話題だったのかもしれない。

「へえー、ノルウェーが鯨肉を輸出ねえ。それに更井が関係しているってわけですね。つまり背後にはノルウェー貿易振興協会が絡んでいるってことですか」

「それはどうか分かりません。貿易振興協会が背古老人に接点があるとは、ちょっと考えにくいですから」

「なんだか浅見さん、あなた、犯人の心当たりがあるみたいですねえ」

鈴木は久しぶりに刑事らしい、鋭い視線を浅見に向けた。浅見はその視線を避けるように、車を発進させた。

「心当たりは、ないこともありません」

「えっ、ほんとですか？」

自分で言っておきながら、鈴木は驚いて、また素人っぽい表情になった。

「誰……何者ですか、そいつは？」

「いや、それはまだ特定しないことにします。現に、僕の憶測はすでに一度、外れているのですから」

「それはあれですか、更井を訪ねたのが男じゃなくて女だったということですか。つまり浅見さんがガンをつけたのは男だったってわけだ」

「ええ、そのはずでした。それが女性で、しかも若い女性だったというのでは、ぜんぜん見当違いもいいところです」

「若いったって、比較的ってことでしょう。『モーベル』の店員の佐々木は、その女は見た感じ、おそらく三十歳前後じゃないかって言ってましたよ」

それなら浅見と同年配だが、それを若いと思うかどうかは主観の問題だ。少なくとも佐々木にとっては「若い」女性だったにちがいない。だからといって、それだけで犯人像が浮かび上がるという可能性は見当たらなかった。

しかし、「三十歳前後の女性」というキーワードから、浅見は太地の岬で出会った「幽霊」を想起した。あの「幽霊」が生きている（？）とすれば、見た目にはやはり三十歳ぐらいではないだろうか。

（ひょっとすると――）

浅見の脳裏に遠い花火のような明かりが灯《とも》った。曙光《しょこう》というべきものかもしれない。思ってもみなかった――というより、意識のどこかでは気になっていたのだ。疑惑と着想がないまぜになって、急速に広がった。

3

「鈴木さんは、背古老人は家族運が悪かったとおっしゃってましたね」

浅見はなるべく心理的動揺を表さないように、のんびりした口調で訊《き》いた。

「ああ、そういう話を太地で、何人かから聞いてきましたよ」

「具体的に、どういうふうに家族運が悪かったのですか？」

「まあ、要するに当人の身から出たサビみたいなもんでしょうね。捕鯨船の花形砲手ってのは、それこそ港々に女ありってやつで、背古も活躍していた頃は、まるっきり家庭を顧みなかったそうですよ。捕鯨がだめになってからも、その癖が抜けなかったみたいで、好き勝手をやっていたらしい。それで奥さんに愛想をつかされたんじゃないですかねえ。離婚したのはもう二十年も昔のことだそうですがね」

「お子さんはいなかったのでしょうか」

「いや、娘が一人、いたみたいです。母娘《ははこ》は離婚してすぐ太地をはなれています」

「ほう……いまは、どこにいるのでしょうか？」

「さあ、そこまでは聞かなかったが、おやじが死んでも現れないってことは、消息不明なんじゃないんですか。もっとも、太地の人たちが探したかどうかは知りませんが……それが何か？」

浅見の様子を見て、さすがに鈴木も引っ掛かるものを感じたようだ。

「更井氏のところに来た女性客というのが、ちょうどその娘さんの年代ではないかと思ったのですが」

「そう言えばそうですが……というと、その時の客が背古の娘だと？」

「その可能性は考えられませんか。それならば、背古老人が東京からつけてきたという仮説も説明できます。いや、それ以前に、背古老人が太地を離れた後、大阪でも名古屋でもなく、東京に出た理由の説明もつく。老人は娘さんの居場所が東京であることを知っていたのではないでしょうか」

「そうですね、その可能性はありますね」

「そうして老人は娘さんに会った。街で偶然見かけたのか、それとも以前から目をつけていたのかはともかく、老人としては懐かしかったでしょう。かといって、ホームレスまがいに落魄《らくはく》している身としては、名乗るのは気がひけたでしょうし」

「うーん、なるほど……それで秩父までつけてきたってわけか。そして娘が『モーベル』に入るところを確かめて、出てくるのを待っていた、ですか。じゃあ、犯人は背古の娘……まさか……」

鈴木は顔を精一杯ゆがめて、浅見を見た。どことなく恨めしげな表情ではある。冷徹なはずの刑事といえども、娘が父親を殺すという設定には抵抗を感じるのだろう。

「僕は娘さんが犯人だとは言ってませんよ。それどころか、『モーベル』を訪問したのが娘さんだというのも仮定の話で、事実はどうだか分かりません。それはともかくとして、一応、背古老人の奥さんと娘さんのその後の消息を調べてみませんか」

「そりゃまあ、調べますがね。だけど、娘が犯人ねえ……」

どうしてもそのことだけは、すんなり咀嚼《そしゃく》できないという顔である。

車は秩父の市街地に入って行った。

鈴木部長刑事を警察に送り届けると、浅見はソアラを警察の駐車場に置いて、浅見順子の家まで歩いて行くことにした。警察から浅見家のある街までは踏切を渡り、かなりの距離だが、秩父市内は道路があまり広くなく、駐車場探しに手間取りそうだ。

クリスマス間近のせいもあるのか、秩父の商店街は前回来た時よりもかなり賑《にぎ》やかで、連続して起きた殺人事件のことなど、まるっきり影響ないらしい。

インターホンに男性の声が聞こえて、武蔵屋で見かけた年配の紳士が玄関に顔を覗《のぞ》かせた。面長で、きれいに七三に分けた白髪が見るからに上品だ。

浅見は改めて名刺を出して名乗った。

「順子さんはご不在ですか？」

「ああ、娘はちょっと買い物に出たようだが、あなたのことは順子から聞いておりますよ。じきに戻るでしょう。まあ、とにかく上がってください」

勧められるままに応接室に通った。順子の父親は「浅見俊昭といいます」と挨拶《あいさつ》した。名刺はくれなかった。

「失礼ですが、大学の先生をなさっておいでとお聞きしましたが」

「そうですが、しかし定年で退官しましてね、現在はここから通える別の学校に勤めております。それよりあなた、『旅と歴史』のライターだそうですな。あの雑誌には事件の記事などは載らないと思っていましたが」

「はい、じつは『旅と歴史』では社外スタッフとして仕事をしています。実態はフリーのルポライターなのです」

浅見はもう一つの、肩書のない自宅の住所を印刷したほうの名刺を出した。俊昭は老眼鏡をかけなおして、しげしげと名刺を見た。「北区西ケ原《にしがはら》ですか……」と呟《つぶや》いて、何かを思い出す目になった。

「あなた、もしかして、警察庁刑事局長の浅見陽一郎君のお身内ではありませんかな」

「はあ、陽一郎は僕の兄ですが、先生は兄をご存じで？」

「もちろん知っておりますとも。そうですか浅見君の弟さんでしたか。いやあ、どこか面差しに似たところがあると思ったが、それじゃ、あなたは浅見君の指示でこの事件を調べようとしておられるのかな」

「とんでもありません。僕がこんなことをしていると兄に分かったら、えらいことになります。それより、先生は兄をどうしてご存じなのでしょうか？」

「彼は私の自慢の教え子の一人ですよ。じつに頭のいい学生でしたな。司法試験などは、たしか一年の時にあっさり通ってしまった。正義感が強くて、将来は警察官僚として世の不正を糺《ただ》すと言っておったが、そのとおり、警察庁の最高幹部になった。同じ浅見姓を名乗る者として、鼻が高いですな」

兄の先生ということは、つまり浅見俊昭は東京大学法学部の教授だったということだ。さっきの「大学は退官して、別の学校に勤めている」という言い方は、東大こそが唯一の大学であると考えている頑固さを思わせる。確かにそのとおりなのかもしれないが、二流の私学をやっとこ出た浅見としては、いささか不満ではあった。

「ところで、あなたは私の息子の死は自殺や心中ではなく、殺されたものだと言ったそうですな」

「はい、そう言いました」

「その目的は何ですか？」

「は？　目的と言いますと？」

「何のために、そんな古い事件を蒸し返そうというのか、あなたの真意は何なのかね」

「真意も何も、僕は事実がどうだったのかを知りたいだけですが」

「知ってどうなさる」

「べつに、どうもしませんが」

「どこかの新聞か雑誌に売り込んで、記事にしようというのではないのですか」

「いいえ、僕は事件物は扱いません」

「それでは、あなたのメリットは何もないということになるが」

「はあ、確かに……強いて言えば、自己満足でしょうか」

「そんなことのために、わざわざ費用をかけて秩父くんだりまで出掛けてきますか」

「そうおっしゃられると、反論はできませんが、しかし、誰かがやらなければ、事件はこのまま過去の闇の中に沈んでしまいます。これまで調べたかぎりでは、警察はすでに終結した事件としてしか見ていません。もし不正が行なわれたのであるなら、真相を解明して犯人を罰する必要があります」

「しかしあなた、警察が組織と捜査権を行使してすら、それ以上の事実は発見されなかったのですぞ。アマチュアであるあなたに何ができると言うのかね」

「考えることはできます。それに、怒ることも悲しむことも」

浅見は間髪を容《い》れず言った。

「ほう……」

俊昭は驚いたように丸く口を開け、浅見を見た。浅見は背筋を伸ばし、真っ直ぐに相手の目を見返した。ずいぶん長いこと睨《にら》みあって、先に視線を外したのは俊昭だった。

「失礼だが、それだけでは警察の能力を上回るのは不可能だと思いますがね」

「そうでしょうか。僕はそうは思いません。たとえば、警察は心中だと断定しましたが、僕は殺人事件であると看破しました」

「看破はどうかな。あなたがそう考えていることは、娘から聞きましたがね、それはあなたの思い込みというやつでしょう」

「違います」

浅見は高らかに宣言した。

「警察には組織があり、コンピュータも備わっていますが、組織もコンピュータもそれ自体は考えることはしません。まして怒ったり悲しんだりするはずがありません。人間は、たとえアマチュアであり個人であっても、怒りもするし悲しみもします。組織と個人の相違は感性のあるなしだと思います」

「すると、あなたは感性の部分で殺人事件と察知したわけですかな」

俊昭はかすかに笑った。浅見にはそれが冷笑に見えた。

「僕にはむしろ、先生が息子さんの死を自殺とお認めになったことのほうが不可解に思えてなりません。たとえ捜査当局が自殺・心中のセンで捜査を終結したとしても、さらに突っ込んだ捜査を要望すべきだったのではありませんか」

「いや、警察は組織を挙げて、十分に力を尽くしてくれましたよ。和歌山県警の本部長は、あなたの兄さんと同様、私の教え子でしてね、出来損ないの息子のために、いろいろと気を遣ってくれた。私のためにわざわざ太地まで足を運んでもくれましたよ。その結果として出された結論を私は尊重したのみです。それ以上のことを望むのは傲慢《ごうまん》というものでしょう」

穏やかな話しぶりなのだが、浅見は背筋に慄然《りつぜん》とするものを感じた。

「失礼ですが、先生は息子さんを信じていらっしゃらなかったのですね？」

「ん？　それはどういう意味ですかな？」

俊昭は眉根《まゆね》を寄せた。それは客の無礼に不快感を抱いたのと同時に、自分の深層にある傷口に触れられた痛みを示す証《あか》しのように、浅見には思えた。

「もし先生が息子さんを限りなく信頼していらっしゃったら、警察が出した結論を、すんなり受け入れるお気持ちにはなれなかったのではないでしょうか。いま、先生が『出来損ないの息子』とおっしゃった時、僕の頭の中で息子さんの悲痛な叫び声が聞こえたような気がしました。それは僕自身が浅見家の出来損ないだからかもしれません。もし僕が和生さんと同じ目に遭ったとして——と考えて、その時、兄が先生のように、組織が出した結論を尊重して、僕が死の瞬間まで叫びつづけていたであろう想いに気づいてくれなかったとしたら、どんなに無念かと思いました。しかし僕の兄は組織の中の地位もかなぐり捨てて、僕の骨を拾ってくれるはずです。和生さんにとって、先生こそが真実を照らす最後の希望の光だったのではありませんか。その先生が見放してしまわれたら、息子さんの無念の想いは中空を彷徨《さまよ》うしかないじゃありませんか」

「やめたまえ!……」

俊昭は声を荒らげた。顔面から血の気が引いていた。

「きみは何のために来たのかね。私を非難するためか、それともきみの兄さんが率いる警察組織の無能を訴えるために来たのかね。どっちにしても私はきみの青臭い意見など聞きたくはない。悪いが帰ってくれないか」

「失礼します」

浅見は一礼して、俊昭が指し示したドアへ向かった。ドアを開けると、その向こうに凍りついたような顔の順子が佇《たたず》んでいた。いまの激しいやりとりを立ち聞きしていたのかもしれない。

「あ、どうも……」

浅見はうろたえながら、順子の脇をすり抜けて玄関へ向かった。

腹立たしさの反面、言い過ぎたな――という後悔が胸に渦巻いていた。相手は元東大教授である。見識も矜持《きょうじ》も浅見の百倍はあるだろう人物だ。その相手を侮辱――浅見にはその意図はなかったが、結果として侮辱したと思われても仕方のない言葉を浴びせてしまった。いくらやむにやまれぬ思いに駆られたからといって、少なからず不遜《ふそん》だった。

しかし、それはそれとして、浅見は心底、思ったままを述べただけである。喋《しゃべ》っているうちに、浅見和生の無念さをわがことのように実感して、思わず涙ぐみそうになった。

死んだ者は帰ってこない以上

生き残った者は何をなすべきか……

何かの詩の一節が頭に浮かんだ。せめて死の真相や意味を明らかにしなければ、死者の魂は永遠に安らぐことはないだろう。たとえ死者の身内であろうと他人であろうと関係なしに、そうするべきだ――と思った。そうでなければ悲しすぎる。

浅見家を出て、俯《うつむ》きながら歩いた。ただ虚《むな》しい思いばかりが胸の内にたゆとうている。

俊昭に「何のために来たのか」と問われたのは、浅見にとっては予想外のことだった。自分は善意でやっていると思っていても、必ずしもそれがそのまま、善意として受け入れられるわけではないのだ。悲しみの傷痕《きずあと》が癒《い》えて、記憶も薄れようとしている時に、赤の他人がやって来て無責任に傷口を暴き返されるのは、当事者にとってはやり切れないものかもしれない。

4

秩父鉄道の踏切がカンカンと鳴りだした。遮断機が下りて間もなく、三両編成の列車がブレーキ音をきしませながら、ゆっくりと通り過ぎた。すぐそこが秩父駅である。

遮断機が上がって歩き始めた時、「浅見さん」と呼ぶ声を背後に聞いた。踏切の真ん中で振り返ると、順子が走ってくる。周囲の視線が集まるのを意識しながら、浅見は急いで引き返した。

「すみません、父が失礼なことを言ったみたいで」

順子は息を弾ませて言った。

「いや、失礼は僕のほうです。お父さんに生意気なことを言いました。考えてみると、僕のような部外者がひょこひょこと余計なことに首を突っ込んだのが、そもそもの間違いだったのです」

「そんなふうにおっしゃらないでください。父もすごく後悔して、浅見さんを呼び戻してくるようにって。ですから、すみませんけどもう一度、うちにいらしてください」

順子は「お願いします」と頭を下げた。駅に近いせいか、人通りの多いところである。衆人環視の中でいつまでも押し問答しているわけにはいかなかった。浅見は「分かりました」と、順子の肩にそっと手を添えて、いま来た道を歩きだした。

俊昭は玄関まで出迎えて、ばつの悪そうな笑みを浮かべ、「いやどうも、申し訳ない」と頭を下げた。

「娘に叱られましてね。あなたがボランティアで、一所懸命やってくださっているのに、父親がそんな冷たいことでどうする——というわけですな。まったくそのとおりで、グウの音も出ない。まあここはひとつ、分からず屋の耄碌《もうろく》じじいと思って、許してやっていただけませんかな」

そう言う俊昭は、本当に急に老けたような表情であった。

あらためて応接室に入った。順子はお茶を運んできて、父親の隣の椅子に坐《すわ》った。

「こういう告白めいたことを言うのは、私としてはまことに辛《つら》いものがあるのだが、あなたが言われたとおり、和生に対する信頼や愛情に足りない点があったことは、率直に認めざるをえません。出来損ないと言ったのは、なかば私の本音だったが、我ながらまったく愚かなことです」

ガックリと肩を落とし、しきりに首を振っている。浅見は慰めようもなかった。

「和生は子供の頃は学校で天才と呼ばれるほど頭のいいやつだったが、長ずるに従って学力が低下しましてね。私はことあるごとに彼を叱咤《しった》した。何が何でも東大法学部に入れと命じた。彼は口答えこそしなかったが、悔しそうな目で私を睨んでいましたよ。それがまた私には気に食わない。悔しかったら東大に入ってみせろと言ったことが、彼の私への反発を決定的なものにしたようです。和生は私の意に逆らって、私大のそれも国文学科を選んだ。彼の能力ではそれが限界だと私も思っていた。ところが、彼が東京で下宿生活をすると家を出た後、私のデスクの上になんと、東大の合格通知が載っていましてね。この時ばかりはやられたと思いました」

年老いた父親は、ひしゃげた顔で声もなく笑った。

「それ以来——と言うより、そのはるか以前から、私と息子に心が通い合ったことはありませんでした。最後の最後まで、私は息子の真実を理解しないまま終わるところだった。もしあなたが来てくれなければ、そうなっていたでしょう。息子が事件を起こした時も、真相がどうなのかより、一刻も早くこの不愉快で惨めな出来事を忘れてしまいたかった。あいつに東大の合格通知を突きつけられた時のような屈辱感でしたよ」

浅見はずっと黙って、俊昭の話を聞いていた。口を挟もうにもそのタイミングを見つけることができなかった。話が途切れた後も、何を言えばいいのか分からなかった。

親と子の相剋《そうこく》は永遠のテーマにちがいない。俊昭の話を聞きながら、浅見は背古老人と娘のことを思っていた。母と娘を顧みることをしなかった父親に対して、娘が抱きつづけていたであろう憎しみを思った。だが、それがはたして殺意に結びつくものだろうか。冷徹であるはずの鈴木部長刑事でさえ、そこから目を背けようとしていた。

「私が和生を不肖の息子と思ったのと同様、和生にとって、私は不肖の父親だったかもしれませんな」

俊昭は思い出話のように語った。

「あいつには私とそっくりな面がありましてね。それは何かというと、自分で言うのもおこがましいが、妙に肩肘《かたひじ》張った正義感です。そういう教育をことさらしたわけでもなく、明らかに遺伝子のしからしむところとしか説明できません。世間一般では、まあいいじゃないかというような些細《ささい》な不正でも、こだわらずにはいられない。ジャーナリズムの世界に入ったのは、一つにはそういう性格があったからでしょうな。いまの世の中、警察はもちろん、検察も、裁判官ですら不正を行なう時代です。それを糺《ただ》すのはジャーナリズムだと信じて、その道を選んだ。しかし、その和生が心中などという汚辱に塗《まみ》れた最期を遂げたのだから、何をかいわんやです」

語り終えると、俊昭は放心したような目を天井に向けて、肘掛け椅子の背に身を預けた。これまでに何度となくその事実を見据え、息子はもちろん、親である自分自身を責めつづけてきたことだろう。

「それは違いますよ」

浅見は断固とした口調で言った。

「先生は息子さん――和生さんの事件の一報を聞いた瞬間から、いま『汚辱に塗れた』とおっしゃった観念に囚《とら》われてしまったのではありませんか？　それ以降、和生さんの死に真っ直ぐ向き合うことを避けてこられたのではありませんか？『汚辱に塗れた』出来事から目を背け、事実を直視しようとなさらなかったとしか思えません。警察が出した『心中』という結論をなぜ疑ってみようとなさらなかったのか、それは和生さんの死を恥であり汚いものであると思い込み、そこから逃げたかったからでしょう。先生は息子さんの死を見捨てたのです」

話しながら、浅見はすぐに後悔した。

「あ、すみません、また同じ過ちの繰り返しですね。僕もまた浅見家の落ちこぼれのせいか、心情的に和生さんに感情移入してしまうのです。兄は東大の首席で、父親代わりに面倒見てもらって、その弟の僕ときたら、いまだに独立もできない居候なのです。それに較べれば和生さんははるかにご立派じゃありませんか……あ、もう引き上げます。これ以上、長居すると、どこまで無礼なことを言うか分かりません」

会釈して、立ち上がった。

「待ちなさい。いや、坐ってくれませんか。あなたにまで見捨てられては、和生はいよいよ立つ瀬がない」

微笑を浮かべ、穏やかに言った。浅見は戸惑いながらもソファーに坐り直した。

「このあいだ、秩父署の鈴木君が見えて、晩飯を一緒にしながらあなたの話が出ましてね、その時にクジラのことが話題になった。そういえば和生の最後の仕事がクジラ問題だったなと思い出しました。和生は初めは水戸《みと》支局、その次が八戸《はちのへ》支局、そして最後に和歌山支局に送られ、間もなく本社勤務になるという時に、クジラ問題と出会うことになったのです。新聞記者としてはまだ新米で、大した仕事はしていませんが、まあ、見てやってください」

俊昭は脇に置いてあった大型のスクラップブックを浅見の前に差し出した。

「和生が最初に書いた記事がこれです」

ページを開くと、大きな第一面の真ん中に小さな切り抜きが貼りつけてあった。

〔偕楽園《かいらくえん》の観梅に五万人の人出〕

そういう見出しで、水戸偕楽園の花見の賑《にぎ》わいを紹介している。いわゆる「季節ネタ」と呼ばれる、すでにパターン化した記事だ。誰が書いても同じようなものだし、おそらく地方版の片隅を埋めたものだろう。それでも初めて記事になったのは嬉《うれ》しかったにちがいない。それ以降のページには一つだけでなく、いくつかの切り抜きが貼られている。ときどきは事件物の記事も散見する。地方とはいえ、次第に実力が認められつつあったことが窺《うかが》えた。

「これは和生さんの遺品ですか？」

「いや」

俊昭は照れたように首を横に振った。

「私がスクラップしたものですよ。こっそり地方版を取り寄せましてな。和生にはもちろん、家族にも内緒にしていました。あなたにお見せするのが初めてです」

浅見は感動で息が詰まった。（なんと冷酷な――）とさえ思った相手が、じつは心底では息子を愛し、つねに遠くから見守っていたというのである。

全国版ならともかく、入手しにくい地方版の記事の、しかも記事を書いた者が誰かを確かめる労力は並大抵ではなかっただろう。

浅見は不覚にも涙ぐみそうになる気持ちを抑えて、ページをめくった。クジラに関する記事は和歌山支局詰めになって、わりと早い時期から書いている。もっとも、最初の記事の内容は「太地のくじら踊り」といういわゆる「季節ネタ」にすぎないが、それが浅見和生と太地の最初の接点であり、清時香純との交際が芽生えるきっかけとなったものかもしれない。

その記事を書いて間もなく、和生は本格的にクジラ問題に取り組むことになった。「毎朝新聞」の本社主導で開始した「反捕鯨キャンペーン」ともいうべきシリーズ『鯨は哭《な》いている』全二十回のうち、太地に関係する部分を四回にわたって担当している。古式捕鯨の時代から日本の捕鯨史を綴《つづ》ってきたといっていい太地浦と、そこに生きる人々の素朴な思いにスポットを当てて紹介した。

中央の記者や彼らが引用する評論家の論調は、かなり強硬に反捕鯨色を鮮明にしている。浅見和生も比較的公平な視点ではあるものの、反捕鯨の論調をくずす事はなかった。太閤丸を始めとする太地の人々が、浅見記者もまた不倶戴天《ふぐたいてん》の敵の一人と見做《みな》したとしても、非難するわけにいかない。

注目すべきは、このシリーズの中で、捕鯨再開推進派のリーダーとして「永野稔明」の名がしばしば登場することだ。「捕鯨禁止は水産資源の枯渇につながる」という永野の理論が紹介され、毎朝新聞側の論者との対立が浮き彫りにされている。永野は太地や和歌山市にも現れ、漁民を中心とする講演会で熱弁をふるった。浅見記者も永野が太地を訪れた際にインタビューを行なっていた。

（やはり接点はあった――）

浅見は胸が躍った。

「反捕鯨」の姿勢はくずさなかったものの、若い浅見和生が、捕鯨再開の強硬論者として世界的に知られる永野稔明に面識を得て、浅見光彦がそうであったのと同じように、「目からウロコが落ちた状態」を経験した様子も、文章の中に見えるようだ。

シリーズ記事が終了した後、しばらくはクジラの記事は書いていない。ほかの事件物の記事は増えているから、担当する方面が変わったと思われる。クジラ問題は書き尽くしたと見做されたのかもしれない。

そして――。

「これが和生の遺作になりました」

俊昭は切り抜きが貼られた最後のページを指し示した。

〈捕鯨促進同盟結成へ／国際捕鯨七カ国連絡会議を和歌山で開催　日本、ノルウェー、アイスランドなど商業捕鯨の再開を求める七ヵ国は、今月七日に和歌山市ほかでシンポジウムを開催するとともに、世界的な反捕鯨運動の盛り上がりに対応するため、捕鯨国間の結束を固める具体的な戦略を模索し立案する。

今回の会議ではまず「捕鯨促進同盟」といった趣旨の団体を新たに結成し、国際世論の支持を集める反捕鯨運動に対し強固な姿勢を打ち出すことになるだろう。反捕鯨の旗手ともいえる環境保護団体グリーンピースは、南極海に砕氷船を派遣、日本の調査捕鯨船とのあいだでトラブルを生じている。それに対し、日本などの「捕鯨国」側に受け身から攻勢に転じようとする焦りがあるものと見られ、それが、今回の七ヵ国連絡会議開催に繋《つな》がったとする見方もある。

最大の捕鯨国であるノルウェーは「場合によってはIWC（国際捕鯨委員会）脱退も辞さない」と強硬論が国内で台頭しているが、世界経済、ことにアメリカ、ヨーロッパなど反捕鯨国の多い地域との経済交流が密な日本としては、他への影響が懸念されるだけに、思いきった方針が打ち出せないでいる。今回の会議を一つのテコとして、膠着《こうちゃく》した現状を打破し、捕鯨再開への道を開く試金石となるかどうかが問われることになるだろう。」

記事は硬い調子で書かれ、永野稔明水産庁漁業交渉官と、クジラを愛する会副会長三宮博信《さんのみやひろのぶ》の談話が載っており、会議場の風景と永野稔明の写真が添えられていた。六年前の永野は、浅見が会った現在の彼よりも痩《や》せていて、その分、先鋭な雰囲気を感じさせた。

「そして、これが和生の関わった最後の記事です」

浅見が全文を読みおえたと見て、俊昭はページをめくった。最初のページの時と同じように、ページの真ん中に小さな切り抜きが貼ってあった。


〔**本社記者太地で事故死、心中の疑いも**　十日朝、太地町太地湾内の岬に男性の死体が漂着しているのを、同町漁協職員が発見、警察に届け出た。新宮警察署で調べたところ、死んでいたのは毎朝新聞和歌山支局の浅見和生記者(29)と判明。死後半日ほどを経過しており直接の死因は溺死《できし》だが全身に打撲を負っていた。またその直後に同町企画観光課職員が「継子投げ」と呼ばれる断崖《だんがい》上で浅見記者と同町在住の女性が書いたと見られる「遺書」を発見した。そのため警察は浅見記者と女性がこの場所から心中目的で飛び下り自殺した可能性があると見なし、裏付け調査を始めた。なお女性の行方は十日夕刻現在まだ判明していない。

死亡した浅見和生記者は埼玉県秩父市出身で、七年前の四月に本社採用、昨年四月から和歌山支局に勤務し、第一線記者として活動していた。昨年十月から十一月にかけての『鯨は哭いている』のシリーズは浅見記者が企画と執筆に加わったもので、今回の「心中」の相手とされる女性とはその時期に知り合ったと見られている。

伊東聡《いとうさとし》本紙和歌山支局長の話　浅見君は支局でもっとも優秀な人材だっただけに、

突然の死は遺憾《いかん》の極み。悩みがあると聞いていたがこのような行動に出るとは予測していなかった。太地町の皆さんにご迷惑をおかけしたことに責任を感じ深くお詫《わ》びします。」

気がつくと、順子の口から嗚咽《おえつ》が洩《も》れていた。浅見も強い衝撃で心臓が締めつけられるような思いがした。登場する名前が「浅見」だけに、他人事《ひとごと》とは思えない。もし自分が不慮の死を遂げた場合、こんなふうに報じられるのか——という感慨もあった。

一連の記事を通して顕著なのは、浅見和生記者の依《よ》って立つスタンスが反捕鯨で貫かれていたことである。

そして和歌山でのシンポジウムの記事を書いたと思われる三日後に、浅見和生は死んだ。いったい、彼《は》の身に何が起きたのだろう？——と、浅見は六年前のその日その時その場所に思いを馳せた。

第七章　背美流れの悲劇

1

浅見から尻《しり》を叩《たた》かれた時は、あまり気乗りがしない様子に見えた鈴木だが、職務に関しては忠実かつ迅速に行動するタイプのようだ。背古徳二郎の別れた妻子の消息は、思いのほかのスピードで手掛かりが得られた。

「浅見さんが言ったように、所在はやはり東京で、しかも新宿区西新宿――つまり、背古がホームレスで徘徊《はいかい》していた付近ということになります」

鈴木は電話で急《せ》き込むように言った。

「それで、われわれはこれからそっちへ向かいますが、浅見さんもその近くで待機していてくれませんか。いや、これは捜査一課長も了解ずみですので、局長さんにご迷惑をかけるようなことにはなりません」

「分かりました。ありがとうございます。それじゃ、僕は新宿西口の『滝沢《たきざわ》』という喫茶店で待ってます」

捜査当局が素人に捜査情報を洩らすのは、もちろん異例中の異例である。もっとも、今回の「捜査」のそもそものきっかけが、浅見の提案によるものだから、その結果を報告するのは当然だし、先方としては、さらにそれ以上の知恵を借りたいつもりなのかもしれない。それは浅見としても望むところだ。

それにしても、さすが管理社会の日本というべきか、それとも警察の優秀さの賜物《たまもの》だろうか、二十年前に太地を出奔した母と子の行方を、いとも簡単に突き止められるものなのであるらしい。しかし心配性の浅見は、作業の展開がうまくいきすぎているようで、本当に相手が摑《つか》まるのかどうか、かえって危惧《きぐ》を抱いた。

「滝沢」というのはビルの地階にある大きな喫茶店で、内装材の吸音効果がいいのか、よほど混んでいても、他人の会話が邪魔になることはない。浅見も打ち合わせなどでたびたび利用している。

いくぶんゆっくりめに家を出たのだが、それでもかなりの時間を待つことになった。そうして現れた鈴木は、浅見の危惧を裏書きするような、浮かぬ顔であった。

「その様子だと、空振りですね」

浅見はわざと笑顔を見せた。

「そうです。いや、住居は和歌山県警からの報告どおりの場所に突き止めたのだが、不在でした。というより、マンションの管理人や近所での聞き込みによると、ここ一週間ばかり家を空けているらしい。一応、部下に命じて張り込みの手配はしてきましたが、すぐに摑まるかどうかは分かりません。というわけで、とりあえずこれまでに分かったことを話しておきますか」

鈴木は疲れた声で説明を始めた。

「背古徳二郎の別れた妻と娘は、背古と離縁した後、母親の旧姓である『柴田《しばた》』姓を名乗ってましてね、母親は『恵美子《えみこ》』五十六歳、娘は『亜希子《あきこ》』三十歳ですが、亜希子には産まれて半年の娘がいるのです。名前はえーと『緑《みどり》』でしたか」

手帳の細かい文字を確かめて言った。

「子供さんがいるのですか」

意外だった。考えてみると、年齢的に子供の一人や二人いても不思議ではないのだが、浅見が抱いていた「女性」のイメージはまるで違った。浅見の脳裏にはいつまでも、あの岬で見た「幽霊」の姿がある。

「というと、父親は？」

「それがですね、その子はどうやら父親がはっきりしない、いわゆる非嫡出子みたいなんですね」

鈴木の憂鬱《ゆううつ》そうな語り口に、浅見はますます気が重くなった。

「柴田母娘は太地町を出てしばらくは、何カ所かを転々としましてね、転出・転入を繰り返していたので、問い合わせに手間取ったようです」

ポケットから調査結果のコピーを出した。

昭和五十五年五月　和歌山県東牟婁《ひがしむろ》郡太地町大字太地転出
昭和五十五年六月　奈良県吉野《よしの》郡川上《かわかみ》村大字大滝《おおたき》転入
昭和五十七年三月　同所転出
昭和五十七年四月　岐阜県郡上《ぐじょう》郡白鳥《しろとり》町中西《なかにし》転入
昭和六十一年七月　同所転出
昭和六十一年七月　長野県上伊那《かみいな》郡箕輪《みのわ》町長岡新田《ながおかしんでん》転入
平成元年三月　同所転出
平成元年三月　山梨県塩山《えんざん》市上井尻《かみいじり》転入
平成七年八月　同所転出
平成七年八月　東京都新宿区西新宿転入

「これで何か分かりますか？」

浅見と一緒になってコピーを覗《のぞ》き込みながら、鈴木は言った。

「いや、これだけでは……」

浅見は失望を隠さず、首を横に振った。

「せいぜい分かることと言えば、どこも海無し県の、それもたぶん山の中であるという点ぐらいなものです」

「なるほど、そういえばそうですな。よっぽど海辺の暮らしに懲りたみたいですね」

鈴木は妙な感想を入れてから、言った。

「柴田恵美子は気仙沼《けせんぬま》の出身なのだが、家族の猛反対を押し切って背古と一緒になった経緯があるもんで、郷里には帰れなかったという理由はあったようです。それでも五年ほど前からは現在のマンションに落ち着いてます。近所で聞き込んだところによると、母親のほうはひと頃、体をこわしたとかで、仕事はあまりしていないが、その分、娘がわりと収入のいい仕事に就いていたようで、引っ越してきた当時よりは暮らし向きもよくなったという話でした」

「しかし、子供が出来たりしたんじゃ、大変だったのじゃありませんか」

「そう思うでしょう。ところがかえって裕福になったみたいだというのです。しょっちゅう旅行に行ってるし、おそらくパトロンでもいるんじゃないですかね」

「なるほど……」

浅見はすぐに永野稔明を連想した。

「だとすると、そのパトロンが子供の父親ですか」

「そういう噂ですよ」

その時、鈴木の携帯電話が鳴った。脇を向いて電話と話していた鈴木が、急に元気を取り戻した顔で「現れたみたいです」と立ち上がった。

「浅見さんも一緒に行ってみますか」

「いいんですか？」

「そうですな……構わんでしょう。自分が責任を持ちます」

近くの路上に駐《と》めてあった覆面パトカーに乗って、屋根の上に赤色灯を載せ、サイレンを鳴らして走った。新宿中央公園を突っ切って、五百メートルほど行ってからサイレンと赤色灯を消して、さらに路地をいくつか曲がった住宅街の一角にマンションはあった。

マンションの入口を見通せる場所に停めた車に私服が二人いて、そのうちの一人が降りてきた。秩父署で見かけた若い刑事で、「村松といいます」と浅見に会釈した。素人を同行することに抵抗を感じたらしいが、上司のやることだから、拒否はしなかった。

マンションは八階建てで、柴田家は五階。エレベーターホールを出ると、廊下が外側に露出している建物だ。チャイムを鳴らすと、すぐに中から初老の女性が顔を覗かせた。その年代の女性としてはわりと大柄で、日焼けが定着したような浅黒い顔である。三人の男が佇《たたず》んでいるのに驚いて、一瞬、身を引いた。刑事の臭いを嗅《か》ぎ取ったようだ。

「柴田恵美子さんですね？　ちょっとお話を伺いたいのですが」

鈴木が型通りに手帳を示した。

「はい、何でしょうか？」

短い言葉だが、イントネーションにほんの少し東北訛《なま》りを感じさせる。和歌山訛りに染まりきる前に、太地を離れたということか。

「少しお邪魔してもよろしいですか？」

鈴木は丁寧な口調で訊《き》いた。

「孫が眠っておりますので、静かにしてもらえるなら、構いませんけど」

「分かりました。なるべく静かにします」

三人はドアの中に入り、玄関にひしめくように立った。さすがにそれを見かねたのか、恵美子は「どうぞ、上がってください」と言ってくれた。

いわゆる2LDKという間取りだ。部屋はフローリングで、その上に絨毯《じゅうたん》を敷いている。小さなテレビ、小さな冷蔵庫など、調度品はどれも質素なものだ。部屋の中央に粗末なダイニングテーブルがあって、四人は四辺に分かれて坐《すわ》った。子供は奥の部屋で寝ているらしい。

「早速ですが、亜希子さんはお留守で？」

鈴木が訊いた。

「はい、旅行に出掛けております」

「どちらへ？」

「さあ、行く先は聞いてませんけど」

「ほう、行く先も分からなくては、心配じゃないのですか？」

「だけど、いつものことですので」

「お仕事ですか？」

「そうですよ」

「どういうお仕事をしているんですか？」

「さあ、詳しいことは知りませんけど、セールスみたいなことだと思いますよ」

「いつお帰りですか？」

「それも分かりません」

恵美子はいかにも無気力そうに、ぼんやりした答え方をする。視点もどこに定めているのか分からない、ぼんやりした表情だ。

「だいぶ長いこと留守だったみたいですが、どちらへ行っておられたのですか？」

「山梨の温泉へ行っておりました」

「山梨のどこですか？」

「石和《いさわ》温泉というところです」

「石和温泉の何ていう旅館ですか？　それともホテルで？」

「いえ、知り合いの別荘マンションを使わせてもらったのです」

「その知り合いの方の名前は？」

「それ、言うと、その人に迷惑がかかるでしょう。だめですよ、言いませんよ」

恵美子は気張って言い、テコでも動きそうにない。鈴木は苦笑して質問を変えた。

「娘さんの亜希子さんも一緒ではなかったのですか？」

「初めの二日は一緒でしたけど、あとは違います」

「どこへ行ったか分かりませんか？」

「娘がですか？　ですから、それは分かりませんて言ってるじゃないですか」

恵美子は初めてきつい目を向けた。

「あの、何で刑事さんが来たのですか？　亜希子に何かあったのですか？」

「そういうわけではないですが、背古徳二郎さんはご存じですよね？」

「ええ、知ってますけど」

元の夫の名前を聞いて、いっそう険しい顔つきになった。

「背古さんが亡くなられたことはご存じなかったのですか？」

「えっ、亡くなった……知りませんでしたけど、ほんとですか？　いつですの？」

驚きを隠さない。

「今月の初め、三日の夜です」

「そうですか……死んだんですか。でも、どうして警察が？」

「死因は絞殺、つまり何者かによって殺されたのです」

「えーっ、殺された……どこでですか？」

「場所は埼玉県の秩父です」

「埼玉県……それじゃあの人、すぐ近くにいたんですね」

「いや、実際に住んでいたのはもっと近く、そこの中央公園辺りだったそうです。いわゆるホームレスの状態でした」

「……………」

恵美子は眉間《みけん》に皺《しわ》を寄せて沈黙した。

「ところで、背古さんが殺された今月三日の晩のことをお訊きしたいのですがね」

「そんなこと、うちには関係ありません。何でうちに来たんですか？」

「背古さんのお身内の方を探していて、たまたまお宅のことが浮かんだだけです」

「身内といっても、背古みたいな人、私だって身内とも何とも思っていませんよ。生きていたことさえ知らなかったんですから。まして亜希子にとっては赤の他人よりか、もっと遠い人とちがいますか」

「しかし、血の繋《つな》がった親子であることには変わりないでしょう」

「血の繋がりなんて、そんなこと言わないでやってくれませんか。もうとっくに忘れてしまったことです」

恵美子は記憶を振り払うように頭を振った。

「まあ、そういうことはともかくとしてですね、背古さんが殺された三日の晩、亜希子さんは秩父へ行ってますね」

「亜希子がですか？　さあ、知りませんけど……それはどういう意味ですの？　背古が死んだことと亜希子が何か関係でもあるんですか？」

「それを調べに来たのですよ。とにかくその晩、秩父市内で亜希子さんを目撃した人がいるのだから、亜希子さんが秩父に行ったことは間違いないのです」

「間違いないって分かっているのなら、私に訊くことはないじゃないですか」

確かに彼女の言うとおりだ。鈴木は苦笑した。

「どうですかね、娘さんは背古さんを恨んでいたんじゃありませんか？」

「恨むどころか、父親のことなんか、ほとんど憶《おぼ》えていないでしょうよ」

「しかしお父さんのほうはちゃんと憶えていたようですね。離婚したのは亜希子さんが十歳の時でしょう。背古さんから見れば可愛い盛りの時です。懐かしかったんじゃないですかねえ。お宅のこんな近くに住み着いたのも、おそらく行方を探して尋ね当てたのでしょう。背古さんとしては、何とかして娘さんに会いたいと思っていたと思いますよ。そうして娘さんを見かけて秩父まで追いかけて行った。そこまでは確かです」

「…………」

恵美子は否定はしない代わりに、だからどうした？――という目で部長刑事を見つめた。

「とにかく、そういうわけで、われわれとしては、娘さんの話をぜひお訊きしたいわけですよ。もし居場所が分かっているのなら、ぜひ教えてもらいたいのですがねえ。そんなことはしないと思いますが、隠さないほうがいいですよ」

「隠す？　なんで隠さなければならないのですか。娘が何か悪いことでもしたっていうんですか？」

「いや、そうは言ってません。ただ参考までに話を聞きたいだけです。お留守では仕方がないが、それじゃ、写真を一枚貸してくれませんか。亜希子さんのなるべく最近の写真がいいのですが」

「そんなもの、ありませんよ」

「写真が一枚もないなんてことはないでしょう。古い写真、たとえば高校の卒業アルバムとかでも結構ですが」

「あの子は高校も行ってませんでしたからね。恥をかかせたいんですか」

「いや、そういうつもりはないですが……それじゃ、中学の卒業アルバムは？」

「それもありませんてば。とにかく、昔のことは忘れてしまいたいんです」

頑として、取りつく島もない。

「分かりました、いいでしょう。それでは連絡がつき次第、この電話番号まで連絡してくれるようお願いします」

最後に「よろしいですね」と、いくぶん凄味《すごみ》を利かせて、浅見に「何か聞きたいこと、ありますか？」と言った。

「そうですね、一つだけお訊《き》きしたいのですが」

浅見はテーブルの上に手を置いて、体を少し乗り出した。

「永野稔明さんをご存じですね？」

柴田恵美子はもちろんだが、二人の刑事もびっくりした目を浅見に向けた。

「さあ……知りませんけど」

恵美子は当惑げに視線を揺らして答えた。

「どうもありがとうございました」

浅見はあっさり質問を打ち切って、立ち上がった。さっさと玄関を出る浅見に、二人の刑事が慌てて追随した。

「浅見さん、いまのあれは何ですか？　ナガノとかいうのは誰ですか？」

マンションのエレベーターを下りながら、鈴木は焦《じ》れったそうに訊いた。しかし浅見はすぐには答えず、三人が覆面パトカーの中に納まってから話し始めた。

永野稔明が商業捕鯨問題に関して日本を代表する論客である――という説明は、そう抵抗なく理解された。

「その永野氏が、事件とどういう関係があるんですか？」

鈴木はその先を急がせる。

「じつは、永野氏はノルウェー貿易振興協会の更井氏と付き合いがあるのです」

浅見は驚く二人を尻目《しりめ》に、永野の事務所に「更井」を名乗って電話して、御歳暮のお礼を引き出したことを話した。

「えーっ、そいつはまずいじゃないですか。そういうことされるのは困るなあ」

鈴木は一応、非難したが、べつにそれ自体は違法行為というほどのものでもないので、どうするわけにもいかない。

「永野氏がノルウェー貿易振興協会の東京本部ならともかく、秩父の支部と密接に付き合っているというのは、かなり意味のあることだと思います。というのは、きのう記事をお見せした例の鯨肉の輸出問題、あれを秩父の更井さんが扱っていたのじゃないでしょうか。これは想像ですが、鯨肉の取り引きはかなり以前から水面下で計画されていたはずです。あんなふうにマスコミに流すのは、いよいよ最終段階に入ったのであって、それまでは相当、長いあいだ日本とノルウェー両国の関係者間で、隠密裡《おんみつり》に調整作業が進められていたにちがいありません。だとすると、中央の東京本部でなく、秩父支部のような誰も注目しないところが情報交換の場所としてふさわしい。そして永野氏がその交渉の仲介役を務めていると考えれば、夜中に秩父を訪れた理由も分かります」

「そうすると浅見さんが言っていた『モーベルを訪ねた人物』というのは、その永野氏のことだったんですか」

「そう考えたのです。だから訪問者が女性だというので、がっかりしました。しかし、もし柴田亜希子さんが永野氏と付き合いがあるとなると、話はべつです」

「あるのですかね？」

「さっきの母親の表情を見ましたか？　永野稔明の名前を聞いて、明らかに動揺しましたよ。だが知らないと否定している。そこがかえって不自然ですね。ひょっとすると、彼女には虚言癖があるのかもしれない。実際は付き合いがあるどころか、さっき鈴木さんが言ったパトロンが永野氏である可能性が強いと思います」

「もし付き合いがあるとして、どういうことが考えられますかね」

「あの晩、更井氏を訪ねた柴田亜希子さんは永野氏と落ち合うことになっていたのではないでしょうか。もしそうだとすると、ノルウェー貿易振興協会を出た亜希子さんを背古さんがつけて行って、そこでバッタリ永野氏と顔を合わせたと考えられます。いや、そうでなく、ノルウェー貿易振興協会そのものが待ち合わせ場所だった可能性もありますね」

「つまり、犯人は永野氏ですか。しかし、動機は何なんです？」

「分かりません」

「分かりませんて、浅見さん、相手の永野氏というのは、かなり社会的な地位のある先生なんでしょう。それがホームレスのじいさんに殺意を抱かなければならない、どういう理由があるんですかねえ」

「考えられるのは、永野氏としては、秩父にいることを背古さんに目撃されては具合が悪い、何らかの事情があったかもしれません。たとえば鯨肉の輸入に関わっていると知られてはまずいとかですね。あるいは柴田亜希子さんとの交際を邪魔されて、カッとなって思わず手を出してしまったとか。とにかくまだぜんぜん分かりませんが」

「それにしたって、永野氏のことを背古のじいさんが知っていたとは思えないなあ」

「現在の永野氏が国際的な実力者であることを知っていたかどうかはともかく、背古さんは永野氏と同じ太地町の出身であるという接点はありますよ」

「えっ、そうなんですか」

「永野氏は太地の船大工だった家系の息子として生まれてます。おそらく、永野氏の少年時代は太地の捕鯨はまだ盛んだったでしょうね。ことに背古徳二郎さんは花形砲手として少年たちの憧《あこが》れの的であったにちがいない。少なくとも同じ町内の人間として、何らかの付き合いはあったと思いますよ」

「うーん、それにしたってねえ」

「いずれにしても、永野氏が秩父にいたかどうかがはっきりすれば、事件の謎はほとんど解明されたようなものだと思いますから、とりあえず、事件時の永野氏のアリバイを確かめたらいかがでしょうか？」

「それはまあ、やってはみますがね」

鈴木はまた気乗りのしない顔になった。しかし、そういう顔を見せながら、彼がじつは俊敏な部長刑事であることを、浅見はようやく理解しつつあった。

永野のアリバイ問題に触発されたわけでもないが、浅見は太地の「心中」事件に関連して、笹尾が取り調べの対象になったものの、アリバイが証明されたという点に、ずっと引っ掛かるものがあった。いったいどういう状況でアリバイが証明されたのか。直接、新宮署に電話して訊いても、そういう情報を警察が洩《も》らしてくれるとは思えない。仕方がないので、その夜遅く、帰宅した兄を摑《つか》まえて調べてくれるよう頼んだ。

「また何か企《たくら》んでいるのか」

陽一郎は面白そうに言ったが、「おふくろさんに知られないようにしろよ」と忠告を忘れない。

「いや、大丈夫ですよ。この件に関しては母さんのお墨付きなんだから」

「本当かね？」

「本当どころか、僕が手を引くと言ったら、そんなことでどうすると叱られました」

「ふーん、信じられないことだが、だったらいいだろう、訊いてみるよ」

陽一郎はあっさり引き受けた。

2

鈴木の事情聴取に対して、永野稔明は案外あっさり、柴田亜希子と付き合いのあることを認めた。ただし彼の事務所を出て、向かい側にあるホテル・グランドパレスのラウンジに行くまでは、鈴木に挨拶《あいさつ》を返しただけで、ひと言も喋《しゃべ》っていない。ラウンジの奥の、周囲に誰もいないテーブルを選んで腰を据えて、ようやく永野は鈴木の質問を促した。

「多忙なもんで、なるべく早く切り上げてくださいよ」

煙草に火をつけながら、煙そうに目をしかめて言った。鈴木も余計な前置きは抜きにして、単刀直入に「柴田亜希子という女性を知ってますね？」と訊いた。

「ん？　それはどういうこと？」

「いや、ご存じかどうか、それを聞かせてください」

「そうですな、まあ、知ってますがね」

「どういうご関係で？」

「どういう関係って、そんなことをあんたに言う必要はないでしょう」

「ということは、つまり恋愛関係にあるということですね」

「そう思いたければ思えばいい」

「ところで、十二月三日の晩ですが、永野さんはどちらにいました？」

「十二月三日？……何ですか、それは？」

「秩父夜祭りの晩です。永野さんも秩父に行きませんでしたか？」

「いいや、秩父には何回か行ったが、夜祭りには行ったことがありませんよ」

「その晩、どこにいました？」

「どこって、そんな藪《やぶ》から棒に言われても困るね。ちょっと待ってくださいよ」

ポケットから電子手帳を出した。

「ああ、ここにいましたね」

手帳の画面を見て、笑いながら言った。

「ここというと、このホテルという意味ですか？」

「そうですよ。ここのレストランで仲間三人と食事をして、その後、バーに行った」

「そのお仲間の名前を教えていただけませんか」

「おいおい、裏付け調査をする気かね。そんな失礼なことをしなさんな。それだったら
バーの従業員に訊《き》けばいいでしょう。それに、ここは私の奢《おご》りで伝票にサインしている

から、その必要があれば確かめられる」

「何時頃までバーにいましたか」

「さあねえ、十一時頃じゃなかったかな」

「それ以降は？」

「ホテルの部屋に入りましたよ」

「お一人でですか」

「まさか……そんな野暮なことは訊くまでもないでしょう」

「分かりました。ところで永野さんは背古さんをご存じですね、背古徳二郎さんというのですが」

「背古徳……」

永野はこの質問には、それまでとは異なる反応を見せた。およそ不愉快を絵に描いたような顔つきである。

「あんた、それは知ってて訊いてるの？　だったら厭味《いやみ》だよ。私が背古徳二郎さんを知らないはずがないでしょう」

「というと、ご存じなんですね？」

「ああ、知ってますよ。だからどうなの」

仏頂面を背けた。

「どういうお知り合いですか？」

「どういうって……あんたもくどいね。それを私の口から言わせようってわけか」

「じゃあ自分が言います。背古徳二郎さんは柴田亜希子さんの父親ですね」

永野は頷《うなず》いて、腹立たしげに言った。

「そうですよ。それでどうだって言うの？　いまさら父親面して、何かを要求してきたわけ？　老後の面倒を見ろとか。しかし、親子といったって、とっくの昔に縁が切れているんだよ。徳さんもよっぽど血迷ったんだね、きっと。それにしたって、警察沙汰《ざた》にするのはどうかしてますよ」

「いや、警察沙汰にしたわけじゃありませんよ。それどころか背古さんはもう、老後の面倒を見る必要がないんですから」

「というと、亡くなったってこと？」

「そうです。十二月三日、秩父夜祭りの晩に殺害されました」

「えっ、ほんとかね？　じゃあ、その晩の私のアリバイを確かめに来たってわけか。驚いたねえ、私がなんだって徳さんを殺さなきゃならないの。第一、もう何年も徳さんとは会っていないよ」

「べつに容疑者扱いをしているわけではありません。一応、捜査の手順を踏んでいるだけですから。それとですね、その晩、柴田亜希子さんが秩父の某所に現れたのを見た人がいましてね」

「某所だなんて、回りくどく言わなくてもいい。それはあれでしょう、ノルウェー貿易振興協会の更井君のところでしょう。確かに、その日に彼女には私の用事で秩父に行ってもらってますよ。あんたはさっき、彼女のことを妙な勘繰りで決めつけたが、私の秘書的なことをやってもらっているんです。あの晩はノルウェーからの情報がなかなか入らなくて、だいぶ待たされたそうだが……いや、そんなことはどうでもいい。彼女が秩父にいたからって、私がそこにいるわけがないでしょう。私はずっとこのホテルにいて、亜希子が戻って来るのを待ってましたよ。彼女が来たのはかれこれ十二時半を過ぎていたんじゃないかな。秩父発の最終だったそうだから」

秩父発の最終列車は秩父鉄道の熊谷行きが二十一時五十五分、西武秩父線が二十二時二十二分である。背古が「白百合」を飛び出した時刻は午後十時頃と店の人間が言っていたから、その時に亜希子が「モーベル」を出たのだとすると、秩父鉄道の最終には間に合わない。西武秩父線ならゆっくり間に合う。西武の最終だと終点の池袋《いけぶくろ》到着は翌日の〇時〇五分。池袋からタクシーを使えば、十二時半を少し回った頃には九段下のこのホテルまで来られるだろう。

しかし、背古の死亡推定時刻は深夜の十一時から十二時までのあいだである。もし永野の言うことが事実だとすると、永野どころか、柴田亜希子も事件とは関係がないことになる。

「ついでにということなんですが、更井さんが殺されたことは知ってますね？」

「もちろん知ってますよ。びっくりしましたなあ。というより仕事上、いろいろと支障をきたしましてね。更井君とは彼がノルウェーにいた頃からの付き合いで、現在の職場も私が口を利いたのです。その彼があんなことになるなんて……ただ、更井君のは自殺という説もあったが、どうなんです？」

「捜査本部としては殺人事件と断定して、捜査を進めております。それでですね、申し訳ありませんが、更井さんが殺された十二月二十日の深夜、やはり十一時頃ですが、永野さんはどちらにいたか、教えていただきたいのですが」

「またアリバイですか。驚いたなあ、私が更井君を殺す道理がない。彼は私にとって重要な存在ですよ。まあそれはいいや、どうせあんた方は一応の手続きみたいなことを言うのだろうからね。十二月二十日ね……ああ、その日は軽井沢の別荘にいましたよ。質問される前に言っておくけど、一緒にいたのは亜希子です」

「その柴田亜希子さんに会いたいのですが、いまはどこにいますか？」

「さあ、どこですかなあ」

「ご存じないのですか？　しかし彼女はあなたの仕事に関係しているんでしょう？　居場所を知らないというのはおかしいじゃないですか」

「そう言われると困るのだが、ここ二日、本当にどこへ行ったか分からないのだから仕方がない。だいたいそんなところですかな。じゃあ、これで失礼しますよ」

永野は勝利宣言のように言って立ち上がった。引き止める理由は何もなかった。

その後、鈴木たちはホテルのバーなどに行って、永野のアリバイの裏付け調査を行なっている。永野は従業員たちとは顔なじみで、伝票にもサインがあった。確かに十二月三日の夜、永野は十一時近くまで友人三名とバーに来ていた。ただしそれ以降、永野が部屋にいたかどうかは明確ではない。ホテル客の出入りは原則として二十四時間フリーである。永野が深夜から未明にかけて外出し、また帰館したかどうか、それに柴田亜希子が深夜にホテルに入ったかどうかも、はっきりした証明は得られなかった。

都心から秩父まで、首都高速と外環状線と関越自動車道を利用すれば、二時間で行けないこともない。関越花園《はなぞの》インターから秩父市内までのおよそ三十キロは、日中は渋滞もあるが、深夜は道路も空《す》いているだろう。それにしても背古の死亡時刻には間に合わない。永野が背古を殺害することは、物理的には不可能である。たとえ間に合ったとしても、その場合、背古と永野がどこでどうやって落ち合ったかが説明困難だ。だいたい、背古がその晩、秩父に行くことを永野が知っていたと証明できるかどうか。

鈴木は秩父に戻ってから、西武秩父駅に行って、その夜の最終便に女性独りの乗客があったかどうかを調べた。

こっちのほうも難航すると思われた。ただでさえ半月以上も前の記憶を引き出すのは難しいところにもってきて、大勢の乗客をいちいち憶《おぼ》えているとは思えない。池袋行きの最終列車は、ふだんはガラガラに空いているのだが、夜祭りの日は比較にならないほど乗客数が多い。その晩は屋台行列の見物客が帰路につく時間とぶつかって、かなりの数の利用客があった。

ところが運がいいというべきか、駅員の一人が柴田亜希子らしい人物を記憶していて、「もしかすると、あの人のことじゃないですかね」と言った。

日にちまでははっきり記憶していないが、夜祭りがあった二日か三日、確かに終電間際に女性が駅に駆け込んできて、慌ただしく切符を買い、構内の清掃をしていた駅員に池袋の到着時刻を確かめてホームへ向かったというのである。

「年齢は三十前後かな。すごい美人でした」

駅員は「すごい美人」を強調した。

「じつはですね、そのお客さん、十九時三十五分着の下り列車で秩父駅に降りた時にも気になっていたんですよ。お客さんの数はずいぶん多かったけど、ひときわ目立ってましたからね」

「その女性は一人だったかね」

「ええ、一人でしたよ」

「その時、女性の後ろから、誰かつけているようなことはなかったかな。老人と言ってもいいくらいの男だが」

「えっ、ストーカーみたいにですか？」

「いや、それは分からないがね」

「そんな感じの人はいませんでしたよ。いても気がつかなかったのかもしれませんが」

写真を見せていないので、確かなことは言えないが、永野の話と一致する点から見て、柴田亜希子に間違いなさそうだ。

鈴木からの報告を受けて、浅見はますます永野に対する疑惑が強まった。永野のアリバイがいかにも成立しそうなのも気に入らなかった。更井の事件の時、軽井沢の別荘にいたというのは、それだけではアリバイは証明されないが、それよりも、背古老人が殺された事件の夜の、ホテル・グランドパレスにおけるアリバイが、確固としたもののように見えるだけに、かえって胡散臭《うさんくさ》い。どこかに矛盾点がありそうな気がしてならないのである。

それはそれとして、浅見はいまになって、（なぜ秩父なのか——）に引っ掛かった。

背古老人が殺され、更井が殺された。そのいずれもが秩父だというのは、まあそういうこともありうるだろうとは思う。とくに、殺害の動機の根っこにあるものが共通していれば、あっても不思議はない。

しかし、それ以前の浅見和生の出身地が秩父だったことに遡《さかのぼ》って考えると、それらの事件がすべて秩父という共通項を持っていることが、不思議に思えた。クジラつながりには違いないが、それだけではない、何か他のものがあるはずだ——と思った。

事件のことは気にかかるが、浅見には本来の仕事があった。「旅と歴史」の藤田編集長に依頼されたレポートの締切りが迫っていた。執筆のペースも順調だったし、年内いっぱいという約束に安閑としていたら、いつの間にかその年内がすぐそこまで来ている。

クジラについては無知であっただけに、調べれば調べるほど興味が湧いてくるし、奥の深い話であることが分かってくる。

浅見はクジラ問題を語る象徴的な場所として太地を選んだ。その選択は間違っていなかったと思う。太地はまさにクジラと共に生きてきた町なのであった。そうして、数多くの資料本を繙《ひもと》いているうちに、その太地でかつて、三百年の捕鯨の歴史に終止符を打つような、恐ろしい悲劇が起きたことを知った。

資料にしたのは太地五郎作《たいじごろさく》という人物が書いた『熊野太地浦捕鯨乃話』と題する本である。太地五郎作は太地鯨方宗家である和田《わだ》氏一門の人で、明治七年に太地で生まれた。生まれながらに太地の捕鯨を間近に見る立場にあったといえる。と同時に、父祖や周囲の人々から捕鯨の歴史を語り伝えられた。古式捕鯨に関する記録としては、これ以上のものはないとされる貴重な書物だ。

明治十一年十二月二十四日——太地浦沖を母子連れのセミクジラが遊弋《ゆうよく》しているのを、山見台の監視役が知らせてきた。

当時、太地は長期の不漁に喘《あえ》いでいた。このままでは年が越せないと嘆く漁師たちが少なくなかった。そこへ飛び込んできた「セミクジラ発見」の報は、文字通りの快報だったにちがいない。

しかし、鯨方の宗家である和田金右衛門《きんうえもん》は出漁に反対した。

クジラ捕りの戒めとして「背美《せみ》の児《こ》持ちは夢にも見るな」という諺《ことわざ》がある。セミクジラはとりわけ勇猛である。クジラは母性愛が強く、子クジラに手を出せば、母クジラは子を守ろうとして大暴れするし、母クジラに手を出せば、さらに大暴れする。しかもすでに夕刻が迫っているし、天候と時間からいって、無理に出漁するのは極めて危険である。金右衛門はそのことを言い、クジラを獲《と》りたいと思う気持ちは分かるが、今回は見送るべし——と結論づけた。

ところが、宗家一門の角右衛門《かくうえもん》という人物が現れて、この千載一遇のチャンスをものにしなくてどうする——と主張した。両者の意見は真っ向からぶつかったが、金右衛門はついにサジを投げ、結局、角右衛門の指揮で出漁することとなった。船団は二十数艘《そう》、総人数は百数十名と思われる。

予想どおり、母クジラの抵抗はすさまじいものがあった。悪戦苦闘の末、母子クジラを何とか仕留めることができたが、時刻はすでに夜にかかり、しかも西の季節風が吹きつのってきた。大網にかかった獲物は重く、勢子舟が束になってかかっても、強風に逆らって進むことができない。みるみるうちに陸地が遠ざかってゆく。いまはこれまでと、せっかくの獲物を網を切って流し、必死になって艪《ろ》を漕《こ》いだが、やがて力尽き、船団は太平洋のはるか沖合に散り散りになって流され、百十数名の犠牲者を出すことになった。

海上で伊豆《いず》付近のマグロ船に救出された者もいたし、遠く伊豆七島に流れ着いて助けられた者もいるが、それはごく少数だった。

この悲劇は「太地の背美流れ」と呼ばれ、太地浦の鯨方は船と漁師のほとんどを失ったことと、その後の補償問題などで再起不能となって、三百年つづいた太地の伝統的捕鯨の歴史はここに幕を閉じたのである。

読み終えて、浅見は太地のあの青い空と海の風景を思い浮かべた。そこに住む人々からは、役場の海野課長補佐に見られるように、どこか温和で控えめな印象を受けた。漁師町らしい荒くれた威勢のよさには、一度も出くわさなかった。それは彼らの祖先の時代にそういう悲劇があったためかもしれない――と、ふと思った。

「背美流れ」の起きた日は十二月二十四日――まさに浅見がその記録を繙いたその日、クリスマス・イヴの夜のことだった。

夜、この日は珍しく、早めに帰宅した陽一郎が弟に紙片を渡した。

「和歌山県警の捜査一課長が『名前が同じ浅見だが、浅見局長のお身内か』と訊《き》いていたそうだよ」

陽一郎は苦笑を残して行ってしまった。

〔お問い合わせの件につきましてご報告申し上げます。当該心中事件に関しましては、新宮署におきまして鋭意捜査致しました結果、浅見和生、清時香純両人の自死であり、事件性はないものと断定致したものであります。ご指摘の笹尾正晴につきましても事情聴取その他、適切なる調査の結果、とくにアリバイが成立致したるを以《もっ》て、当該事件への関与を疑うべき要素はなきものと断定した経緯があります。同名のアリバイにつきましては、東京都港区《みなとく》在住永野稔明及び和歌山県太地町在住背古徳二郎の証言があり、とくに永野につきましては国際的な著名人でもあり、また笹尾との利害関係はまったく無いことが明らかであり、証言の信憑性《しんぴょうせい》は高いものと見做《みな》して間違いありません。証言によりますと、笹尾は心中事件発生の推定時刻を挟む前後最低二時間は、永野、背古両名と永野の別荘（太地町字平見）にて飲食を共にしていた事実が、永野、背古両名によって確認されております。以上、さらに調査致すべき点がありましたなら重ねてご指示いただきますようお願い申し上げます。」

報告書を読んで浅見は慄然《りつぜん》とした。ある程度は予想していたが、永野だけでなく背古徳二郎までが笹尾のアリバイ工作に関わっていた事実がはっきりした。

この書面から、警察は永野の名声に遠慮があったことを窺《うかが》わせる。永野が「そうだ」と主張すれば、よほどの根拠でもないかぎり、それを覆す調査はしないだろう。

それにしても背古はなぜその陰謀に加担したのだろう？　反捕鯨派のお先棒を担いでいる浅見某に対して憎しみを抱いていたとしても、まさか殺してしまうことまで想定していたかどうかは疑問だ。まして清時家の娘まで巻き込むような陰謀に加わる意思があったとは思えない。その時は軽い気持ちで参加したものの、現実に起きた出来事に愕然《がくぜん》としたのではないだろうか。

しかもその犯行の裏に永野の利己的で自己中心的な野望があることを悟ったならば、捕鯨再開推進派の純粋性にまで疑念を抱いたかもしれない。背古がそれから間もなく、反捕鯨派に近い言動を始めるようになり、やがて追われるようにして太地を去ったのは、何よりもそれを裏付けているのではないか。

そして背古徳二郎も殺された。そこには永野の魔手があったはずだ。背古は永野に会いに秩父へ行き殺された——と浅見が思い描いた図式は、永野のアリバイがあって成立しなかった。しかし、背古が追ったのは彼の愛する娘・亜希子だった。だとすれば、背古が娘のために永野の恐ろしさを教えようとしたことは考えられる。そして結局、永野によって殺された。実際に手を下したのは永野でないにしても、永野の意志を帯した何者かの犯行であるにちがいない。

浅見の頭の中では、さまざまな状況が浮かんでは消え、浮かんでは消えした。

3

浅見が「背美流れの悲劇」を読んでいたちょうどその頃、秩父の浅見順子の家に電話があった。父親の俊昭は無類の電話嫌いだから、ベルが鳴ると、よほど手が塞《ふさ》がっていないかぎり順子が受話器を取ると決まっている。その時もそうした。

電話の声は女性で「浅見さんですか」と言った。「アザミ」と濁らないのは地元の人間ではない証拠だ。

「はい、浅見ですが」

「あの、浅見和生さんの妹さんですか」

「そうですけど」

兄の名前が出て、順子は緊張した。相手は黙っている。背後は無音だが、気配から電話を切っていないことは分かる。

「あの、兄のことで何か？」

順子は催促した。

「お兄さんがなぜ亡くなったかという、本当の理由ですけど……」

「えっ……」

思いもよらぬ用件だ。順子はショックと同時に、警戒感も抱いた。浅見光彦から兄の死が心中なんかではないと指摘され、自分もその考えに傾いているとはいえ、まだ半信半疑の状態である。その動揺に付け込まれてはならないと思った。

「あの、失礼ですが、どちらさま？」

努めて冷静な口調で言った。

「名前は言えませんけど、あなたのお兄さんのことをよく知っている者です」

「そうなんですか……それで、どういうことでしょうか？」

「お兄さんは自殺——心中したと思われていますが、それは間違いです。お兄さんは殺されたのです。書き置きのようなものを書かされて、太地の継子投げというところから、海に突き落とされたのです」

具体的な状況について詳しく知っている相手だ。単なるいたずらとは思えない。順子は極度の緊張で体が強張《こわば》った。

「誰に突き落とされたんですか？　犯人は誰なんですか？」

「犯人は……死にました」

「えっ？　死んじゃったんですか？　誰だったんですか？」

「…………」

「誰なんですか？　ひょっとして、清時香純さんですか？」

そんなはずは——と思いながら、兄と「心中」した女性の名前を言ってみた。

「…………」

声は出さなかったが、電話の向こう側に揺らめくような気配があった。「ふふ……」と含み笑いが洩《も》れたようにも思えた。

「まさか……」と、順子は自分の着想に思わず息を呑《の》みながら言った。

「あなたが香純さんじゃないでしょうね」

しばらく沈黙して、相手が受話器を置く音につづき、電子的な音が聞こえてきた。

(何よ、いまのは——)

順子はいったん頭に昇った血がスーッと引いてゆくのを感じた。しゃがみ込みそうになるのをようやく堪《こら》えて、居間に戻った。父親の俊昭がひと目見て「どうした？」と訊いたほどだから、よほど顔色が悪かったにちがいない。

「変な電話……」

椅子に腰を下ろし、気息を整えてから、いまの電話の内容を話した。

「どういうことなんだ？　あの浅見さんが言ったのと同じじゃないか。名前は名乗らなかったのか？」

「訊いたけど、言わなかった。だけど、もしかするとあの人じゃないかって思ったんだけど」

「あの人とは？」

「そんなことはないと思うけど、清時香純さん」

「香純さん？……まさか、馬鹿なことを言うんじゃないよ」

「だけど、彼女の遺体がいまだに見つかっていないんだから、絶対に可能性がないとは言い切れないわ」

「そんなことは……香純さんがなぜそんな狂言心中みたいなことをしなければならなかったんだ？　それに、いま頃になってどうしてそんな電話をしてくるんだ？　馬鹿馬鹿しいことを考えるんじゃないよ」

「それは、どうしてかなんて分かりっこないけど。でも、それじゃ誰なの？　誰がそんなことをするわけ？　第一、兄さんを殺した犯人は死んだなんて、そういうことを思い付いたり言ったりすること自体、ただのいたずらなんかじゃないわよ」

「うーん……それはまあそうだが。その死んだ犯人というのは、あれかな、羊山公園で死んでいた老人か、それとも、浦山ダムで殺された更井とかいう人のことかな？」

「そうかもしれない。羊山公園の被害者は太地町でクジラ捕りをしていた人だし、更井っていう人は、ノルウェー関係の仕事をしていたそうだから、捕鯨つながりで兄さんのことを知っていた可能性はあるわね。ひょっとすると、兄さんがまだ秩父にいる頃からの知り合いってことも考えられるわ。このこと、鈴木さんに知らせたほうがいいかしら」

「ああ、そうしなさい。それにあれだ、東京の浅見さんにも電話してごらん」

秩父署の鈴木は留守だった。やむなく順子は浅見に電話した。「浅見でございます」と電話口に出た女性は、言葉つきは丁寧だが、どことなく素っ気ない様子で電話を取り次いでくれた。自分と同じような年齢に思えて、浅見光彦とどういう関係なのか、いろいろと想像してしまう。浅見が電話に出るまで、いらつくほどの時間がかかった。携帯電話を持たない主義なのはいいとして、いまどき、切り換え電話にさえしていないのだからずいぶん変わった家風だ。

「お待たせしました」と、耳に心地よいバリトンが聞こえた。とたんに順子の胸に温かいものが流れた。浅見という男の素性については、父親に太鼓判を押されたとはいっても、まだ知り合って間もないのに、なぜこんなにも心を委《ゆだ》ねる素直な気持ちになれるのか、自分でも理解できない。

浅見は順子の話を聞いて、「それはすごい話ですね」と興奮ぎみに言った。

「いたずらでしょうか？」

「いや、いたずらなんかではありませんよ。それだけの事情に通じているのだから、事件の真相を知っている人物であることは間違いない。ただ、なぜいまになって、そういう密告めいたことをするのか、その目的が問題ですね」

「兄を殺した犯人は、もう死んだって言ってましたけど、それはこのあいだ殺された、背古とかいう人なのか、それとも更井っていう人でしょうか？」

「そのどちらもたぶん違うでしょうね。このあいだ二年半ばかり前、太地で殺された男がいると話しましたが、その男のことを言っているのじゃないかと思います」

「そうなんですか……」

「笹尾という男ですが、名前を聞いたことはありませんか」

「いいえ、じゃあその人が、浅見さんが指摘された兄や香純さんと親しかった人なんですか？　その人が兄を殺した犯人なんですか？」

「おそらく……もっとも、警察はいまだに捜査を進めていて、迷宮入りの様相を呈しているようですけど」

「じゃあ、さっきの電話の女性が笹尾を殺した犯人なのかしら？」

「分かりませんが、少なくとも犯人を知っていることは確かでしょう」

「そこまで分かっているのなら、浅見さんは今度の秩父の事件の犯人が誰かも、見当がついているんじゃないのですか？」

「ほとんどそのつもりでいましたが、みごとに外れました。犯人と思った人物にも、共犯関係にありそうな人物にも、ちゃんとしたアリバイが成立するらしい。しかし、お宅にかかってきた女性の電話を分析すれば、また新しい方策が取れそうです」

「でも、その電話の女性ですが、誰なのでしょうか？　さっき、もしかして、清時香純さんじゃないかって思ったんですけど」

「ほう、つまり幽霊の犯罪ですか」

「幽霊だなんて……やっぱり香純さんは死んでないんじゃないかしら。父もありえないって言いますけど……」

「いや、興味深い話ですが、この前も言ったとおり実際にはありえないと思いますね。推理小説ならともかく、死んだはずの香純さんが生きていて、六年間も潜伏しているなどということは、ちょっと考えにくいでしょう」

「でも、以前あった新潟の事件では、九年間も誰にも知られずに、少女を監禁していた男だっていたくらいです。強要されるんじゃなくて、自発的に隠れていようと思えば、できないことはないと思いますけど」

「なるほど、それは確かにそのとおりだけれど、香純さんがなぜそんなことをしなければならないのか、動機が分かりません」

「だとすると、さっきの電話は何なのかしら？」

　疑問はまたそこに戻ってゆく。

「あ、そうそう」と順子が言った。

「さっき父と話していてふと思ったんですけど、殺された更井っていう人と兄は、もしかして知り合いじゃないかしら。ノルウェー関係の事務所だったのだし……」

「そのとおりですよ。お兄さんは亡くなる前、秩父に帰省した際、更井さんの事務所に取材に行っているのです」

「えっ、ほんとですか？」

「更井さんが殺される直前、僕は電話でそのことを確かめました」

浅見は沈んだ声で言った。

「秩父と太地という、ずいぶんかけ離れた場所が、こんなにも結びつくのはどうしてだろうと、不思議でならなかったのですが、そのことがあって謎が解けたような気がしました。もっとも、それ以外にも何か、因縁めいたものがあるのかもしれない。そうでもなければ、太平洋に突き出した、陸の孤島のような岬の町と、山の中の盆地である秩父に繋《つな》がりがあること自体、ほとんど考えられませんからね」

「ほんと……世の中には常識では計れない不思議があるということでしょうか」

順子も浅見の口ぶりに引き込まれたように、しみじみと言った。

「じつは、ついさっき、太地町の捕鯨の歴史を調べていて、『背美流れの悲劇』という話を見つけたところなのです」

浅見は明治十一年のきょう、太地浦で起きたという、悲劇的な話を聞かせてくれた。

「まあ恐ろしい。なんだか、母子クジラを殺した祟《たた》りみたいな話ですね」

順子は寒けがした。浅見が言ったように、太地と秩父を結ぶ何か得体の知れぬ怨念《おんねん》のようなものが、秩父盆地に立ち込めているような気分だ。

「それじゃ、また」と電話を切りかけて、浅見は「あ、そうそう、忘れるところでした」と明るい声で言った。

「メリークリスマス」

順子が慌てて何か言おうとした時には、電話が切れた。ポンと放り出されたような、やる瀬ない想いが胸に蟠《わだかま》った。

4

更井が死んだいまとなっては、彼が和生に何を伝えたのか、あるいは和生が更井からどのような情報を引き出したのかは、憶測する以外にはないが、それは当然、クジラに関するものであり、何らかの形で永野に関わりのある内容だったと思われる。

和生の死を、丸六年を経たいま頃になって「あれは殺されたもの」と知らせてきた女性の意図は何なのか。しかも「彼女」は、警察にではなく、被害者の妹に、いたずらと受け取られかねない曖昧《あいまい》な形で知らせている。それは事件の真相を告発するというより、犯人に対するいやがらせか、脅しの効果を狙ったようにさえ思える。「私は真実を知っているのよ」と、相手の出方によっては告発の用意があるという意思表示に見える。

浅見はそのことから、太地の「くじらの博物館」で背中に銛《もり》を突き刺された勢子を連想した。あれもまた、何者かに意思を伝えるパフォーマンスだったかもしれない。彼女のあの意味ありげな笑いや、突然の消失劇なども、病的な愉快犯を思わせる。

ただし、順子にああいう電話をしたからといって、「彼女」の意思が目的の相手に伝わるかどうかは疑問だ。順子に直接、関わりのある人物が「犯人」でなければ、順子が表沙汰《おもてざた》にしないかぎり、「犯人」に「彼女」の意図は伝わらない。

それは「くじらの博物館」の場合も同じことが言える。「犯人」があの現場を見なければ、何も伝わりはしないのだ。そう考えてみると「彼女」のパフォーマンスは、多分に自己満足のためか、ヒステリックな八つ当たりのようにも思える。「彼女」には本気で「犯人」を告発する意思はなく、ただひたすら、自分の満たされぬ気持ちを、相手構わずぶつけているのかもしれない。

浅見が「犯人」や「彼女」と想定しているのは、むろん「永野稔明」であり「柴田亜希子」のことだ。その二人を主役にした「殺人劇」は浅見の頭の中では、ほぼ大まかなストーリーが出来上がっていた。

それにしても、そのストーリーはあまりにも刺激的すぎる。当の浅見自身、（ほんとかなあ——）と首をひねりたくなるような話だが、秩父で起きた二つの殺人事件への繋がりを考えると、あながち妄想とは言えない——と思っていた。それがはからずも、順子のところにかかった女性からの電話で、裏付けられた恰好《かっこう》になった。

まず、第一の殺人は「心中」に見せかけて浅見和生と清時香純が殺された事件だ。殺人の実行者は笹尾。完全犯罪を計画したのは永野である。

次いで、その殺人の片棒を担いだと思われる笹尾正晴が銛を突き刺されて死んだ。もちろん、笹尾を殺したのは永野だ。

「偽装心中」殺人の動機は――笹尾の場合は、香純に対する横恋慕と考えて間違いなさそうだ。笹尾にしてみれば、幼なじみの頃から思いを寄せていた香純が、東京から来た新聞記者に横取りされるのが我慢できなかったのだろう。

しかし、心中に見せかけて完全犯罪を企《たくら》む知恵が笹尾にあったとは思えない。しかも、犯行後のアリバイ工作を完全なものにするには、社会的地位と信用のある人物が介在し、証明しなければならない。それにふさわしい人物こそが永野だった。

永野の犯行動機は、おそらくノルウェー貿易振興協会に絡む秘密を和生に握られたことを恐れたためだと考えられる。

和生の最後の記事となった、和歌山市での「国際捕鯨七ヵ国連絡会議」は、永野が中心になってコーディネートされたもので、その背後ではノルウェー当局と日本の商社とのあいだで、表に出せない取り引きが交わされただろうことは、想像に難くない。それは後に「鯨肉の輸出」という形で現実のものとなった。当然、そこには永野の暗躍があっただろうし、永野はそのことによって相当額の報酬を得たにちがいない。

永野の能力からいうと、クジラ問題などはほんの小さな一面でしかなかったかもしれない。彼の国際感覚や押しの強さ、それに日本流根回し術の巧妙さは、日本政府にとっては重宝な存在だろう。外務省をはじめ各省庁がその才能を買い、日本がもっとも苦手とする外交上の裏取り引きを、永野に委託したとしても不思議はない。

政府全体で百億は超えるといわれる「機密費」の中から、永野を飼う金は支払われ、それ以外にも商社側から顧問料名義の収入を得ているはずだ。それはすべて永野の才覚と社会的な信用に対する報酬である。

何があったのか、具体的なことは分からないが、和生はその「信用」を脅かした。少なくとも脅かしかねない存在として、永野を震撼《しんかん》させたにちがいない。もし永野の社会的信用が失われれば、途端に永野の利用価値はゼロになる。政府が社会的に「ダーティ」の烙印《らくいん》を押された人間と組むことはあり得ない。和生は更井との関係を通じて何らかの情報をキャッチした可能性がある。日本——ノルウェー間の橋渡し役の裏に「密約」のあることを知り、永野の汚い本質を垣間《かいま》見たかもしれない。

もしそうだとすれば、永野にとって、和生の存在は目の上のたんこぶのようなものになる。処置に窮しているところに、香純に横恋慕する笹尾が現れた。それを永野は巧みに操ったのではないだろうか。

笹尾が死んだいまとなっては、永野が語らない以上、真相は闇の中だが、偽装心中のアイデアはいかにも永野の考えそうなことであり、笹尾はそのシナリオどおりに立ち働いたに過ぎないのかもしれない。

殺害の手口はまだ想像の域を出ないが、笹尾が和生を「継子投げ」の断崖《だんがい》の上まで運び、「遺書」等を置いて突き落とした光景はありありと目に浮かぶ。

その時、香純も一緒に犠牲になったのか、それとも別の場所で笹尾の毒牙《どくが》にかかったのかは分からないが、いずれにしても笹尾が二人を殺害したことは間違いないだろう。

こうして永野の当面の厄介者は消えたが、やがて笹尾自身が新たな障害となった。考えようによっては、インテリの和生よりも、野卑で直情径行型の笹尾のほうが、いったん暴走したら何をやらかすか分からない点で、はるかに危険だ。実際、永野が仄《ほの》めかした「書き置き」作戦にすぐ乗ってきて、あっさり殺人を実行した単純さは恐ろしい。永野のような権謀術数の権化のような人間にとっては、ひとたび敵に回すとなると、もっとも扱いにくい相手ではあった。

結局、永野は笹尾を殺す羽目になった。犯行は、笹尾の車の中で、背中に銛を突き刺す――という、永野の美意識とは正反対のような、もっとも野蛮な方法を選んだ。反捕鯨派に殴り込みをかけたこともある笹尾だから、その一派による恨みの犯行と見られてもおかしくない。

――以上が浅見の思い描いた、二つの殺人事件の「真相」である。証拠の有無、アリバイの有無など、事実関係は精査してみなければ分からない。しかし、少なくとも和生と香純の「心中」事件当時、永野は和歌山での国際会議の流れで、太地の別荘にいたことははっきりしている。すでに年月が経っているだけに、新たな証拠の発掘は難しいだろうけれど、「偽装心中」を計画・実行するチャンスは十分、あったはずだ。警察が浅見の考えたような「予見」をもって本格的に取り組めば、真相解明に結びつくかもしれない。

それよりもむしろ、間近で起きた二つの殺人事件こそが現実の問題であり、永野稔明を追及する恰好の攻め口であった。いや、そうなるはずであった。ところが蓋《ふた》を開けてみると永野には鉄壁のアリバイがあるように見える。まるで事件の成り行きを予測したかのようなアリバイである。しかも、永野本人だけではなく、共犯関係を疑える柴田亜希子も同時にアリバイが成立している。

（どういうこと？――）

自分の推理が根底から成立しないことに、浅見は当惑しないわけにいかない。

そういう行き詰まった状況の最中《さなか》、順子のところにかかってきた、謎の女性の電話である。電話の主は柴田亜希子以外には考えられない。「あなたのお兄さんは殺された」「犯人は死んだ」と、六年前の事件の真相を暴露したのは、つまりは永野に対する亜希子の造反を示すものだ。

何が彼女をそうさせているのかは分からないが、とにかく亜希子は永野の手でコントロールできない状態に陥っているようだ。そのことは、永野にとってはもちろんだが、亜希子自身にとってもきわめて危険な兆候といっていい。亜希子の暴走を停め、口を塞《ふさ》ぐには、とどのつまり彼女を殺すほか、方法がないのかもしれなかった。

浅見はじっとしていられない気持ちに襲われた。六年間にわたって五人の被害者を出した四つの「連続殺人事件」の、いわば最後の生き証人ともいうべき柴田亜希子が、いままた危険に晒《さら》されているのだ。

このまま放置しておくわけにいかない。すぐに警察を動かして亜希子の身を保護しなければならない。そう思った矢先、鈴木部長刑事から電話が入った。

「いま、順子さんから連絡をもらいました。電話の女は柴田亜希子でしょうね」

興奮ぎみに早口で言った。それに負けず、浅見も声を張り上げた。

「鈴木さん、早いところ手を打たないと、彼女が消される危険があります。大至急、彼女の家と永野氏のところに張り番をつけたほうがいいと思うのですが」

「了解しました。すぐに課長に報告して、自分も新宿へ向かいます」

電話を切った瞬間、浅見はふいに閃《ひらめ》くものがあった。受話器を置かずに、永野の事務所の番号をダイヤルした。いつかの女性の声が聞こえた。

「永野先生はいらっしゃいますか?」

浅見は少し山梨訛《なま》りに聞こえるような口調で言った。

「ただいま出かけておりますが、どちらさまでしょうか?」

「こちらは石和温泉の別荘マンションの管理人ですが、永野先生のお部屋の上の階で水漏れがありまして、もしかすると、お部屋の中に水が漏れている可能性があります。ちょっと中を拝見してよろしいかどうか、先生にお聞きしたかったのですが」

「あら、それでしたら先生に断るまでもありませんよ。早く見てください」

女性は当然のことのように言った。

浅見は礼を言って電話を切った。こんなことをやって、もし鈴木に知れたら、またしても文句を言われそうだ。

しかし、これで柴田恵美子が言っていた「知り合いの別荘マンション」が永野のものであることが分かった。事務所の女性の応対から推測すると、どうやら永野稔明本人名義になっているらしい。そのことと、柴田家が新宿に移って来る直前の住所が山梨県塩山市であることとが、浅見の頭の中でドッキングした。塩山市と石和町は隣接している。詳しい場所は分からないが、おそらく車で二、三十分程度の距離のはずだ。浅見は心臓の鼓動が聞こえるほど気持ちが高ぶった。

その夜、また兄を摑《つか》まえて、永野の別荘マンションの住所を調べてもらうよう頼んだ。

「おいおい、私に不動産屋の真似をさせるつもりか」

陽一郎は冗談まじりに厭味《いやみ》を言ったが、明日朝、すぐに調べると約束した。

「ところで光彦、その永野氏に関してだが、何をどの程度、知って動いているんだい？」

「まだはっきりしません。ただ、彼が単なる商業捕鯨再開論者でないってことだけは言えますけどね」

「というと？」

「一つはノルウェーの鯨肉輸出問題。日本の商社との密約をコーディネートして、ＩＷ

C（国際捕鯨委員会）の条約を骨抜きにしようとしているような気がします。そこにはノルウェーと商社、双方からのリベートが介在しているのでしょう」

「ふん、よく知ってるな」

「もう一つは外務省か通産省か分かりませんが、官房機密費の流用に関わっているのではないかと思うのですが。違いますか？　だけど、その辺りの政治的なこととなると、僕の手には負えません」

「当たり前だ。そんなものに手を出すのは私が許さないよ」

「ははは、分かってますよ。僕が追いかけているのは、もっとレベルの低い話です」

「そんなことはないだろう。人の生死に関わることが、鯨肉の輸入や機密費の流用より低レベルとは思えないな」

「なんだ、兄さんこそちゃんと知っているじゃないですか。警察の現場では、まだ永野氏の『な』の字も表面化してないのに」

「きみの動きを見ていれば、そのくらいのことは分かるさ」

刑事局長はジロリと弟を見た。それに触発されるように浅見は言った。

「兄さんは浅見俊昭先生を知ってるでしょう？」

「ん？　東大のか。もちろん知っている。いい先生でお世話になった」

「その浅見先生の息子さんが、和歌山県太地町で亡くなっているんです。それも、僕が調べたかぎりでは『偽装心中』らしい」

「ほうっ……そうだったのか。昨日のあれが浅見先生の……それで、偽装というと、殺人事件か」

「たぶん。六年前で、すでに警察では心中事件として処理されているけれど、どう考えても怪しい」

「それに永野氏が関与しているのかね」

「そう疑っています。しかも、その後のいくつかの殺人事件にも、永野氏の影が感じられるんです」

「また、きみの勘かね」

「いや、勘だけでなく、今回はかなり確度の高い疑惑だと思いますよ」

「警察はどう見ているのかな？」

「ほとんど動いていませんね。ただし、最近秩父市で起きた二つの殺人事件に関しては、さすがに力を入れてますが」

「そうか、母さんが言っていたのはその秩父の事件のことだな。それも永野氏と関係があるのかね」

「たぶん」

「またたぶんか」と陽一郎は眉《まゆ》をひそめた。

「このところ、だいぶ『出張』が多いそうだが、このあいだから母さんが心配しているよ。つい、勢いで、光彦にけしかけるようなことを言ってしまったのだそうだな。鉄砲玉みたいに、どこへ飛んでゆくか分からないと言っていた。まあ正義感もいいが、ほどほどのところまでで、深入りはするなよ。とくに政治がらみの世界には近づくな。それこそ、どこから鉄砲玉が飛んでくるか知れない」

「分かってます、無茶はしません。しかし、それはそれとして、さっき頼んだことは、よろしくお願いしますよ」

深々と頭を下げた。

浅見は翌朝、いつもより早く起きて出発した。

新宿から中央自動車道に乗る時、柴田家で張り込みを続けているであろう鈴木の顔が脳裏を掠《かす》めた。おたがいご苦労さまなことだが、鈴木は本来の仕事だからいいとして、僕はいったい何をやっているんだか——と、浅見は自分の物好きに苦笑しながら、しかしその一方では、何か知れぬ衝《つ》き上げてくる厳粛なもののあることを感じていた。

ぶどうとワインで有名な勝沼《かつぬま》を過ぎ、一宮御坂《いちのみやみさか》インターで下りて笛吹川《ふえふきがわ》を渡った辺りが石和温泉である。石和は武田《たけだ》信玄《しんげん》ゆかりの地で、ぶどう畑の中に突然、高温の湯が湧きだしたという、湯量に恵まれた温泉だ。掘割のような小川を挟んで街路樹の桜と湯の宿が並ぶ。いわゆる温泉街のようなけばけばしさのない、落ちついた佇《たたず》まいの街であった。そこまで行ってから浅見は兄に電話した。昨夜依頼したことが、すでに調べがついていたのには驚いた。

温泉街の外郭にはいくつか、温泉つきリゾートマンションが建つ。永野のマンションは「ストーンピース・ヴィラ」というのだそうだ。「石和」をそのまま英訳したつもりらしい。その安直なネーミングにもかかわらず、なかなかしっかりしたいいマンションであった。

兄から聞いた407号室のチャイムボタンを押した。しかし応答はなかった。ドアに耳を寄せてみたが、人のいる気配は伝わってこない。試しに両隣の部屋のチャイムも鳴らしてみたが、やはり留守のようだった。一階に住む管理人を訪ねると、お見えになっているかどうかは、分かりませんとのことだ。定住者はともかく、別荘として利用している人の場合は、管理人とのコンタクトはあまりないのだそうだ。

ただ、永野の部屋に赤ちゃんを連れた柴田母娘が出入りしていたことは見ていた。永野とどういう関係なのかといったことまではタッチしていないが、正式な「家族」ではないことは察しがついているらしい。

石和から塩山市上井尻までは国道140号でおよそ十キロ、車で二十分から三十分の行程だ。歩道橋に架かっている道路標識に「秩父」の文字があった。それを見た瞬間、浅見はドキリとした。

（そうか、この道を真っ直ぐ行けば秩父市に達するのか——）

その事実を改めて強く認識した。山梨と埼玉の県境に連なる山脈は、古代から双方の交流を妨げていたが、一九九八年に雁坂《かりさか》トンネルが貫通して一挙に「至近距離」と呼んでも妥当なほど、近くなったのである。

柴田家が住んでいた場所は、ぶどうや桃畑の中の住宅街といったところで、地番表示だけを頼りに探したのでなかなか発見できなかった。付近のコンビニで訊《き》いてようやく突き止めたのだが、当時その住所にあったアパートはすでに取り壊されて、新しく小さな一戸建ての貸し家がいくつも建っていた。

「ああ、あのきれいなお嬢さんなら憶《おぼ》えていますよ」

コンビニの女主人はそう言って、アパートの住人だった主婦を紹介してくれた。アパートが戸建て住宅に建て替わった後、そのままそこに住み着いたのだそうだ。訪ねて行くと、付き合いのいい性格なのか、それともよほど暇だったのか、見ず知らずの浅見を歓迎して、中に入れてくれた。五十代半ばの主婦でよく喋《しゃべ》る。彼女も「きれいな娘さん」と言った。

「ほんとにきれいな娘さんで、ご近所でも評判でしたよ。甲府《こうふ》の大学に通っていて、いまどきの娘さんには珍しいほど、きちんとしてらして、お勤めに出るようになってからも、ほんとに真面目そうでしたわねえ。やっぱりお母さんが苦労して育てたから、そういういい子になるのかしら。それに較べると、うちの娘なんかひどいもんですよ」

話が余計な方向に脱線しかけたが、浅見は「大学」に引っ掛かった。

「そのお嬢さんは大学に行っていたのですか？」

「ええ、ここに引っ越して来られた頃が、ちょうど一年生だったのじゃないかしら」

柴田恵美子は「中学を出ただけ」と言っていた。

（人違いか？――）

「その娘さんの名前ですが、亜希子さんでしたか？」

「ああ、そうそう、亜希子さんだったわ」

「お母さんは恵美子さんですが」

「さあ、お母さんのほうはあまりはっきり憶えてないわねえ。お母さんとはめったに会いませんでしたから」

「仕事は何をしていたのですかね」

「さあ、それは分かりませんけれど、どこか余所《よそ》へ働きに出てらしたみたいですよ。お正月やお盆にたまに帰ってくるだけだったのじゃないかしら。見るからに気丈そうなお母さんでしたわよ。お母さんのご苦労を知ってらしたから、娘さんもきちんとしてたんだわねえ、きっと」

主婦は亜希子のことを手放しで褒めるばかりだ。

恵美子の「虚言癖」を経験していたから、浅見は亜希子が大学に通っていたことのほうを信じる気になった。どういう理由かはともかく、恵美子としては刑事を前にして「悲運の母娘」を演じてみせたのかもしれない。

恵美子がどこでどんな仕事に従事していたのかは、税務署へでも行って記録を調べれば分かるのかもしれないが、一介の民間人でしかない浅見には至難の業だ。

浅見は塩山市を後にして、柴田家がここに移って来る直前の住所地である長野県上伊那郡箕輪町へ向かった。中央自動車道で約二時間、伊北《いほく》インターで下りたところが箕輪町域の北端である。箕輪町は伊那谷《いなだに》北部の町で、東と西を山脈に挟まれ、南に伊那盆地が開けている。町の中央を南北に天竜川《てんりゅうがわ》が縦断して流れる。

役場を訪ねて、柴田家の住所「箕輪町長岡新田」の場所を訊いた。

「ああ、それは箕輪ダムの辺りですね」

職員はそう言って、簡単な地図を書いてくれた。

「もみじ湖に行かれるのですか？　いまは紅葉もないし、水量もあまりなくて、眺めはいまいちかもしれませんよ」

秩父は「さくら湖」だったが、ここは「もみじ湖」というらしい。

「いや、湖はいいのですが、以前そこに知り合いが住んでいたので、どういうところか見てみたいのです」

「はあ……それはいつ頃のことです？　昔、集落だったところは湖底に沈んで、いまは湖以外には何もないところですけどね。しかしまあ、景色はいいですよ。坂道にはこのあいだ降った雪が残っているかもしれないので、気をつけて行ってください」

なんだか慰められるようにして送られた。天竜川を渡り、猫の額ほどの田園を過ぎて、すぐに森の中を行く山道にかかる。谷川沿いの道を行くと急坂になって、右手にダムの堰堤《えんてい》が聳《そび》えているのが見えた。この辺りの環境は秩父の浦山ダムよりはるかに侘《わび》しい。役場の職員が「何もないところ」と言ったのは嘘ではなかった。

坂を登りつめたところに管理棟があって、そこから先に青い湖面が望めた。

それにしても何もない。車を出て、ダム湖を眺めながら、浅見は途方にくれた。

管理棟を訪ねて聞いたところ、このダムは昭和六十年に着工し、平成四年に本体工事が完了したのだそうだ。秩父の浦山ダムと同じ重力式コンクリートダムである。規模も同じ程度だろうか。

鈴木部長刑事からもらった資料によると、柴田家は昭和六十一年に箕輪町に転入、平成元年に転出している。つまりダム工事の期間内のことだ。だとすると、わざわざダムによって湖底に沈むことを承知の上でここに住み、工事が進行する最中に出て行ったことになる。その間、彼女たち母娘はどうやって生活していたのだろう？

浅見は試しに管理棟の職員にその話をしてみた。ダム工事の当時、ここでどんな仕事があったのか――。

「それはあれでしょう、ダム工事の仕事でしょう」

職員は当然のことのように言った。考えてみれば当たり前の話だ。

「しかし、女性で、特別な技術もない人なのですが」

「だったら飯場《はんば》で働いていたんじゃないですかね」

職員はまたしても事も無げに言ったが、浅見は一瞬、「えっ……」と絶句した。

「そうか、飯場ですか……」

「そうだと思いますよ。ダム工事は長期間にわたりますからね。飯場ではなるべく長く勤めてくれる女性が重宝します」

「その飯場に、柴田さんていう女性はいなかったでしょうか？　十六、七の娘さんが一人いたのですが」

「いやあ、それはもう分かりませんよ。十年以上も昔の話ですからね。記録も何も残っていないんじゃないですかね。私だってまだ学生の頃ですしね」

職員は呆《あき》れた顔をした。

浅見は体が震えるほど気持ちが高ぶった。ダム工事現場の飯場——という仕事は、彼の知識の中から欠落していた。

箕輪ダムの場合、完成の三年前に柴田家は転出し、塩山市に移り住んだわけだ。飯場の仕事がどのようなものかは知らないが、ダム本体の完成度が進むにつれて、飯場の場所や仕事内容に多少の変化が生じるにちがいない。それを見澄まして、柴田家はダムの完成を見ることなく移動を繰り返したにちがいない。

車に戻り、自動車電話で岐阜県白鳥町役場に電話した。岐阜県郡上郡白鳥町中西にダムがあるかどうか、ダムの完成はいつ頃だったか——を尋ねた。「それは阿多岐《あたぎ》ダムのことでしょう」と役場職員は教えてくれた。阿多岐の文字の説明に手間取ったが、本体工事の着手が昭和五十六年で完成は昭和六十三年であることも分かった。完成の二年前に、柴田家は白鳥町を離れている。

さらにその前の、奈良県吉野郡川上村大字大滝も同様にして調べた。「それは大滝ダムのことですな」と、川上村役場の職員も、同じような答え方をした。

浅見はふたたび湖畔に佇《たたず》んで、いまにも降りだしそうな鈍色《にびいろ》の空を仰いだ。

柴田母子が太地を出てから、奈良県を皮切りに、ダム工事現場を転々と移って行った星霜の日々を思いやった。母はわが子を守りながら、荒くれ男たちに混じって工事現場の飯場に勤めていた。子は母の慈しみを感じながら成長を遂げてゆく。まるでセミクジラの母子のように——である。

5

浅見が帰路についたのは夕刻近く、伊北インターに入った時には冬空は暮れかかっていた。途中、諏訪《すわ》湖《こ》サービスエリアに立ち寄って夕食を摂《と》り、鈴木部長刑事の携帯に電話した。相変わらず柴田家の張り込みを続けているそうだ。

「まったく動きがないです。恵美子の姿も見えないし、亜希子も現れません」

鈴木は退屈そうに言った。

「僕もこれから新宿へ向かいます。あと二時間ぐらいかかりますが」

浅見はそう言ったが、時間はもっとかかった。新宿の出口を下りてからの渋滞がひどかった。街は年末商戦一色で賑《にぎ》わい、こんなふうに、陰惨な殺人事件を追いかけている自分が、まるで異国の人間のように思えてくる。

しかし、柴田家のマンションがある住宅街は、さすがに静かで侘しかった。秩父署の覆面パトカーは、闇の中でじっと動かないでいる。浅見が近づくと、鈴木が現れた。

「さっぱりですね。亜希子はぜんぜん顔を見せません。このまま放置しておいていいものかどうか、不安になってきましたよ。永野のほうも昨夜から行方がつかめなくなっています」

「そうですか……。それではとりあえず柴田さんのお宅に行ってみましょうか」

浅見は提案した。

鈴木と浅見の二人が柴田家に向かった。村松は万一の事態に備えてマンションの玄関を見張る態勢だ。

柴田家のチャイムを押すとすぐに返事があって、母親の恵美子が顔を出した。むろんこっちの顔を憶《おぼ》えている。（またか——）と言いたそうな苦い顔をした。

「ちょっとお邪魔しますよ」

鈴木は相手の意向を無視して、部屋に入った。今度は恵美子は客に「上がれ」とは言わなかった。

「じつはですね、こちらは秩父の浅見さんというのですが、お宅の娘さん、亜希子さんから妙な電話をもらいましてね。それで、心配でならないからと言われて、こうしてお邪魔したようなわけでして——」

「あら？」と、恵美子は怪訝《けげん》そうな目を浅見に向けた。

「あんた、このあいだも見えてたけど、刑事さんではなかったのですか？」

「ええ、僕は参考人のようなものです」

「ふーん……」

刑事でもない者が押しかけてきたことに、不満げに鼻を鳴らした。

「夜分、こうしてお邪魔したのは、娘さんのことが心配だからなのです」

浅見はその点をもう一度、強調した。

「心配って、亜希子がどんな電話をしたのですか？」

「お母さんはご存じかどうか分かりませんが、六年前に太地町で心中事件がありまして、そのことをおっしゃってました」

「心中？　私は知りませんけど」

「亜希子さんは、その心中はじつは心中に見せかけた殺人事件だったと言うのです。しかも犯人を知っているとも」

「殺人事件……」

恵美子は少し大げさに肩を竦《すく》めた。

「亜希子がなんでそんなことを知っているのかねえ」

「そこが問題です。おそらく、亜希子さんが現在付き合っている人物が、その犯人ではないかと思うのです。それでですね、亜希子さんがそういうことを暴露すれば、その犯人にとってははなはだ具合が悪いので、まず亜希子さんの口を塞《ふさ》ごうと考えるでしょう。

ですから、何とか早く亜希子さんを保護しなくてはなりません」

「そういうことです」と、鈴木が脇から口を添えた。

「したがって、亜希子さんの居場所を教えてもらいたいのですがね」

「そう言われても、亜希子がどこにいるのか、私には分かりませんよ」

「連絡もつかないのですか」

「ええ、亜希子のほうから電話してこなければ、どこにいるものやら……」

「電話はときどきあるのですか？」

「一日に一度は必ず電話するように言ってますけど」

「今日はありましたか？」

「いいえ、まだです」

「それじゃ、そのうちに電話してきますね。それまで待たせて頂きます」

「そんな……電話があるかどうか、分かりませんよ」

「結構です。まだ明日になるまで二時間近くありますから、それまでは待ちます」

そう言っているそばから電話のベルが鳴った。恵美子はギョッとして鈴木と浅見の顔を見てから、電話機に向かった。

「ああ、亜希子、いま刑事さんが来てるけど……そうだよ刑事さんと、それから浅見っていう人と。おまえ、浅見さんていう人のところに電話したって、ほんとかい？……知らないけど……刑事さんはおまえが太地の事件の犯人を知っていて、その犯人に狙われるから心配だって言ってるよ……隠れてるって、おまえ……ああ緑は元気だよ、緑のことは心配しなくても私がついているから……どこさ行くって？……なんでそんなところさ……私は行かないよ、いやだよ……おまえはそうかもしんないけど、私は二度と行きたくないよ……亜希子、亜希子、戻ってこいてば……亜希子……」

最後のほうは、故郷の気仙沼辺りのものと思われる訛《なま》りが出た。それだけ感情的になっている証拠なのだろう。恵美子は電話が切れた後もしばらく、受話器を握ったまま、茫然《ぼうぜん》と佇んでいた。

「亜希子さんはどこにいるのです？」

鈴木が励ますように声をかけた。恵美子はようやく受話器を置くと、物憂げに振り向いて首を振った。

「どこへ行くって言ってました？」

「さあ……」

「さあって、あんた、分かっているんでしょう。そんなところへは行きたくないとか言ってたじゃないですか」

「……」

「どこなのか教えなさい。そうでないと、ほんとに娘さんの命が危ないかもしれないんだから」

「……」

「しょうがねえなあ……」

鈴木は腹立たしげに、いまにも怒鳴りつけそうな表情になった。

「行き先は分かってますよ」

浅見が対照的に穏やかな口調で言った。鈴木が驚いて「ほんと？」と振り向くのと同時に、恵美子もこっちを見た。

「太地ですよ。ね、そうでしょう？　あそこなら犯人も、それに亜希子さんも、思う存分、振る舞えます」

「なるほど、そうか、太地ねえ。あんたが逃げ出した土地だ」

鈴木が感心した。恵美子は何も言わず、不思議そうな目を浅見に向けたままだった。

「太地を出たのは、あれはもう二十年前になりますか」

浅見は老人が世間話でもするような、のんびりした口調で言った。恵美子は相変わらず（思い出したくもない――）という頑《かたくな》な顔である。

「それから吉野郡川上村の大滝ダム。その次が岐阜県白鳥町の阿多岐ダム。そして長野県箕輪町の箕輪ダム……ほんとに苦労なさったのでしょうね」

恵美子はそっぽを向いたが、鈴木のほうが驚いて、（何を言いだすんだ？――）という目で、浅見の横顔を見つめた。

「箕輪ダムと塩山市の上井尻に行ってきたんですよ。上井尻のアパートの奥さんは、柴田さんのことを憶えていて、懐かしがっていました。亜希子さんはいまどきの若い人には珍しいと、ご近所で評判のお嬢さんだったそうです。大学まで出て、お勤めも決まって、お母さんはさぞかし嬉《うれ》しかったでしょうと、そう話してくれました」

浅見の話す言葉の一つ一つに、恵美子の周囲に張りめぐらされたバリアーを溶かすような、確かな手応《てごた》えが感じられた。恵美子の目が、妙な具合に据わってきた。ついさっきの取り乱したような仕草の名残は消え失《う》せて、冷たく白けた気分に浸りつつあることを思わせる。

鈴木にしてみれば、（えっ、大学？　えっ、お勤め――）と怪訝に思えることばかりにちがいない。浅見と恵美子の顔を交互に眺めて、口を半開きにしたままである。

「さて」と浅見は立ち上がった。

「僕たちは太地へ向かいます。もしお母さんの気持ちに整理がついたら、亜希子さんの居場所を、せめて心当たりだけでも教えてください。もし亜希子さんから連絡があったら、僕たちが亜希子さんの味方であることを伝えてください」

鈴木に（行きましょう）と促して、玄関へ向かいかけた。

「あの……」と、恵美子が呼びかけた。二人の「捜査官」の足が停まった。

「じつはですね……」

恵美子が迷いを見せながらも言葉を続けようとした時、奥から赤ん坊の泣く声が聞こえた。その瞬間、恵美子の目に強い光が宿った。穏やかなクジラの目から、鋭いシャチの目に変わった。

「そしたら、どうも……」

冷ややかな声で客を送り出して、そそくさと奥の部屋に消えて行った。彼女が何を言おうとしたのか——浅見の胸を黒い不安の影が過《よぎ》った。

第八章　鎮魂の岬

1

帰省ラッシュのはしりなのか、新幹線はほぼ満席に近く混んでいた。午前七時三分東京発の「ひかり」で午前九時前に名古屋に着き、名古屋からは紀勢本線の「ワイドビュー南紀3号」という列車に乗る。終点の紀伊勝浦《きいかつうら》には午後一時半近い到着だ。東京からおよそ六時間半はともかく、名古屋からの三時間半がおそろしく長く感じる。

時間がたっぷりあっただけ、二人の刑事相手に事件の概略を検討できた。もっとも、事件ストーリーの語り手はもっぱら浅見の側で、鈴木と部下の村松刑事はひたすら感心しながら傾聴するという構図であった。

「心中事件であっさり誤魔化されたのも、それから銛《もり》を背中に突き刺した殺人事件が迷宮入りしているのも、だらしがないですな。和歌山県警も大したことはない」

鈴木はそう言ってから、「あまり他人様《ひとさま》のことは言えませんがね」と首を竦めた。少し前には、埼玉県警の度重なる失態がニュースを賑《にぎ》わしていたものである。

「しかし、浅見さんの話が事実だとすると、その二つの事件に関して、真相解明の鍵《かぎ》を握るのは、唯一、柴田亜希子ってことになりそうですね」

「ええ、永野氏が真実を語ってくれないかぎりはそういうことになります」

「永野はだめでしょう。あれは一筋縄ではいきませんよ。といっても、秩父の事件に関しては必ず吐かせてみせますけどね」

「うまく行くでしょうか。彼のアリバイは完璧《かんぺき》のように見えますが」

「なあに、完璧そうに見えるのがかえって怪しいのです」

鈴木は自信ありげだが、浅見にはそうは思えなかった。このところ、何か根本的なところで間違っているような気がしてならないのである。

(何かを見落としている――)

つねにそういう思いがついて回る。いろいろとインプットされているデータの中に、見逃しているものがいくつかあるはずだ。それが見つかりそうで見つからない。そういう経験はこれまでの事件でも珍しいことではなかったが、今回は過去に例がないほど、茫漠《ぼうばく》として捉《とら》えどころがない感じだ。

「それにしても遠いなあ」

特急とは思えないのんびりした列車の走りに、鈴木はうんざりした声を出した。

「柴田亜希子もこのルートで太地へ向かったんですかねえ。これなら前の時みたいに、フェリーで眠っている間に着いてしまうほうが楽かもしれない」

「飛行機という手もあります」

「そっちのほうは搭乗者名簿に彼女の名前がないかどうか、確認させています」

「フェリーのほうはどうなんですか」

「いや、そっちは手を打ってないが、まさか女一人ではフェリーには乗らないでしょう。車と一緒ならともかく」

「車の可能性はありませんか」

「ないんじゃないですか。もしマイカーがあるなら、秩父へ行った時も、それで行きそうなもんです」

「なるほど。しかし一応、確認しておいたほうがいいと思いますが」

「そうですかねえ。まあ、向こうに着いたら手配だけはしておきますか」

紀勢本線は紀伊長島《ながしま》付近から先は、複雑に入り組んだ海岸線を縫うようにして走る。トンネルを抜けると束の間、海の色が疲れた目を楽しませてくれる。

二人の刑事は昨夜の睡眠不足を補うように眠りこけていた。浅見は通り過ぎる景色を眺めるともなく眺めながら、とりとめもなく事件のことを考えつづけた。

途切れ途切れに現れては消える海は、その場所ごとに違う色をしている。周囲の風景ももちろん違う。それでいて海であることに変わりはなく、すべての海は一つに繋《つな》がっている。馬鹿馬鹿しく、当たり前のようだが、妙に新鮮な知識を得た気分であった。

昨夜、柴田恵美子が、娘の亜希子が行くという太地に、どうしても行きたくないと叫んでいたのを思い出した。恵美子にとっては、太地は辛《つら》い思い出ばかりの残る土地なのだろう。太地だけでなく、彼女の生まれ故郷である気仙沼にも戻れずにいる。

考えてみると、太地も気仙沼もリアス式海岸の変化に富んだ風光明媚《ふうこうめいび》の土地だ。思い浮かべるだけでも懐かしそうな二つの海沿いの町を、恵美子は捨ててきた。とりわけ、太地を離れ、現在の東京に住み着くようになるまでの歳月は、ダム工事の飯場から飯場へと渡り歩く漂泊にも似た暮らしだったにちがいない。小学校を卒業するかしないかの亜希子を抱えながら、恵美子の漂泊の旅は始まったのだ。

そう思った時、浅見はまたしても、いつか見た親子連れのクジラを思い出した。母は子に子は母に寄り添うように、大海原の中を行く姿は微笑ましくもあり雄々しくもあった。しかし当のクジラにしてみれば、生死をかけたまさに漂泊そのものの旅だろう。

「背美の児持ちは夢にも見るな——」

太地の「背美流れの悲劇」を綴《つづ》った文章の中の一節が浮かぶ。群がり寄せる勢子舟の網の中で、必死に子を守って荒れ狂う母クジラの凄《すさ》まじい戦いを想像する。その姿が昨夜の柴田恵美子にダブッた。

列車がトンネルに入った。風景が暗黒になり、ごうごうと響く音が、あらゆる思考を拒絶するようだ。

やがて遠くに出口の明かりを感じる。その瞬間、浅見の脳裏に曙光《しょこう》が灯《とも》ったような気がした。

（ん？　いまのは何だ？――）

曙光の正体――いま見えかかったものを見極めようとして目を大きく見開いた。確かに何か重大なことを思いついたと思うのだが、列車がトンネルを出はずれると、ドッと押し寄せた外の光にかき消された。

列車はいくつものトンネルを次々に抜けて、そのつど、浅見の着想は少しずつ形を成してゆくようだった。

（いくつものトンネル、いくつものダム工事――）

とりとめもなく思考が生まれ、流れる。

柴田恵美子は太地を出た後、奈良県の大滝ダムを皮切りにダム工事現場ばかり、三カ所の飯場に住み込みで働きつづけた。

（だとすると――）と浅見は思った。

（塩山は何だったのだろう？――）

ダム工事の飯場に住み込みながら、亜希子を育ててきた恵美子は、箕輪ダムを最後に塩山市という市街地に落ち着くことになった。だとすると仕事はどうしたのだろう？　なぜ塩山だったのだろう？

あらためてそのことを考えてみて、浅見は（ああ――）と思い当たった。当たり前といえば当たり前のことだが、亜希子の学校問題がそこにあったにちがいない。塩山に住んだのは、亜希子が大学に入った年からである。大学進学に合わせて、恵美子は住むところを変え、仕事も変えたというわけだ。

それにしても、その亜希子の学校のことをなぜあんなふうに隠そうとしたのか？　あの時は、柴田家の窮状を訴えたいためかと思ったのだが、どうもそう単純なことではなかったらしい。恵美子は要するに、飯場暮らしの過去そのものを消してしまいたかったにちがいない。

（飯場暮らし――）

浅見の脳裏に、塩山へ行く道で見た道路標識の「秩父」の文字が浮かんだ。

（そうか、恵美子は塩山では出稼ぎに行っていたのだ――）

亜希子は高校生までは何とか、飯場の住居からでも学校へ通うことは可能だったのだろう。しかし大学はそうはいかなかった。それに、年頃の女性が、男共で溢《あふ》れ返る飯場近くで暮らすのは好ましいことではない。そのこともあって柴田家は箕輪ダムの現場を早めに切り上げ、塩山に移り住んだのかもしれない。そして恵美子は次の「ダム工事」を求めて出稼ぎに行った。

浅見は鈴木を揺り起こした。

「あ、もう勝浦ですか」

鈴木は寝惚《ねぼ》けまなこで立ち上がった。浅見は気づかなかったが、確かに鈴木の言うとおり、いつの間にか紀伊勝浦駅が近づいていた。

「じつは、ちょっと思いついたことがあるのです」

「はあ、何でしょう？」

鈴木は欠伸《あくび》をかみ殺しながら、大きく伸びをするついでのように、棚の上の荷物に手を伸ばした。

「僕たちは、ひょっとすると錯覚を起こしているのかもしれませんよ」

「えっ、ほんとですか？　と言うと、どんな錯覚で？……」

ガタンとショックを与えて、列車が停まった。鈴木は「降りましょう、降りましょう」と慌ただしく通路を歩き去った。

あらかじめ連絡を取っておいたので、新宮署の刑事が二人、紀伊勝浦駅に出迎えてくれた。その一人が浅見も知っている田中刑事課長だったので驚いた。

「いやあ、秩父署からの連絡で初めて知ったのですが、浅見さんは浅見刑事局長さんの弟さんだったのですなあ。そう言うてくれれば、ちゃんと対応させてもろたのに」

田中課長は少し恨みがましい口ぶりでそう言った。浅見は恐縮して、迷惑をかけたことを詫《わ》びた。

五人は新宮署のワゴン車で太地へ向かった。すでに数人の刑事が太地に入っていて、聞き込みをしながら、要所要所に張り込んでいるそうだ。太地駅と地元タクシーの運転手に対しても、それらしい女性を見かけたら、すぐに連絡するように指示を出している。もっとも、写真が無く「三十歳前後と見られる美人」というだけの指示だから、識別がつくかどうか疑問だ。

鈴木がそう言うと、田中課長は「この辺りの女性は日焼けしとるから、色白の美人が現れたらすぐに分かる」と笑った。

国民宿舎「白鯨」に宿を取る。一泊で済むのか、それとも数日間滞在することになるのか、まったく見当がつかない。冬は季節外れだが、年末から正月にかけてだけは、お客が多いのだそうだ。

「明日辺りから、ボツボツ部屋が一杯になりますよ」

支配人はいくぶん迷惑そうだ。

部屋割りは秩父署の二人と浅見は別々になった。一部屋でいいと言ったのだが、刑事局長の弟に敬意を表したらしい。

夕食までは間があるので、浅見は太閤丸の清時家を訪問することにした。太地は小さな町だから、大抵のところへは徒歩でも行けるらしい。気温もそう低くなく、夕風が吹き出す前には戻れそうだ。

清時恒彦は浅見が、いまもなお、あの「心中事件」を追いかけていると聞いて、厳粛な顔になった。

「うちらには縁もゆかりもないいうのに、それはまたありがたいことで」

頭を下げて言った。

「じつは、きょう伺ったのは、ご主人が永野さんをご存じかどうか、お聞きしたくて参ったのです。永野稔明さんという、元水産庁にいた人ですが」

「ああ、永野さんやったら、子供の頃からよう知ってますがな。太地の出身で捕鯨再開の先頭に立っているような人です。昔は『トシちゃん』いうて呼びおって、ガキ大将みたいに、近所の男の子や女の子たちを引き連れ、よく浅間山の崖《がけ》をよじ登ったりしとったけど、いまは永野先生やもんねえ。立派になったもんです」

その時、ふいに浅見は「くじらの博物館」の岬で消えた「幽霊」のことを思い出した。それからコジュケイらしき鳥のことも蘇《よみがえ》った。（そうか、あの岩山は登れるのか——）と、思わず顔が緩みそうになった。

「笹尾さんが殺された事件の時、永野さんも太地に見えていたのではないですか。憶《おぼ》えておいでではありませんか」

「正晴君の事件ですか？　さあなあ、どないやったか……浅見さん、それ、どういう意味ですか？」

清時は怪しんで、上目遣いに浅見の顔を覗《のぞ》き込むように見た。

「いえ、べつに特別な意味はありません。ご主人にご記憶があればと思っただけです」

「ふーん、いや、そう言われてみると、その事件の前やったか後やったか、永野さんが新宮で講演会に出るいう話があったような気がします。けど、永野さんが何ぞ事件に関係でもあるいうことですか？」

「まさか……」

浅見は笑ったが、清時は不安そうに、浅見の顔を見つめた。

「白鯨」に戻って、自室の窓から暗い海を眺めながら、一つずつ、自分の推理が裏付けられてゆくのを、浅見はむしろやり切れない思いで受け止めていた。

夕食の支度ができたというので、浅見はレストランに行った。前回と違って、かなりの人数の客が食事を始めている。浅見の前のテーブルには例によってクジラ尽くしのコース料理が並んでいる。しばらく経ってから、二人の刑事がやってきた。

鈴木はズラリと並んだクジラ料理を見て、ご機嫌な笑顔だ。

「しかしあれですね、いまさら言うのもなんだけど、浅見さんは素人にしておくのはもったいないですねえ。刑事になれば、埼玉県警きっての名刑事になれます」

ご機嫌なのは料理のせいばかりではなさそうだった。村松にビールを注がれながら、嬉《うれ》しそうに喋《しゃべ》った。

「それにしても、柴田恵美子がダムの工事現場を転々としていたなんて、よく思いつけたもんですねえ。そんなこと、ふつうはちょっと気がつきませんよ」

「僕もぜんぜん気づきませんでした。ただ、箕輪ダムに行って、ダムの職員から話を聞いているうちに、ふいにそのことが閃《ひらめ》いたのです。ああいう巨大工事に関係する、いわゆる手配師みたいなのがいて、就業者の人脈を握っていると聞いたことがあります。ことに飯場の炊事や雑用をしてくれる女性は貴重な存在ですから、次々に工事現場を紹介されるそうです。彼女もそうして、ダム工事の現場を転々としてきたのではないかと思ったのです」

「まったく、恵美子も苦労したんですなあ。だけど浅見さん、われわれが錯覚していたという、あれは何のことだったのです？　あれから妙に気になってましてね、浅見さんの顔を見たら、いの一番に訊《き》いてみようと思っていたんです」

「それなんですよ、問題は」

鈴木は束の間、料理もビールも忘れたような真顔になった。

2

浅見は鈴木にビール瓶を差し出して、グラスのビールを飲み干すように催促した。鈴木はわれに返り、ビールをあおった。

「背古老人が殺された事件の時、亜希子さんにも永野氏にも完璧《かんぺき》なアリバイがあることをどう説明すればいいのかを考えました。背古老人と怨恨《えんこん》関係にある人物は、亜希子さんと永野氏のほかにいないのか……と。そうしたらなんと、僕たちはもっとも肝心な人物を見過ごしていたことに気がついたのです」

「そうか、それが柴田恵美子ですか」

さすがに勘よく、鈴木はドンとテーブルを叩《たた》いた。料理の皿が少し跳ねた。

「そうなんです。彼女のことを完全に事件の外に置いていたのですね。盲点というか死角というか、恵美子さんは事件には関わりようがないと、最初から対象外扱いにしていました。何よりもまず、秩父に土地鑑があるとは考えられなかった。それに、事件の夜、秩父に恵美子さんが現れた形跡を、まるっきりキャッチしていなかったことがあります」

「というと、実際は現れていたっていうことですか？」

「たぶん間違いありません。塩山と秩父はあまりにも遠くて、繋《つな》がりにくい、一種の盲点のようになっていましたが、恵美子さんは塩山に引っ越した時から、秩父の浦山ダムの工事現場で、また飯場に住み込みで働いていたのです。だから土地鑑があっても不思議はないはずなんです」

「だけど浅見さん、浦山ダムの飯場なんて、とっくの昔に撤去されてますよ」

「そのとおりです。浦山ダムの完成は約二年前ですが、最後の何年間かは主に建屋や外構の工事に費やされます。ダムの本体工事で、飯場を必要とするほどの大規模工事はそれより何年か前には終了しているはずです。柴田母娘が新宿に転居した五年前というのは、おそらくその時期ではないかと思います。しかし、それまで秩父で暮らしていれば、土地鑑は十分すぎるほどあるでしょう。おまけに、ダムに付随して行なわれる、周辺道路の付け替えなどについても知識を持っています。とくに、大滝村から塩山方面へ抜ける国道１４０号の『雁坂トンネル』の貫通は、まさにダム工事と同じ頃に進捗《しんちょく》しているのです」

「うーん、まあ浅見さんの言うとおりだとして、それで恵美子は事件当日、どういうことになっていたのですか？」

「それよりも、むしろ亜希子さんの動きに注目すべきです。彼女は電車を利用して秩父へ行っています。そしておよそ二時間、『モーベル』の二階の事務所にいて、また一人で東京に戻り、永野氏の待つホテルへ行った。永野氏からどのような密命を帯びて行ったのか知りませんが、わざわざそのためだけに秩父まで出かけるのは、何となく不自然です。だから僕は当然、亜希子さんは現地で永野氏と落ち合うつもりだったにちがいない——と推測したのですが、永野氏のアリバイは、どうやら動かせないらしい。そこで行き詰まってしまったのでした。しかし、秩父で落ち合う相手は永野氏ではなかったのですよ」

「つまり、恵美子だってことですか」

「そうです」

「だけど、恵美子が何でそこに？」

「もちろん、亜希子さんを迎えに来ていたのでしょう。亜希子さんがのっぴきならぬ用事で秩父に行く必要があった。それを恵美子さんが石和温泉から迎えに来て、秩父で落ち合うことになっていたのだと思います」

「えっ、じゃあ、恵美子は車で？……」

「そうです。恵美子さんが車の運転をするということも、それ以上にマイカーを所有していることにも思い至らなかったのですから、どうも迂闊《うかつ》なことでした」

「うーん……そういえば確かに気がつかなかったけど、若い亜希子のほうが電車で行くくらいだから、恵美子が車を運転することはまだしも、マイカーを持っているなんて発想は起きませんよ」

鈴木は自分よりも浅見を慰めるようにそう言った。

「そのことは、さっき亜希子さんが東京からここに来るのにどういう交通手段を選ぶかの話をした時、車なら一人でもフェリーを利用するかも——という説が出ましたね。その時にふと気がついたのです。もしそういうことであれば、秩父へ行く時にマイカーを利用しなかったはずがないと思い、ただしマイカーが使えない状態だったら話は違うぞ——と考えて、このことに思い到りました。それに、雁坂トンネルを通れば、石和温泉から秩父までは思ったより近いのです。恵美子さんが先に石和に行っていて、亜希子さんを迎えに出るというのは、ちょっと考えれば気がついてもよかったのですけどね」

浅見はその手抜かりを反省した。

「そうしてとにかく、柴田さん親子は落ち合いましたが、そこに思わぬ人物が現れた。亜希子さんをつけていた背古老人です。背古さんに、亜希子さんを呼び止めるつもりがあったかどうかはともかくとして、亜希子さんをつけて行った先で恵美子さんを見て、懐かしさのあまり声をかけずにはいられなかったのでしょう。しかし恵美子さんのほうは懐かしいどころか、嫌悪感と、たぶん恐怖が先に立ったにちがいない。この世の中でもっとも忌まわしい相手に付きまとわれて、ほとんど反射的に殺意を抱いたのだと思います」

レストランはアルコールの入った客たちが声高に喋るざわめきで、騒がしかったが、浅見が話している時は、その夜の情景ばかりに思いが向いて、周囲のことはまったく気にならなかった。

「恵美子さんが、会った瞬間に背古さんを殺害しようと決めたことは、その直後と言っていい時刻の最終電車に、亜希子さんを送り込んでいることでも分かります。石和温泉行きをやめさせ、東京の永野氏のところへ引き返して、予定される殺人の時刻のアリバイを完成するように指示したのです。なぜなら、亜希子さんは『ノルウェー貿易振興協会』の更井さんと会ってますからね。もし、警察が背古さんの縁故関係を追いかければ、やがては亜希子さんに到達する。そして彼女が事件当時、秩父にいたことを知れば、たちまち重要参考人と目されるだろうことは、現実にそうなっていたことでも明らかです。それだけのことを、背古さんと会った後のほんの数分間で決断したのは、一心同体のような母と子の阿吽《あうん》の呼吸と言ってもいいでしょうね」

話しながら、浅見はなんだかやる瀬なくなってきた。喋っていることはあくまでも仮説にすぎないが、柴田母娘の心情を察すると、現実にそういうことが起きていたにちがいないという、まるでドラマの一場面を見ているような現実感に浸ってしまう。謎を解明しつつあっても、少しも気分は晴れそうになかった。

「お二人は『背美流れの悲劇』というのをご存じですか？」

「いや、知りませんよ。きみはどうだ？」

鈴木は部下に視線を向けたが、村松は食い気ばかりが旺盛《おうせい》で、箸《はし》を持った手を左右に振ってみせた。

「いまから百何十年だか昔、太地浦でクジラ漁師のほとんどを失うという、大遭難事故が発生したのです」

浅見は「背美流れの悲劇」を話して聞かせた。「背美の児持ちは夢にも見るな」という古老の戒めを破り、厳寒の海に出漁した鯨方の壮絶で凄惨《せいさん》な最期は、語っている浅見ですら、あらためて背筋が凍る思いがする。

「柴田さん母娘のことを考えていて、その悲劇を連想しました。背古さんの名前が鯨方の『勢子』に通じることにも、不気味なものを感じます。背古老人の側にはたとえ何の害意がなかったとしても、その顔を見ただけで、恵美子さんは嫌悪感を抑えられなかったにちがいありません。まして背古さんに、少しでも復縁を迫るような気配があれば、背美の母クジラのように猛々《たけだけ》しい殺意に駆られたことでしょう」

話し終えて、しばらくは黙々と箸を使うことに専念した。もっとも、クジラ料理の味のほうはさっぱり分からない。ビールを飲む鈴木も、ひどく苦そうな顔であった。

「かりに浅見さんの推理が当たっていたとしてですよ、そうすると、更井のほうの事件はどういうことになりますか？　そっちもやっぱり恵美子の犯行ですかね？」

「たぶん。永野氏と亜希子さんのアリバイが裏付けられれば、そうなります」

「動機は？」

「動機というより、更井さんを死に追い込んだのは、ひょっとすると僕たちの責任かもしれません」

「そうか、それは自分も感じてはいました」

「更井さんには再三、事情聴取を行なってますね。その時点では警察は若い女性の訪問者がいたことを追及したのですが、更井さんはその女性が柴田亜希子さんであり、その背後には永野氏の存在があることを察知していたにちがいない。だからその夜の女性客のことを言いたがらなかったのです。そして永野氏には警察の捜査が入っていることだけを報告した。永野氏のためを思ってか、それとも自分の立場を優位にもっていくためか、ことによると多少は恐喝に近いことも考えていたかもしれません。いずれにしても、永野氏にとっては更井さんが危険な存在になってきたことは確かです。更井さんが警察の事情聴取にいつまでも耐えられるか、保証のかぎりではなかったのです。そして、それに追い討ちをかけるように、僕が電話で、浅見和生さんが殺された事件の話をしました。更井さんは驚いて電話を切りましたが、おそらくその時、彼は和生さん殺害に永野氏が関わっていると感じ、永野氏にご注進に及んだのではないでしょうか」

浅見はその電話の時の更井のうろたえぶりを話した。

「うーん……しかし、それにしても、たったそれだけのことで殺《や》っちまいますかねえ」

「更井さんの口を塞《ふさ》ぐのに、ほかに何か方法がありますか？」

浅見がさり気なく言った言葉に、鈴木は化け物に出会ったような反応を見せた。

「そりゃまあ、ないかもしれないが……浅見さん、あなた、顔に似合わぬ恐ろしいことを言いますねえ」

「えっ、そう、でしょうか……」

浅見はうそ寒いものを感じて、頬から顎《あご》の辺りを撫《な》でた。自分では気づかないが、いつの間にか人の生き死にに無神経になっているのかもしれない。

3

翌朝早く、浅見は鈴木からの電話で叩《たた》き起こされた。

「浅見さん、東京から那智勝浦までのフェリーの乗客の中に『柴田亜希子』の名前があるそうです」

昨日の浅見の話から、一応、フェリーもチェックしておこうということになって、早速、成果が上がったというわけだ。フェリーは八時過ぎに着く。まだ一時間ほど余裕があった。急いで身支度を整えると、三人の「捜査員」は新宮署から提供された小型車で那智勝浦港へ向かった。ハンドルは村松刑事が握っている。

風は冷たいが天気は快晴だった。白い船体が岸壁に着いて、大きく開けた口から次々に車が吐き出される。年末から正月にかけてお客が多いと、「白鯨」の支配人が言っていたとおり、かなりの台数が走りだす。

車種とナンバーも報告されていたので、柴田亜希子の車はすぐに分かった。ダークグリーンの国産車で二〇〇〇ccクラスの割と地味な車だ。フロントグラス越しに白い顔の女性が一人で乗っているのが見えた。ほとんどの車がアベックか家族連れだけに、見誤ることはない。

あいだに一台やり過ごしておいて、追尾を開始する。

太地へ向かうものと思っていたが、意外にも熊野那智大社の方角へ曲がって行った。幸い、あいだの一台も同じ方角へ向かったから、気づかれる心配はなさそうだ。

およそ十分ほどで、右手に那智の滝へつづく参道の入口を見て、左にカーブを切る。そこから先は熊野那智大社と青岸渡寺《せいがんとじ》の門前町で、土産物屋が軒を接して並ぶ。真冬の朝は、さすがに参拝者の出足は悪く、どの店もまだ閑散としている。

亜希子の車は右折のウィンカーを出した。そこを曲がったところに料金所のゲートがあって、その先の急坂は熊野那智大社専用の有料道路になっている。

「なんだ、那智大社にお参りですかね」

鈴木は面白くなさそうに言った。犯罪者の神頼みなんて、許せない――とでも思っているらしい。

「それとも、ここで誰かと落ち合うつもりなのかな？」

「いや、違うでしょう」

浅見はあっさり否定した。

「この時間に太地へ行っても、どこの店も開いていませんよ。時間つぶしのついでにお参りでもしようというのでしょう」

「なるほど、時間つぶしですか。それじゃ神様の御利益はねえだろうな」

ここまで一緒だった前の車が直進して行ったので、今度こそは直接、亜希子の車を追尾することになった。ものすごい急坂だから、後ろを気にする余裕はないだろうけれど、たっぷり間隔を開けて走った。

坂を登り詰めたところに、思いがけなく広い駐車場がある。亜希子の車は最も奥まで進んで、停まった。それを確認して、三人の車は登り口に近い場所を選んだ。ここなら万一の場合、退路を絶つことができる。

亜希子が車を降り、青いコートを大きく翻すようにして羽織った。彼女がこっちに背中を見せて歩きだしてから、浅見と鈴木の二人が車を出た。なるべく観光客らしく装って歩いて行く。亜希子のほうはとっくに社殿の辺りまで行っている。

ここには那智大社と隣り合わせに青岸渡寺が建っている。同じ程度の規模だから、歴史に疎い者には、どちらが主でどちらが従か区別がつかない。人出は少なく、遠くからでも亜希子の姿を見失うおそれはなかった。亜希子は社殿に向かわず、境内の端に佇《たたず》んで、はるかかなたの岩壁を落ちる那智の滝を眺めている。その場所からだと、斜め後ろ向きに立つわけで、当然、こっちの二人が視野に入っている。鈴木も浅見も、期せずしてコートの襟を立てて歩いた。

鈴木は律儀に社殿に詣《もう》でて、お賽銭《さいせん》を納め長い時間をかけて拝んでいる。浅見もそれを真似たが、視野の端ではちゃんと亜希子の動静を窺《うかが》っていた。亜希子は滝を眺めるポーズのまま、まったく動かない。誰かを待っている様子にも見えない。

「何をやってやがるのかな？」

手を合わせた恰好《かっこう》で、鈴木は罰当たりなことを呟《つぶや》いた。

その言葉を合図にしたように、亜希子が本当に歩きだした。それもこっちに向かってくる。参拝をする気になったのだろうか。鈴木と浅見は顔を背けて青岸渡寺の方角へ立ち去ろうとした。その時、鈴木の携帯電話が鳴った。静かな境内の空気を震わせるような無粋な音である。

鈴木は慌てて電話を取り出して、でかい声で「はい、鈴木です。ん？　なんだムラかよ」と怒鳴った。ごつい埼玉弁で、しかも警察官の口調がもろに出ている。亜希子がその様子を見、聞いているはずだ。その視線を感じながら、浅見は苦笑した。

「ほんとか……そうか……了解」

鈴木は電話を切って、緊張した面持ちで浅見を振り返った。その時はすでに亜希子は参拝を中止して、駐車場へ向かっていた。

「浅見さん、けさの羽田《はねだ》発南紀白浜行きの飛行機ですが、搭乗者名簿に『永野稔明』の名前があると連絡があったそうです」

さすがに声をひそめたが、浅見は思わず亜希子の去った方角を見やった。亜希子は足早に車に戻ると、コートを助手席に放り投げて乗り込んだ。明らかにこっちの二人をただ者ではないと察知したらしい。

「気がついたみたいだな。あの野郎、妙な時に電話しやがって」

鈴木はぼやきを言って、「どうします、追いますか？」と訊《き》いた。

「そうですね、われわれは間に合わないが、村松刑事に追ってもらいましょう。そのほうがむしろ相手に気づかれません」

「了解」

鈴木は携帯電話で部下に指示を与えた。ちょうど亜希子の車が村松刑事の鼻先を通過しつつあるところだった。少し間を置いて、村松が追って行った。

「それで、われわれはどうします？」

「仕方がありません、参道の石段を下りましょう」

社殿の正面から下の通りまで、長い急峻《きゅうしゅん》な石段が続いている。石段の天辺《てっぺん》に立って、鈴木は「やれやれ」と、またぼやいたが、本来の参道はそっちで、善男善女はそれを難行苦行して登ってくるのだ。

石段を少し下りたところで、鈴木の携帯が鳴った。村松からで、そのままオープンにしておいてくださいと言っている。追跡状況を逐一、報告するつもりのようだ。

「現在、那智ねぼけ堂の前を通過中？　そう言われても、こっちにはどこのことだか分かりゃしねえよ。いいからいいから、運転中は携帯の使用は禁止だろ。またどこか、車が停まったところで電話しろや」

鈴木は邪険に電話を切った。次の電話は国道に出る信号のところからあった。亜希子の車は右折のウインカーを出しているそうだから、今度こそは太地へ向かうのだろう。

浅見たちはその頃になって、ようやく下の通りにたどり着いた。

そこからタクシーを呼んだ。すぐ近くに営業所があるとかで、ほどなく迎えのタクシーがやってきた。乗り込んで「太地へ」と言った途端に、電話が鳴った。亜希子は「くじらの博物館」前の駐車場に車を停め、どうやら博物館に入るようだ。村松は「どうしましょう？」と訊いている。

「気づかれねえように、きみも入れや」

鈴木は怒鳴ってすぐに電話を切った。

「博物館で、永野と待ち合わせるつもりですかね？」

「さあどうでしょう。そうだとすると、かなり長い時間、待たなければなりません」

浅見は首をひねった。羽田からの飛行機が白浜に着くのは十時過ぎのはずである。白浜から太地までは、どうやってきても一時間半から二時間近くかかる。それまで博物館で時間をつぶすとは考えにくい。それ以前に、亜希子が永野と待ち合わせるのかどうかも分からない。

「永野氏は何をしに来るのでしょうか」

自問の意味を含めて、言った。

「当然、亜希子と会うんでしょうよ」

「だとすると、目的は?」

「もちろん、殺……」

鈴木は「殺しに」と言いかけて、慌てて口を噤《つぐ》んだ。

「とにかく、放っておくと、亜希子は何をやらかすか分かりませんからね」

タクシーが国道に出たところで、また電話が鳴った。亜希子はイルカショーを見物しているのだそうだ。その報告の最後に、村松は「あっ、ショーの途中で歩きだしました」と言った。

「シャチのいるでっかい池のほうへ向かってるそうです」

鈴木が浅見に伝えた。その池の畔《ほとり》を抜ければ、岬の遊歩道に出る。浅見の脳裏には青いコートの「幽霊」が思い浮かんだ。その時と同じように「幽霊」が消えてしまいそうな予感がした。

鈴木は村松との電話を繋《つな》いだままにしている。村松は亜希子からかなりの距離を置いて気づかれないようにしているというが、携帯電話を耳に当てている恰好では、バレバレという気がしないでもない。

国道を左折、岬方面へ向かうところで村松は「いま、海岸に出ました」と報告してきた。岩場の道をのんびり歩いて行くらしい。いよいよ消えるかどうか、緊張の一瞬だ。

タクシーは最初は「くじらの博物館」を目当てにしていたのだが、ここで浅見は「熱帯植物園のほうへ行ってください」と運転手に命じた。

　鈴木は驚いた。

「博物館へ行かなくていいんですか？」

「博物館から岬を横切って、そこから海岸伝いに植物園へ抜けてくる道があるのです。彼女はおそらくその道を出てきますよ」

「くじらの博物館」のある岬と、岬に隣接する入江一帯は「くじら浜公園」と命名されている。「くじらの博物館」とともに「熱帯植物園」もその中に入る。巨大な温室の中に何百種類という珍しい熱帯植物が繁茂している。植物園はともかく、大きなレストランも併営されているから、亜希子が立ち寄る可能性は高い。そこなら二時間の待ち時間を消費するのは何でもなさそうだ。その後の村松からの報告も、浅見の予想を裏書きした。複雑な起伏のある小道を、いまトンネルを潜《くぐ》りましたなどと伝えてきた。まさにこっちへ向かっている証拠だ。

　植物園の駐車場にタクシーを乗り入れて、しばらくそこに待機してもらうことにした。運転手は二人のやりとりから、ようやく警察関係の人間と察したのか、「はいはい」と興味深そうに協力した。

　運転手の解説によると、いま目の前に広がる入江こそが、イルカやクジラの追い込み漁を行なう場所なのだそうだ。以前、太地町役場の海野から聞いたとおり、巾着《きんちゃく》型の理想的な地形をしている。この地形を利して、外海から追い込んできて、巾着の口を網で塞《ふさ》ぐと、イルカもクジラも逃げることができない。そこで需要に応じた頭数を捕獲して、市場に送り出すという。すぐ隣の「くじらの博物館」の池では、可愛らしい仲間が人間と戯れているというのに、一頭、また一頭と「需要に応じ」る彼らの末路は悲劇的である。そういうのを聞くと、浅見は心情的に反捕鯨派に傾いてしまう。

駐車場からは小さな入江越しに岬の西側の付け根を見通せる。岬はほとんどが切り立った岩山で、尾根の上に近いほど照葉樹が濃密に繁る。海岸線は小さな出っ張りがいくつもつづくから、最後のコーナーを曲がるまでテキの姿は見えない。そこを曲がって来ると、いつか浅見が老人の釣り師と言葉を交わした浜辺は、すぐ目の前である。

「あっ、来ましたよ」

鈴木が小声で叫んだ。直線距離にして二百メートルも離れた位置だ。こっちは車の中なのだし、聞こえる虞《おそ》れはないのだが、そういう感覚になっている。亜希子の青いコート姿は、急ぐ様子もなく、しかし真っ直ぐ前を見て、モデルのような形のいい歩き方でやって来る。そこから五十メートルほど遅れて村松刑事も見えてきた。相変わらず電話を耳に当てている。

「おい、もう見えているぞ、われわれはそっちから見て、正面の熱帯植物園の駐車場にいる。タクシーの中だ」

鈴木が教えて、村松はようやく携帯電話をポケットに納めた。

焦《じ》れったいほどの時間をかけて、亜希子は岬の散歩道を歩き終え、道路を渡って植物園の入口に向かってきた。これも浅見の予測どおりだ。

時刻は十時四十三分——。

亜希子は植物園入口で「くじらの博物館」と共通のチケットを見せ、ゲートを入った。レストランではなく、まっすぐ植物園の巨大温室に向かった。村松刑事はそれを見届けると、駐車場にいるタクシーを目掛けて走ってきた。

「どうします？」

窓から首を突っ込んで訊いた。

「そうだな、きみはレストランの中に入って、彼女の動きを追っていてくれ。われわれは博物館の駐車場から車を取ってくる」

「了解」

また二手に分かれて、鈴木と浅見は「くじらの博物館」まで行ってタクシーから新宮署の車に乗り換え、また植物園まで戻った。

駐車場からレストランは、落差が十メートルほどの斜面を見上げる位置関係にある。レストランの大きなガラス窓から村松が手を振って、そこにいることを合図して寄越《よこ》した。電話で「一応、客らしく見せるために、サンドイッチとコーヒーを頼みましたが、いいでしょうか？」と訊いている。

その後、亜希子は植物園見学に三十分近く費やし、レストランに入って本格的にランチを注文しているらしい。

「こっちも腹がへりましたね」

電話を切ってから、鈴木がいまいましそうに言った。さりとてこっちの二人は青岸渡寺で亜希子に勘づかれているだろうから、レストランに入って行くわけにいかない。それからえんえん、亜希子は動かない。ゆっくり時間をかけて食事を終え、コーヒーのお代わりを頼んだそうだ。

「永野は来るのかなあ」

鈴木は時計を見て、不安そうに呟《つぶや》いた。正午近く、時間的には到着していてもおかしくない時刻だ。

「来ますよ、必ず」

浅見は断言した。そうでなければならないはずだ――という、信念のようなものがあった。亜希子が意味もなく太地にやって来るとは考えられない。永野とのあいだに何らかの打ち合わせが成立しているにちがいない。しかしそれから先、何が起ころうとしているのかは、さすがに読めなかった。

役場かどこかで、正午を知らせるチャイムが鳴り出した。いよいよ空腹感を堪《こら》えきれなくなってきた。昨夜、クジラ料理を食べて以来、胃袋に何も入れていないのだ。鈴木の腹が間抜けなほど大きな音で鳴った。

村松が電話で、「トイレ、行ってもいいですかね」と訊《き》いてきた。「勝手にしろ」と、鈴木は投げやりに答えた。

「こっちもトイレに行きたいのに、あの野郎、刺激しやがって」

だんだん険悪ムードになってくる。

「行きましょう、レストランへ」

浅見は宣言するように言った。

「えっ、そうしますか。ははは、それがいいですね」

鈴木は嬉《うれ》しそうにドアを開けた。

何はともあれトイレで連れションをすませて、レストランに入った。二百席以上はありそうな広いレストランだ。村松は一番手前のテーブルにいた。亜希子は中ほどの窓際のテーブルにポツンと坐《すわ》っている。食事どきだがお客の数は少なく、二割程度のテーブルが埋まっているにすぎない。何かの団体らしく、賑《にぎ》やかに会話が弾む。一人ぽっちの村松や亜希子とは好対照だ。

浅見たちはいちばん奥まったところまで行った。村松は知らん顔をしているが、亜希子は明らかにこっちに気づいて、意思を感じさせるポーズで顔を背けた。

鈴木は親の仇《かたき》に出会ったような顔で、カツ丼とスパゲティーを注文した。浅見はカレーライスと紅茶を頼んだ。しかし、注文はしたものの、これでもし亜希子が動きだしたら、おあずけになるかもしれない。そう思うと気が気ではなかったが、亜希子は泰然自若として動く気配はない。

「何を考えているんですかね」

カツ丼を慌ただしくかっ込みながら、鈴木は面白くなさそうに言った。

まったく、何を考えているのだろう——と浅見も思う。永野と示し合わせて太地に来たことは確かだと思うのだが、その目的が不気味だ。たがいに相手を殺す動機があり、そのために会う公算が強い。それを食い止めなければならないが、その寸前まではこの目で確かめたい気持ちもある。

じりじりするような時間が流れ、午後零時四十八分、ついに亜希子が動いた。ウェートレスを呼び、何かを頼んでいる。ウェートレスは「はい」と心得て引き下がった。

「いま彼女、タクシーって言いませんでしたか？」

浅見は亜希子の口の動きを見ていた。しかし鈴木は気づいていない。「そうでしたか」と、あまり気にもしない。浅見は不安になった。ここから「くじらの博物館」まで、わざわざタクシーを頼む距離とは思えない。見間違えかな——と思った時、駐車場にタクシーが入ってくるのが見えた。ウェートレスが「参りました」と呼びにきた。亜希子は「ありがとう」と席を立った。

「まずい！……」

浅見は立ち上がり、亜希子を追った。鈴木が驚いて続いた。村松はどうすればいいのか迷って、右往左往している。

「柴田さん」

レジにいる亜希子に、浅見が呼びかけた。亜希子は少しオーバーなアクションで驚いてみせて、振り返った。

「柴田亜希子さんですね？」

「ええ、そうですけど、何か？」

浅見は振り返って鈴木にバトンタッチした。鈴木も心得て警察手帳を出しながら、

「秩父署の者ですが、ちょっとお訊きしたいことがあるのですがね」と言った。

「いいですけど、でも、いまはタクシーが待ってますから、後にしてくれません？」

「これからどちらへ行くのですか？」

「そんなこと、言う必要はないでしょう」

「そうはいかないんですよ」

言いながら、鈴木は浅見に視線を向けた。この後、どうすればいいのか分からなくて、またバトンを返すつもりだ。

「永野さんもこっちに向かっているようですが、どこで落ち合うのですか？」

浅見はズバリ、訊いてみた。

「永野さんて？」

「決まってます、永野稔明さんです」

「その永野さんがどうしたっていうんですか？」

「ですから、あなたと会うために太地に来ているのでしょう？」

「知りませんよ、そんなこと」

亜希子は冷ややかに笑った。

「訊きたいことって、それだけですか？　だったら、私は急ぎますので」

「いや、訊きたいことはもっとある」

鈴木が脇から一歩、踏み出した。

「すみませんがね、ここでは具合が悪いので、そこの交番まで来てくれませんか」

「いやですよ、そんなの。どうして私が行かなきゃならないんですか。何の権利があってそんな命令するんですか」

「いや、権利とか、そういう問題じゃないのですよ」

浅見が穏やかに言った。

「あなたの生命の安全を守るためです」

「私の生命？……ばかげてるわ。どうして私が殺されなきゃならないのかしら」

「殺されるとは言ってませんが」

「えっ？……」

「生命を守るとは言いましたが、殺されるとはまったく言ってません。にもかかわらずあなたが自分でそう言うところを見ると、どうやらあなた自身、殺されるような危険を感じているのではありませんか？」

亜希子は「あはは……」と、のけ反《ぞ》って笑った。美しい顔が般若《はんにゃ》の面のように引きつっている。目は吊り上がり、口は耳まで裂けようかと思えるほど変形した。浅見は胸が痛んだ。浅見順子のところに怪しげな電話があった時点から、予想されたことだが、明らかに亜希子は心を病んでいる。

「太地の子はよく、浅間山で遊んだのだそうですね」

浅見はポツンと言った。

「？……」

亜希子は笑顔を消して、不思議そうな目を浅見に向けた。

「岬のあの岩山をよじ登るなんて、僕には想像もできませんでしたよ。だから、トンネルのところで、あなたが消えてしまった時は、本当に幽霊かと思いました」

亜希子の目の中に、遠いものを見る、やわらかな光が宿った。

人はいつも、目の前の間近なものばかりを見ようとする。警戒心や闘争心を込めた硬い目つきの時が多い。そのこだわりからふっと気持ちが離れた瞬間、心の隙間にある和んだものが、涙のように湧いて出る。

「緑ちゃんは、いまはお母さんが看《み》ているのですか？」

浅見の優しい問い掛けに、亜希子の表情は不安げに揺れた。背を向けて、足元を確かめるように歩きだした。鈴木が「ちょっと、あんた」と呼びかけるのを、浅見は制し、彼女の後ろから急ぐでもなく、ついて行った。

亜希子はタクシーに近づいた。運転手が背後の三人を気にしながら、ドアを開けて亜希子を乗せた。村松がタクシーのナンバーをメモしている。

タクシーは駐車場を出て、「くじらの博物館」とは逆、右の方向へ走り去った。

その時になって浅見は愕然《がくぜん》とした。

「ばかな……」

鈴木に「まずいことが起こりそうです」と言い、自分たちの車に急いだ。鈴木は何のことか分からず、村松と一緒にワラワラとついてきて、車に乗り込んだ。

「追いますか」

村松はハンドルを握って言った。

「いえ、くじらの博物館の駐車場へ向かってください。彼女のほうはタクシー会社で行く先を聞きましょう」

植物園から博物館まではほんの三百メートルの距離である。亜希子がタクシーを頼んだ時もおかしいと思ったのだが、その意味がはっきり摑《つか》めなかった。単純に、どこか不案内のところへ行くのに、タクシーを利用するのか――程度にしか思わなかった。

たちまち「くじらの博物館」前に着いた。駐車場に車を突っ込んで、亜希子の車を探した。案の定、車は消えていた。

「どういうことです？」

鈴木は走り回り、探しあぐねて怒鳴った。浅見は首を竦《すく》めた。

「永野ですかね？」

「たぶん」

そう答えたが、しかし自信はなかった。亜希子が永野に車を委《ゆだ》ねるという状況の説明がつかない。

何か、予測していなかった事態が起こりつつあるのを感じた。

4

「継子投げへ行きましょう」

浅見はうろ覚えの地図を頭に浮かべて、村松に道案内をしようとした。しかし、太地湾を挟む岬の東側の岬「燈明崎」の位置さえよく分からない。仕方がないので役場に電話して、海野課長補佐を呼び出した。

「きょうは御用納めでして」と当惑ぎみの海野を鈴木部長刑事が電話を代わって、強引に引きずり出した。出てこないと逮捕でもしかねない剣幕だった。

太地港から東へ、漁港を見下ろす道を台地へ上がって行く。この辺りまでは浅見にも記憶があった。

「永野稔明さんの別荘が、確かこの辺りにあるそうですね」

浅見が訊《き》くと、すぐそこだからと寄り道してくれた。畑から松林に変わる斜面に建つ、瀟洒《しょうしゃ》な白い家だ。念のために玄関で呼び鈴を押してみたが、留守のようだった。

「永野先生は講演があるので、きょうの夕方に来るのと違いますか」

海野が言った。

「白浜空港に、午前十時十分着の飛行機で降りたという情報があるのですが」

「ほんまですか？　それやったら、とっくに着いてるはずやけど」

海野は首をひねった。浅見の漠然とした不安を裏打ちするようだ。

台地から太平洋に突き出す岬の、西から三つめの大きな岬へ向かう。途中から左へ折れると、巨大なクジラの供養碑のある岬の公園へ行く道だ。

観光バスの入り込むような道ではないせいか、岬付近には人っ子一人いない。薄雲が広がってきた冬空は、いかにも寒々しい。道が行き止まったところで車から降りると、吹く風が思わず首を竦めるほど冷たい。不吉な予感が、ますます重くのしかかってくるような気分であった。

「継子投げ」の断崖《だんがい》上には誰もいなかった。とりあえず亜希子の車もなかったことで、ほっとする反面、当てがはずれた。

「ここで何かあるのですか？」

海野に訊かれたが、答えようがない。鈴木と村松は黙って浅見の顔を見つめている。この後はどうするつもりか、問いかける目だ。浅見も自分に判断を急がせたかった。

「どこか、岬の先端まで車で行ける場所はありませんかね」

海野に訊いた。

「それやったら、くじら供養碑のある公園とちがいますか」

そこへ行こうということになった。さっきの分岐点から右へ曲がると、五百メートルほどで公園の敷地内に入る。右手にくじら供養碑がある。舗装した道路は駐車場までで行き止まりになり、車止めの先はよく刈り込まれた草地が広がる。草地の先は丈の低い灌木《かんぼく》の繁みを縁取りにして、その向こうは断崖がストンと切れ込み、およそ百メートル下は太平洋の海原である。

ここにも人の姿はなかった。駐車場も空っぽだ。せっかくの巨大クジラ像は、むなしく猛《たけ》り立ち、尻尾《しっぽ》を空にひらめかせている。

「正月の三箇日は、それでもけっこう、ドライブのお客さんが見えるんやけど」

海野が言い訳がましく言った。

浅見は草地に入って、おそるおそる断崖に近づいた。高所恐怖症だから、灌木の繁み手前までが精一杯、断崖ギリギリまで行く勇気はない。

草地には当然のことながら、タイヤ痕《こん》などはなかった。

「帰りましょう」

三人を促して車に戻った。いま来たばかりの道を引き返す。収穫がないので、二人の刑事は浮かない顔だ。浅見の判断に任せ、期待することにも、なにがしかの疑問を抱いたにちがいない。

「継子投げ」へ行く道との分岐点を過ぎて、永野の別荘に近づいた頃、前方から車が一台現れた。そう広くもない道をかなりのスピードでやってくる。「あぶねえな」と村松は呟《つぶや》いたが、接近するにつれて、本当に危険を感じさせた。村松は用心して徐行し、路肩ぎりぎりに寄せ、最後にはほとんど停止した。

　鈴木と浅見がほぼ同時に「あっ」と叫んだ。次の瞬間、まったくスピードを落とさない対向車は、車体をかすりそうなところを走り抜けた。

「いまの、柴田恵美子！」と鈴木が怒鳴り、浅見は「永野氏でした」と言った。運転していたのは恵美子だが、助手席には永野の恐怖に引きつった顔があった。

「あれは亜希子の車でしたよ」

　村松も見るべきところは見ていた。

「おい、追いかけろ！」

　鈴木が命じるまでもなく、村松は車をスタートさせ、少し先の民家の前庭でUターンさせた。二人の乗った車はすでに森の中に入ってしまったが、この先は「くじら供養碑」のある公園か、「継子投げ」の断崖以外にめぼしいところはない。

「どっちへ行きます？」

　分岐点の手前で村松は判断を仰いだ。鈴木も「どうです？」と浅見に訊いた。

「左、くじら供養碑です」

　浅見は山勘で言った。そういう「結末」しか考えられなかった。（間に合わないかもしれない――）とも思った。

　村松も安全運転を忘れ、かなり危なっかしいスピードを出したが、公園を見渡せるところまで、二人の車に追いつけなかった。

「いた！」

村松は急ブレーキを踏んだ。三人の「乗客」はつんのめりそうになった。眼前、およそ百メートル向こうの、公園の先端付近に、恵美子と永野を乗せた車が停まっていた。

「早く彼らの前に回り込んでください」

浅見が言った。

「了解」

村松は勢いよくアクセルを踏んだ。タイヤが空転して、車は揺れながら走りだした。その時、前方の車も動いた。ハンドルを切らず、車止めを乗り越えて、まっすぐ草地に走り込んで行く。

「ばかな！」

浅見は思わず口走った。

「死ぬ気か？」

鈴木も叫んだ。海野にいたっては「ひゃーっ」と悲鳴を上げて目を覆った。

草地の幅はせいぜい百メートルしかない。あの勢いは、その先の灌木の繁みを突っ切って行く意志を思わせる。

あと僅《わず》かで断崖――という瞬間、助手席のドアが開いて、永野が転がり落ちた。しかしスピードに乗った体は停まりきれず、ゴロゴロッと転がって灌木の中に突っ込んだ。

車はその先の断崖を飛び出して行った。

四人は期せずして意味不明の叫び声を上げた。

こっちの車も草地に走り込み、最後の十メートルを余してスキーの制動をかけるようにして、横向きに停まった。

「だめか？……」

鈴木が怒鳴りながら助手席を出て、繁みに駆け寄る。車が飛んで行ったところは、灌木の幹や枝が折れ飛んで、無残なことになっている。鈴木が下を覗《のぞ》き込んだが、車の姿はもちろん、海面も見えないようだ。浅見は鈴木の後からついて行ったが、もちろん、近づくことは遠慮した。海野は車から降りることもできないでいる。

その時、少し下の繁みから「助けてくれ」と虫の息のような声が聞こえてきた。

鈴木が「生きてやがる」と、浅見に笑顔を見せて、怒鳴った。

「おい、誰かいるのか？」

「ああ、いる、落ちそうだ、早く引き上げてくれ」

「あんた、誰だ？」

「永野だ、永野稔明だ」

この期に及んでも偉そうな口のきき方をしている。

「分かった。現在、どういう状況だ？」

「木の根に摑《つか》まっている。指の力が抜けそうだ。急いでくれ、頼む」

姿は見えないが、断崖の縁のようなところで、灌木の根っこにでもしがみついているらしい。鈴木は背後の村松に「おい、ワッパと捕縄を繋《つな》いで、長いやつを作ってくれ」と命じた。村松が指示どおりのものに、さらにトランクからロープを見つけて繋ぎ、全長三十メートルほどに作ってきた。ロープの端を車の後部にある牽引《けんいん》用のフックに結び、逆側の先端の手錠を摑んで、鈴木が断崖近くへ下りて行った。見ているだけで浅見は寒くなった。

「おい、その手錠を腕にかけろ」

鈴木は手錠を放り投げて命令した。

「えっ？　あんた、警察なのか？……」

「そうだよ、文句があるかね」

「えっ？　いや、文句はないが、手が離せない。手錠が摑めない、無理だ、できない」

永野は泣きそうな声を出した。

「そうか、じゃあ諦《あきら》めるか」

「いや、分かった、なんとかやってみる」

片手を木の根から離して手錠を摑み、さらにその手錠をもう一方の腕にガチャッと嵌《は》めたようだ。その動きのたびに、ズシッズシッと、ロープを握る鈴木の腕に負担がかかる。

「嵌めた、引き上げてくれ！」

永野が必死に叫んだ。

「了解」

鈴木はロープを二度、手繰った。ズリッズリッと、約五十センチほど引き上げた。そこで鈴木の動きは停まった。

「おーい、どうした、頼む、早くしてくれないと、腕が千切《ちぎ》れそうに痛い」

「贅沢《ぜいたく》を言うな。こっちだって精一杯やってるんだ」

鈴木は怒鳴って、村松に「おい、おれのバッグに小型のテープレコーダーが入ってるから、持ってこいや」と言った。

「試しに、笹尾正晴を殺したかどうか、訊《き》いてみる」

鈴木は村松が持ってきたテープレコーダーを崖《がけ》の方角へ向けて、ニヤリと笑った。

「おーい、あんた、太地町の笹尾正晴を殺したんだろ？」

「………………」

返事はなかった。

「おい、聞こえているのか？　それとも死んじまったか？」

「生きてる、聞こえている。私が殺しなんかするわけがない」

「そうか」

鈴木は手繰り寄せたロープを少し緩めた。ググッと先端が沈み込む。永野が「わーっ」と悲鳴を上げた。

「やめろーっ、やめてくれーっ」

ほとんど拷問に近い。浅見は驚いて「いいんですか、鈴木さん」と囁《ささや》いた。

「いいんです、これがおれのやり方だ。浅見さんは黙って見ていてください」

鈴木は怒ったように言って、また崖に向かって怒鳴《ど》った。

「上げてもらいたかったら正直にゲロしろ。笹尾を殺ったんだろ？」

「………」

「なんだ、死んじまったらしいな」

「いや、生きている。頼むよ、助けてくれ。正直に言うから」

「だから訊いてるだろ。笹尾を殺したな、殺ったんだな」

「………」

「野郎、ふざけやがって。おい、早く何とか言え、そうでねえと、おれもロープを持っている手が痺《しび》れてきた」

「分かった、言う、言うから引き上げてくれ。頼むよ」

「じゃあ、早く言え」

「殺った」

「何だ？　聞こえねえよ、でかい声で言ってくれないか」

「殺した、笹尾正晴を殺した」

「なぜだ、理由は？」

「やつが私を脅したからだ」

「それは、あいつが、その、浅見という新聞記者を殺したからだ。それを私が教唆したと言って脅した」

「何だって脅した？」

「実際、教唆したんだろ？」

「いや、そうは言ってない。やつが浅見に殺意を持っていたんだ」

「だったら何だって脅しを恐れた？」

「それは……頼む、上げてくれ。もうだめだ、腕が切れる」

「いいだろう」

鈴木は浅見に「少し上げてやりますか。村松にそう言ってください」と囁いた。

村松が車を一メートルばかり前進させた。永野の体は斜面の末端まで引き上げられた。

しかし自力で登ってくるのは無理だ。ロープを緩めれば、また断崖《だんがい》をずり落ちる。

「もう一回訊くが、あんたは笹尾を教唆したんだろ？　そうでなきゃ、脅される理由も弱みもねえじゃないか」

「いや、教唆はしていないが、知恵を貸してやったかもしれない」

「何て言って？」

「それは、遺書……いや、書き置きを書かせればいいと言った。それを残しておけば、心中に見られると」

「なぜそんな知恵を貸した？」

「べつに理由はない」

「あんたも浅見を消してしまいたかったんじゃないのか？」

「いや、そんなことはない」

「だったら何だって殺しの片棒を担ぐようなことをした？　あんたにも殺意があったんだろ？　まだシラを切るつもりか？　おれの我慢にも限度があるぞ」

「待て、頼む、それは確かに、あるスキャンダルを知られて、私も浅見記者を憎んではいたが、殺す気はなかった。それをあいつは本当に殺ってしまった」

「馬鹿野郎、遺書を書かせれば、あとは殺るっきゃねえだろ。そういうのを殺人の教唆って言うんだよ。どうなんだ、認めるのか認めねえのか？」

「認める」

蚊の鳴くような声だが、きちんと録音はされた。録音テープは原則としては証拠能力はないかもしれないが、記録としては残る。

鈴木は「ほかに何か訊くことはないですかね？」と浅見に訊いた。

「心中相手の女性はどうしたか訊いてみてください」

「了解」

鈴木はまた下に向けて怒鳴った。

「それでだな、浅見さんと心中させられた女性は誰だ？」

「それは、太閤丸という料理屋の娘だ」

「名前は？」

「清時香純という名前だったと思う」

「彼女はどうなった？」

「…………」

「聞こえねえよ」

「結局、笹尾が殺した」

「どうやって？」

「絞殺だ。馬鹿なことをしやがって」

「死体はどうした？」

「埋めたと聞いた。海に捨てるのは、絞殺の痕《あと》が残っているからまずいと」

「それもあんたが知恵を貸したか」

「…………」

「どうなんだ？」

「そうだ、私が教えた」

「埋めた場所は？」

「私の別荘の庭だ。やつは死体をコンクリート詰めにして、掘り出して移動することができないようにしやがった。それで、私をいつまでも恐喝するつもりだったんだ。卑劣なやつだ。殺して当然だろう。生きていても何の役にも立たないやつは殺したほうがいい。だから社会のために抹殺してやった。それも、やつに最もふさわしい方法で殺した。背中にクジラ捕りの銛《もり》を突き刺した。あんなやつは、そうやって殺されるのがいいのだ」

一気に喋《しゃべ》って、「ハアハア……」と荒い息をつくのが聞こえてきた。

鈴木は黙って、村松に車を前進させるよう合図を送った。白けたような、虚《むな》しい顔をしていた。

永野は自力を使い果たしたのか、ロープに引きずられるまま、ズルズルと草地まで上がってきた。途中、灌木《かんぼく》の枝で怪我したと見えて、顔から幾筋も血を流している。

鈴木は永野を見下ろす位置に佇《たたず》んで、しばらく眺めてから、手錠を縛ったロープの端を拾い上げた。永野は腕を手錠に引っ張られて「いたたた……」と悲鳴を上げた。

「永野稔明、殺人及び殺人の教唆容疑で緊急逮捕する」

鈴木は宣言して、「立て」と怒鳴った。永野は泥まみれの惨憺《さんたん》たる姿で、ノロノロと立ち上がった。

遠くからサイレンの音が聞こえてきた。村松の通報で、那智勝浦町の交番からパトカーが来たのだろう。新宮署から本隊が駆けつけるまでには、まだだいぶ時間がかかりそうだ。

さらに、海に転落した車と、そこに乗っているはずの柴田恵美子を「救出」する作業を遂行するには、県警本部からの応援を必要とするかもしれない。太地漁港の船も駆り出されるだろう。永野の別荘の庭を掘り返して、清時香純の遺体を探す作業も手間がかかりそうだ。いずれにしても、しばらくのあいだ、太地の平穏は乱されることになる。

「終わりましたね」

永野を車に押し込んで、鈴木が浅見に笑いかけた。笑ってはいるが、いかにも疲れ切った顔には、満足のかけらもなかった。後味の悪いホラー映画でも見たような表情だ。

「いや、まだ終わってませんよ」

浅見は励ますように言った。

「柴田亜希子さんの行方を探さなければなりません。それに、彼女の赤ちゃん、緑ちゃんの安否も心配です」

「そうか、そっちもありますか」

車から村松が出てきた。

「柴田亜希子の行った先は分かってます。さっきタクシー会社からの連絡で、太閤丸へ運んだそうです」

「ほう、太閤丸ですか」

浅見には意外だった。永野に殺されたと言ってもいいような清時家に、永野の愛人である亜希子が行くという状況が分からない。しかし、何はともあれ、一人でも無事が確認されれば、それに越したことはないような、やり切れない気分ではあった。

「そうか、ひょっとすると、そこに緑ちゃんもいるかもしれませんね」

ようやく、何があったのかの一端が見えて、浅見も希望が湧いてきた。

5

太閤丸には亜希子も、それに彼女の愛し子《いとしご》も元気でいてくれた。緑を預かったのは、浅見も知っている前地サトカという仲居だった。

「恵美子さんが、赤ちゃんを連れてふいにやって来て、私の孫です、ちょっと預かっておいてください言うて、置いて行ったんです。お孫さんいうたら亜希子さんのお子やろけど、亜希子さんはどないしたかも言わんかったし、何やら思いつめたような様子やったので、心配しとったのやけど……」

恵美子が太地にいる時の、数少ない友人の一人がこの仲居だったそうだ。その恵美子が断崖から車ごとダイビングしたと聞いて、呆気《あっけ》に取られ、続いて声もなく滂沱《ぼうだ》の涙を流した。強張《こわば》った口がようやく動くようになるまで、ずいぶん長くかかった。

「あの人もご亭主があんなんやったさかい、えらい苦労して。それでも、東京に行ってからは幸せやいうて、年賀状もくれるようになっとったし、よかったなあ思ったのやけど……長続きせえへんかったんやねえ」

「年賀状……」

浅見は気になった。

「その年賀状ですが、ご亭主だった背古さんには見せましたか？」

「ああ、見せてやったですよ。あんたがひどい目に遭わせはった恵美子さんが、いまは幸せになっとるでいうて。そしたら、それから間もなく徳さんは太地から出て行ってしもた。ショックやったんやろうかなあ」

多少、気がさすのか、仲居はしょんぼりと肩を落とした。それ以上に浅見のほうが疲労感に苛《さいな》まれた。その年賀状が原因で、背古とそれに更井までが殺されることになった。仲居はそれを知るよしもない。

亜希子はいつか浅見が食事をした、庭の見える座敷にいた。緑は彼女の横で無心に眠りこけていた。浅見が入って行くと、亜希子は放心したような目を向けた。植物園の時のような、鋭い光はすでに消えている。

「ああ、緑ちゃんは元気そうですね。よかった、よかった」

浅見は心底、そう思って、亜希子とは座卓を挟む位置の、畳の上に正座した。

「あなたは誰なの？」

「浅見という者です。いや、あなたが知っている秩父の浅見さんとは関係がありません。名前も秩父ではアザミと濁りますが、僕の浅見は濁りません」

自分でも少しのんびりしすぎているな――と感じながら、浅見はさらにゆっくりした口調で言った。

「あなたに報告しなければならないことがあります。残念ながら、お母さんは亡くなりました。追いかけたんですが、間に合いませんでした」

「永野は？」

亜希子は母親の死の詳細は訊《き》かず、涙も流すことなく、まず第一にそう言った。彼女の中では、恵美子の死はすでに織り込み済みになっているのだろうか。ああいう結末になることは、母親とのあいだで覚悟の約束が交わされていたのかもしれない。

「永野氏は助かりました」

「うう……」

呻《うめ》き声が洩《も》れた。悔しさで唇の端が醜く歪《ゆが》んだ。しかし、その表情のどこかに、悔しさとは裏腹の安堵《あんど》の思いがあるように、浅見には感じ取れた。男と女の愛憎の世界は、浅見には不可解な部分が多い。

「お母さんはなぜ永野氏を殺そうとしたのですか？」

「永野が私を裏切ったからだわ。私と約束したのに、上村《かみむら》の娘のところに婿入りしようなんて、許せなかったのよ。縁だっているっていうのに」

「上村？……」

上村とは誰だ？——と、頭の中の記憶をまさぐって、浅見は（あっ、あれか——）と思いついた。最近の写真週刊誌に「国際化時代の水産業界に君臨する親子鷹《おやこだか》」という見出しの記事があって、参議院議員会長で前の農林水産大臣・上村邦昌《くにまさ》と彼の一人娘の美《み》保《ほ》が写っていた。

上村は水産業界を支持基盤に参議院議員当選五回、憲政党の派閥の領袖《りょうしゅう》として現首相を擁立したメンバーの一人といわれる。娘の美保は外務省のキャリアで、父親顔負けの腕利きと評判の才媛《さいえん》だ。ことし四十歳になる彼女を射止める果報者は誰か？——と、かなり露骨に上村父娘を持ち上げる内容の記事だった。当然、雑誌側にはそれなりの報酬か、あるいは圧力がかかっていたにちがいない。

考えてみると、そういう圧力めいたものは写真週刊誌だけではなく、浅見のすぐ身近にある「旅と歴史」にも働きかけがあった。藤田編集長が妙に捕鯨再開に肩入れしたような姿勢で浅見に取材を依頼した時がそれだったのだ。そして途中で方向転換したのは、いかにも藤田らしく「正義」に目覚めたためだ。

「お母さんはあなたのお父さん、背古さんを殺していますね。十二月三日の晩、いったい何があったのですか？」

「あの晩はね、私は永野の用事で秩父のノルウェー貿易振興協会に更井を訪ねて、その後十時に、母と落ち合うことになっていたの。母は緑と一緒に石和の永野の温泉マンションにいて、車で迎えにきてくれたの。そこへ背古が現れたから、びっくりしたわ」

亜希子は「背古」と呼び「父」とは言わなかった。

「背古はね、五年前から私たちの居場所を知っていたんですって。だけど声はかけられなかったのよ。あんまり惨めったらしいからって。だのにあの晩、秩父で私が母と落ち合った時、突然、声をかけてきたの。『永野とは付き合うな』って。『永野は悪いやつや、六年前の心中事件もやつの仕業やし、二年半前の笹尾殺しも永野がやったんや』って。

私のこと心配してくれたのかもしれないけど、そんなこと、私たちが知らないと思ってたのかしら」

「というと、知っていたんですか？」

「そうよ、だって笹尾を殺した時、私も永野と一緒にいたんですもの。笹尾は心中事件をネタに永野を恐喝しつづけていたの。おまけに私にまで手を出そうとしたのよ。だから永野も我慢ができなくなって、『今回を最後に片をつける』って。永野はすごく緊張してたけど、せいぜい脅すだけで、まさか殺すとは思わなかった。でもあの人、最初から殺すつもりだったのね。そんなことと知らず、笹尾はくじら踊りの練習を終えた後、私を街角で拾って助手席に乗せ、永野が待つくじら供養碑の前までドライブしたわ。そこで、永野が後ろの席に乗って、笹尾が護身用にいつも載せてる自慢の銛《もり》でいきなり刺し殺したの。私はびっくりしちゃって悲鳴を上げたわ。それから永野は私が触った辺りの指紋を丁寧に拭《ふ》き取って、引き上げたの」

亜希子は明らかに精神を病んでいることを思わせる、妙に淡々とした口調で語った。

「それなのに背古は、何も知らないで、太地の心中事件を告発するって言うのよ。後で母から聞いた話によると、背古はね、その事件で心ならずも笹尾のためのアリバイ工作に加わって、共犯みたいなことになっちゃったんですって。捕鯨再開を推進するリーダーとして、永野のことをすっごく尊敬していたのに、その永野がじつは結構、悪いことをしてるって分かったもんだから、いっぺんでクジラに対する熱が冷めたの。でも、永野が私と付き合っていることも知っていたから、じっと口を噤《つぐ》んでいたんですって。だけど、クジラを否定してはまわりから白い眼で見られるし、太地にもいられなくなって、東京に出てきたのね。そして、それとなく私たち母子の様子を見守っていたんですって。ところが最近、拾った週刊誌を見たら、永野が上村の娘と婚約するとかしたとかいう記事が出ていたもんで、頭にきて永野を告発するっていうの。そりゃ、私だって頭にきてたけど、そんなことをされたら、私たちだって破滅しちゃうじゃない。だから、母は仕方なく背古を殺すことに決めたのよ。

私にそのことを言って、『あんたは事務所で更井さんに会っている。アリバイが必要だから、あんたは早く永野さんのところへ行きなさい』って。母は自分には疑われる要素がないっていう自信があったのね。それからしばらく背古とドライブして、私のアリバイを作ったわけ。車の中には緑もいて、背古はしきりに、眠っている緑を抱きたがったみたいだけど、母はそのたびに怒鳴りつけたって言ってたわ。背古を殺すまでのあいだ、ものすごく長く感じたって」

殺意を抱きながら、深夜のドライブを続ける気持ちとはどんなものだっただろう。別れたとはいえ、元の夫を殴り、絞殺する――眠っていたとしても、孫娘の目の前で、祖母は「祖父」を殺害したのである。さらにその後、死体遺棄の場所を求めて、二時間も彷徨《さまよ》っている。鬼女のような凄《すさ》まじい光景である。浅見は体の中心から寒けに襲われた。

「しかし、その後、更井さんを殺したのはどうしてですか？」

気を取り直して訊いた。

「更井も永野を恐喝したのよ。あの人、私が秩父に行った夜に殺された背古がどういう人間かっていうのを、警察の聞き込みなんかからだんだん分かってきたみたいで、事件に私や永野が関係していることを疑《うたぐ》りだしたのね。それで、それまではペコペコしてばかりいた永野に、急に態度が大きくなって、いろいろ金銭的なことまで要求しそうになったんですって。

永野が、そんなことになったのを私と母のせいだって詰《なじ》るものだから、母が『それじゃ、私が始末するわよ』って、とうとう更井を殺しちゃったの。そうしないと、それを理由に、私たちを遠ざけて、上村の娘と結婚しようという永野の魂胆が見え見えだったの。その時も永野は、私と軽井沢の別荘にいて、隣の別荘の人を招待したりして、アリバイを作っていたわ」

「つまり、お母さんの犯行なら、警察もよもや思いつかないだろうと思ったのですね」

「そういうことね。そうやって、母は背古を殺し、更井も殺して私と永野を守ろうとしたのよ。それなのに永野は上村の娘のほうばかり向いて、私たちを裏切ったんだもの、母が永野を殺そうとしたのは当然でしょう」

亜希子はむしろ誇らしげにそう言った。

亜希子の永野に対する憎悪は、ごくありきたりのものだった。要するに永野は、結婚を約束して子供まで生《な》した亜希子から逆玉《ぎやくたま》の輿《こし》に鞍替《くらが》えしようとしたわけだ。

亜希子が永野稔明と知り合ったのは、彼女が山梨県の地元紙で女性記者としてスタートを切ったばかりの頃、当時、石和のリゾートマンションに来ていた永野を取材した時だった。しばらくは仕事上の付き合いだったが、やがて互いに太地町の出身であることを知ってからは急に親しい関係になった。亜希子は背古徳二郎の娘であることを決して言わなかったのだが、永野は間もなくそのことを知ってしまう。亜希子にとって憎悪の対象である父親も、永野から見ると、少年時代に憧《あこが》れた花形砲手の「背古徳さん」だ。いまや背古は永野の熱烈なシンパであり、車座集会の重要人物として付き合っている。それを言うと亜希子は耳を覆っていやがるので、永野もタブーに触れないようになった。それとは関係なしに、永野は亜希子の才媛に惚《ほ》れ込み、最初はただの恋愛でしかなかったが、やがて亜希子は妊娠、いずれは正式に結婚する約束を交わした。

しかし、永野が本気でそう思ったのはそこまでで、彼の野望が膨らむとともに、その約束の実現は先延ばしにされてきた。そのことを感じた亜希子はそれまで以上に永野に尽くした。母親の恵美子も娘の幸福のために、できうる限りの努力をしてきた。だが、そのすべてが無駄になり、ついに報われることはなかった。

文字どおり「国際化時代の水産業界」を担う、次世代のホープとして、永野稔明は上村邦昌の地盤を引き継ぐ恰好《かっこう》の人材にちがいない。そうして思いがけず、目の前に絢爛《けんらん》たる階段に続く門が開かれた。こうなれば永野のことだ、どんなに愛していようが、子供が出来ようが、そんなものはあっさり破棄して玉の輿に乗るタイプである。

とはいえ、永野にとっては亜希子の存在は最大の障害ではある。

才媛という点だけからいえば、亜希子とて美保に引けを取らないものがあったはずである。これまでは亜希子が永野の仕事にずいぶん役立ってきた。ある時期までは、仕事上でも頼りになるよきパートナーとして、亜希子を生涯の伴侶《はんりょ》とする気も、永野にはあったと思える。亜希子も当然、永野の「真実」を信じ切っていたことだろう。それが上村美保の出現で豹変《ひょうへん》した。そうでなければ、亜希子がこんな風に、精神に異常をきたすほど憎悪の炎《ほむら》を燃やすようになるとは考えられない。

「お母さんは亡くなりましたが、永野氏も破滅しましたよ」

浅見は静かに言った。

「永野氏は笹尾正晴さんを殺害したことを自供しました。それから、浅見和生さんと清時香純さんの偽装心中事件の真相も話しました。彼の別荘の庭には、香純さんの遺体がコンクリート詰めになって埋められています。もはや永野氏が社会に復帰する可能性はほとんどないといっていいでしょう。あなたとお母さんの復讐《ふくしゅう》は終わったのです」

亜希子は虚《うつ》ろな目になった。これまでの目まぐるしい転変が、頭の中で渦を巻いているにちがいない。やがて焦点を浅見の顔に合わせて、ポツリと言った。

「どうすればいいの」

それには答えずに、浅見は小さな庭の景色を眺めた。静寂の中に、緑のかすかな寝息が聞こえていた。

「太地に生まれて、いまこうして太地にいる。あなたのこれまでの人生は夢のようだとは思いませんか」

「…………」

亜希子は黙って、浅見が見ている庭先の冬枯れの草むらに視線を落とした。彼女の脳裏には三十年の人生が走馬灯のように流れていることだろう。

これから先どうすればいいのか――という亜希子の不安と困惑に、浅見は適切な答えをなかなか見つけられなかった。亜希子とそう年齢差もなく、「人生経験」という点では、むしろ「世間知らず」の浅見なのである。ただ、恵美子と亜希子のこれまでの人生の辛酸を思えば、せめて亜希子と彼女の愛児には幸せになってもらいたいと思うのみであった。

浅見の困惑と気詰まりを救うように、襖《ふすま》が開いて、仲居の前地サトカに先導された太閤丸の主人夫婦が現れた。

「どんなやろ、亜希子さん」とサトカが話しかけた。

「しばらくここのお宅で暮らしたらええんと違う？　女将《おかみ》さんもそうしたらええて言うてます。なあ、女将さん」

「そうやなあ、そんなにしたらどうや。うちは子ォも孫もないし、亜希子さんはうちの香純と同い年のお友だちやったし、まるきし他人いう気もせえへんのや。緑ちゃんもこれから大切な時期やわ。何も心配せんと、この家でゆっくり住んだらええ。な、そうしなさい」

「そや、そうしたらええ」

清時も無骨に、そう言った。

それからまた、長い沈黙の時間が流れた。岬の方角でトンビが「ピーヒョロロ」とのどかな笛を吹いた。

亜希子はその鳴き声が聞こえた空に目を向けて、ゆっくり頷《うなず》いてみせた。

6

それから二日を費やして、永野稔明と柴田亜希子への訊問《じんもん》により、大まかな事件内容は明らかになった。以下は、その後の取り調べ段階を含めた永野の供述や関係者の証言等に基づく「事件ストーリー」である。

浅見和生と清時香純が殺された「偽装心中事件」を、新宮署と和歌山県警がまんまと犯人側の狙いどおり見逃した事情は、ある程度やむをえないものがあった。

永野の供述によると、あの事件は最初から笹尾が殺人を実行することで話がついていたのだそうだ。問題は笹尾のアリバイ工作だけで、それを永野が計画した。

永野はしばしば出身地である太地を訪れては、町の連中と車座集会のようなものを開き、情報収集を図っていたから、笹尾や背古とも面識以上のものがあった。

ある時、笹尾の車で別荘に送ってもらった道すがら、浅見和生への反感の話題から、和生が清時香純を「略奪」しようとしている話に発展し、笹尾は香純への熱愛をぶちまけた。笹尾は幼馴染《おさななじ》みの頃から香純が好きで、あれほどの乱暴者が——と意外なくらい、香純に対しては純情だったようだ。

香純に思い切って結婚を申し込んで、あっさり断られると、「そっか……」とがっかりしたが、すぐに気を取り直して、「ほかに誰か好きなやつがいるんか?」と訊《き》いた。香純は少し躊躇《ためら》ってから、浅見和生との交際を打ち明けた。愛しあいながら、父親の強硬な反対で困っていること、しかも妊娠していることまで話して、どうすればいいかと笹尾に相談した。

笹尾はその時は「それは大変だなあ」などと同情めいたことを言い、「おれでよければ力になるよ」などと言ったが、腹の内は煮えくり返るほどで、頭に血が昇った。

永野に打ち明け話をした時、「香純もあの余所者《よそもの》の新聞記者もぶっ殺してやりたい」と笹尾は息巻いたのである。

その「ぶっ殺したい」部分に関しては、永野と笹尾の利害は一致した。

それより少し前、捕鯨七ヵ国連絡会議が和歌山市で開催されることについて、永野のところに浅見和生が単独インタビューに来て、ひどく気になることを言っていたのだ。

「ノルウェーが鯨肉を日本向けに輸出する密約が進行中だそうですね。その仲介役に水産庁関係の大物が暗躍しているという話があるのですが」

永野はギョッとした。その「大物」とは、ほかならぬ永野自身のことだ。和生が明らかにそれを承知の上で言っているとしか思えなかった。その場では和生は何も要求せず、それ以上の話の進展も振ってこなかったが、しかしその発言だけでも、永野の心胆を寒からしめるには十分だった。

情報源はどこか分からないが、ノルウェーの鯨肉問題は秘中の秘である。それを摑《つか》んでいるという和生の潜在能力が不気味だった。和生に圧力をかけても、あるいは買収を画策しても、かえって墓穴を掘る結果になりそうだ。このままでは手に入れかけている巨額の仲介料もフイになるし、道義的に指弾され、破滅しかねない。災厄を萌芽《ほうが》のうちに摘み取るにはどうすればいいのか、永野は寿命が縮むほど思い悩んでいたところであった。

もっとも、和生が永野を脅迫した事実があるわけではない。あくまでもそれは永野の思い込みからきた、被害妄想であるのかもしれなかった。

笹尾の激昂《げっこう》を聞いて、永野は「完全犯罪」を思いつく。まず、「口で殺すなどと言う人間にかぎって、実行はできないものだ」などと唆《そそのか》して、笹尾を煽《あお》り駆り立てた。

「いや、自分はやる時はやりますよ」

笹尾は大口を叩《たた》いた。いったん口にすると、もはやこの単細胞人間は引っ込みがつかない。それを見極めたところで、永野は「完全犯罪の方法がある」と切り出した。

「浅見和生と香純が相思相愛だというのなら、なおのこと好都合だ。二人の駆け落ちのシナリオを書いてやればいい」

永野の指導どおりに、笹尾は動いた。まず香純に、「書き置きみたいなものを書いて、頑固な親父さんを脅かしてやれよ」と知恵をつけた。これに香純が思いのほかあっさり乗ってきた。「ロミオとジュリエットみたいやわ」と面白がったそうだ。そしてこのアイデアを和生に提案した。和生は最初、乗り気ではなかったが、香純の父親が「新聞社を告訴する」と怒り、窮地に立たされていたため、香純に説得されて納得し、その夜、永野の別荘で全員が落ち合った。

乗り気でなかった和生も、太地の町で初めて、自分たちの仲を祝福してくれる存在に出会って、心を動かされるものがあったにちがいない。そうして、なかばゲームのような気分で、和生と香純は「書き置き」を作り、後で「黒枠の招待状」に書き替えられた結婚披露の葉書の下書きも、それに添えたのである。

永野と笹尾、和生、香純の四人は和気あいあい、酒を酌み交わした。アルコールがほどよく回った頃、永野と笹尾はクロロホルムを浸した布を手に和生と香純を襲う。二人が意識を失うと、永野は結婚披露の葉書の下書きに黒い縁取りをして、「心中」であることを強調した。そして笹尾は寝室から、眠りこけた背古徳二郎を運んできた。

じつは背古は和生たちより一時間ほど早くきて酒宴に参加している。その背古に永野は睡眠薬入りの酒を飲ませ、和生たちがやって来る前にいかにも飲み潰《つぶ》れたように眠らせた。

背古が眠っている間に、永野と笹尾は香純と和生をそれぞれ助手席に乗せ、継子投げの断崖《だんがい》に運んだ。まず笹尾が自分の車の和生を担ぎ上げ、断崖から投げ捨てた。永野は香純の車を運転してきていたが、自分で手を下す度胸がないので、車から遠く離れ、笹尾が香純の始末をするのを傍観していた。

笹尾が永野の車の助手席にいる香純を抱き上げようとした時、異変が起きた。香純が意識を取り戻し、猛烈に抵抗したのだ。叫び声を上げる香純を、笹尾は思わず両手で絞め殺した。

「ばかっ、絞め殺すやつがあるか！」

永野が気づいて怒鳴った時は遅かった。

「だめだ、海へは捨てるな。絞殺の証拠が残ったじゃないか」

しばらく茫然《ぼうぜん》としたが、背古が覚醒《かくせい》する恐れがある。ぐずぐずしてはいられなかった。

二人はとりあえず香純の死体を車に乗せ、「靴」と「遺書」と「黒枠の招待状」を断崖上に置き、香純の車を残して別荘に戻った。

背古はそれから間もなく、酔いから醒《さ》めたように目覚めた。二人は背古の泥酔を笑い、さらに酒を酌み交わした。酒宴は深夜まで続いた。背古は酔いと睡魔の狭間《はざま》で、朦朧《もうろう》状態だったが、意識としては最初から最後まで、宴席にいたつもりのようだった。

思わぬアクシデントが発生したものの、アリバイ工作に関しては問題なかった。かりに警察が偽装心中を疑っても、永野稔明のネームバリューと信用度からいって、ここまで捜査の手が及ぶ恐れは皆無と考えてよさそうだ。しかも、笹尾のアリバイを完璧《かんぺき》なものにするために、もう一人「善意の第三者」として背古徳二郎を介在させてある。

背古はもともと永野に対して畏敬《いけい》の念を抱いていた。クジラ問題に関しての永野には、カリスマ性があったといっていい。

翌日、和生の死体が岬に漂着し、やがて「心中」が役場職員等によって発見されて、大騒ぎになった。警察の捜査が本格化した頃には、永野はすでに東京に引き上げていた。予測したとおり、永野たちに疑惑が及ぶことはなかった。三人の中では笹尾だけが香純と親しい関係にあったため、一応、事情聴取が行なわれたが、笹尾のアリバイは永野と背古によってしっかりと保証された。

そして永野が留守のあいだに、笹尾は香純の死体を永野の別荘の庭にコンクリート詰めにして埋めたのである。

その一年後、背古は太地を出奔することになる。ことの起こりは永野の本質を垣間《かいま》見たためである。

背古は元花形砲手として、太地がふたたび捕鯨の基地港としての繁栄を取り戻す日を夢みていた。永野稔明が世界を相手に捕鯨再開を声高に主張する姿に心底、傾倒していた。しかも永野が娘の亜希子と親しい関係にあることを、多少恩着せがましく聞かされていた。好き勝手をやって妻子を不幸にした背古にとっては、娘の亜希子の幸せを祈ることだけが、せめてもの罪滅ぼしのようなものであった。その亜希子が高名な永野先生の傍にいられることは、背古にとってはこれ以上、望みようのない喜びなのだ。

その日、背古は太地沖で捕れたばかりのカツオをぶら下げて、永野の別荘を訪れた。勝手口からそっと入って、台所でカツオを捌《さば》いて帰るつもりだった。その時、永野が電話しているのが聞こえてきた。相手が何者なのかは、むろん背古は分からない。ただ、永野がこれまで背古が聞いたこともないような猫撫《ねこな》で声で喋《しゃべ》っているのに驚いた。

「はい、もちろんご安心ください、万事おっしゃるとおりに進行しております……はい、はい、いや、捕鯨推進派などというものは、景気よく煽《おだ》てておけば尻尾《しっぽ》を振ってついてきます……太地の連中は単純ですからね……もちろん、水産業者はなんぼでも金を出します……ははは、まったくですね……捕鯨国関係からの運動資金や、政府関係からの機密費も潤沢です……はい、承知いたしました」

あとは聞くに耐えなかった。背古は息が停まりそうになりながら、永野の別荘からよろばい出た。

その夜、背古は笹尾を呼び出した。昼間の一件を話し、「どういうことやろう?」と言った。

「どういうことって、徳さんが聞いたとおりやがな」

笹尾は事も無げに答えた。

「永野いうのはそういう男や。表面は偉そうやけど、ほんまは金に汚い、泥棒みたいなやっちゃ。徳さんは知らんやろが、あの心中事件かてな……」

さすがに笹尾は口を噤《つぐ》んだが、意味ありげな目を背古に向けて、ニヤリと笑った。

「なんや、どないしたんや？」

「要するにやね、徳さんは永野に利用されたということや」

「利用？　嘘を言うな！」

「嘘や思うんやったら、永野に会《お》うて訊《き》いてみたらええ。あんた、あの晩、わしに何を飲ませたんや、言うてな」

「飲ませた？……何のこっちゃ？　わしに何を飲ませたんや？」

「ははは、酒豪の徳さんのわりには、よう眠っとったやないか。永野の別荘で何があったんかも知らんとな」

「何があった……」

背古は愕然《がくぜん》とした。恐ろしさで、体がガタガタ震えた。

（そうか、そういうことやったんか――）

恐ろしい疑惑が黒い雲のように頭を覆い包んできた。

それから間もなく、背古は永野を訪ね、詰問している。立ち聞きした電話の内容と笹尾に確かめたことをぶつけ、真相を話すように迫った。その時の背古の様子は尋常ではなかった――と永野は取調官に語っている。唇は紫色に染まり、全身がブルブルと震え、手は茶碗《ちゃわん》が持てないほどだったそうだ。

永野は逆に落ち着いて背古を説得した。確かに自分のやっていることは社会通念に反してはいるが、この世の中で大きな仕事を成し遂げるには、この程度の悪事は許容範囲だ。自分は亜希子と近いうちに結婚するつもりだ。あんたも亜希子の父親なら、娘の幸せのために目をつぶるべきだろう。第一、例の心中事件で二人を殺したのは、笹尾なのであり、私とあんたは彼のアリバイを証明しただけなのだしな――と開き直った。

敗北したのは善人である背古の側だった。悪魔のような永野を前にして、背古は何も言えずにすごすごと退いた。惨めさと恐ろしさで、目の前の海が真っ黒に見えた。悪いのは永野に違いないが、背古自身も永野や笹尾の悪に手を貸して、愛する太地浦を人間の血で穢《けが》した罪から逃れることはできない。

（罰だ――）と背古は震え上がった。何十何百のクジラをこの手で仕留めたことに対する天罰だ――と思った。

背古はその瞬間から次第に「クジラ離れ」に取りつかれてゆく。クジラを獲《と》ること、クジラを食うことに罪悪感を抱いたクジラ捕りなど、矛盾もいいところだ。背古は太地での居場所を無くした。

それから一ヵ月ほど経って、「わしは太地を出る」と、背古は笹尾に告げた。

「おめえもえげつねえが、永野稔明いうのは恐ろしいやつや。恐ろしいが、亜希子のためを思えば、永野に楯突《たてつ》けんのじゃ。これはクジラの祟《たた》りやで、きっと。クジラが恐ろしいようになってしもては、わしはもう、太地に住むわけにはいかん。あとは東京に行って、亜希子のそばに住んで、陰ながら死ぬまで亜希子を見守ってゆくつもりや」

そう言い残して、背古は生まれ育ち、住み慣れた太地を出て行った。

それから間もなく、笹尾が永野を訪れている。笹尾は背古のことを話し、永野を皮肉混じりに脅した。

「徳さんはアホやさかい、あんたに負けて太地を出て行ってしもうたが、おれは違うで。負けるんはあんたや。おれは失う物は何もないけど、あんたにはいっぱいある。多いところから少ないところに流れるのが、自然の摂理いうもんと違いますか？　な、先生」

その瞬間、永野は殺意を抱いた。はぐれクジラのようなこの無頼な男を、クジラ捕りの銛《もり》で突き刺してやりたい衝動が襲ってきた。しかし、実際に永野が笹尾を刺し殺すまで、それから二年半の歳月を要した。その間、永野は笹尾の執拗《しつよう》な恐喝に怯《おび》え、パッキングの緩んだ蛇口のように、細々と、しかしとめどなく金を流し続けたのである。

笹尾にしてみれば、これほど旨《うま》い蜜《みつ》の味はなかっただろう。相手の臆病《おくびょう》さかげんは、継子投げの凶行の時に見極めている。よもや反撃などあるはずがないと見くびった。その油断が結局、この乱暴者の死命を制することになった。

事件の背景には、やはり柴田母娘の二十年にわたる波乱の人生があったことを語らなければならない。

太地を出奔したあと、柴田恵美子・亜希子母娘は奈良県吉野郡のダムを皮切りに、岐阜県、長野県、そして山梨県へと住居を転々とした。その間に亜希子は小学校を卒業し、中学時代を過ごし、高校生活を送った。どこも工事現場に近い飯場か宿舎での暮らしだった。荒くれの男たちに混じって、恵美子は逞《たくま》しく生き抜いた。そして亜希子が大学に入った時から山梨県塩山市に住居を定めた。恵美子は一人、秩父の浦山ダムで働いて、亜希子の学費を稼いだ。女手一つで必死の頑張りだった。亜希子が仕事に就き、やがて永野にめぐり会って、ようやく経済的に恵まれた生活ができるようになるまで、恵美子の「闘い」は続いた。

新宿のマンションを浅見が鈴木と一緒に訪れた時、恵美子は「亜希子は中学しか出ていない」と嘘をついている。調べればいずれ分かることであるのに、そういう嘘をついた理由がよく分からない。そんな風に、自分たちが悲劇の荒波に翻弄《ほんろう》された哀れな母娘である――と装うことによって、事件はもちろん、永野との関わりを隠蔽《いんぺい》しようとしたのだろうか。そうしてまでも、自分たちの築き上げてきた幸せを守りたかったのだろうか。その思い込みは、浅見のようなぬるま湯に浸《つ》かったような人生を送っている者には、到底、理解できないのかもしれない。

浅見は恵美子と亜希子母娘のあいだにある絆《きずな》を思った。またしても背美クジラの母子を連想してしまう。長い「航海」の果てにようやく辿《たど》り着いた平穏の海――と思った時、突然、勢子舟に襲いかかられた驚きと恐怖が、母親を狂暴な殺人者に変えてしまった。

背古が秩父で母娘に声をかけた瞬間、彼の運命は定まったようなものだ。背古は「子連れ背美クジラ」の恐ろしさを忘れていた。ましてそれを知らない更井は、恵美子の過剰反応ともいえる憎悪に叩《たた》きのめされることなど、思いもよらなかっただろう。

更井が殺されたのはトバッチリのようなものだったかもしれない。更井は背古が殺された晩、亜希子が秩父にいたことを知っていたし、警察がそのことに強い関心を抱いていることも知っている。どうやら柴田亜希子が背古の死に関わっていたらしいと勘繰った。当然、その話を永野にしただろう。警察に亜希子のことを伏せる一方で、永野に対してはそのことをネタに恩着せがましいことを言ったにちがいない。

永野の話によると、更井が和生に洩《も》らしたのは、ノルウェーの鯨肉輸出に関する情報だったそうだ。ノルウェーが鯨肉を輸出するとなれば、対象となる相手は日本以外にはない。そういう話をして、更井はいかにも消息通であるかのごとく若い新聞記者にひけらかしたのである。

その後、浅見からの電話で浅見和生の「変死」事件の話を聞いた。更井は自分が和生に洩らした「情報」が原因でその「事件」が起きたと直感し、最初は驚いたものの、後にそれが使い方しだいでは恐喝のネタになると気づいたようだ。いかにも忠義者ぶってご注進に及んでいるが、「私は知っていますよ」という底意が見え見えで、永野にとっては、これもまた潜在的な脅威であった。

とはいっても、笹尾のケースとは異なり、更井が恐喝を実行できるようなワルではないことは、永野は承知していた。永野のしたたかさは、それを逆用し、禍《わざわい》を転じて福と為《な》すような才覚にある。

永野は柴田母娘に「更井がでかいツラをするのは、お前たちがヘマをしたせいだ！」と詰《なじ》った。それを口実に柴田母娘を遠ざけようというのが狙いだった。永野の誤算は柴田母娘がよもやそれにまともに反応するとは思わなかったことにある。

驚いたことに、恵美子は永野の「いやみ」を聞いてすぐ、更井の始末をつける決意を固めたらしい。永野と亜希子を軽井沢の別荘に缶詰にして、二人のアリバイを確保しつつ、更井殺害を実行した。まさに男顔負けの果断の措置——というべきだが、仕掛けたはずの永野は震え上がった。柴田母娘を知り尽くしているはずの永野でさえ、背美の母子の恐ろしさを甘く見ていたのである。

永野の背信行為がいつ頃から始まったのかはともかく、そのことを悟った時から、亜希子は明らかに精神状態が不安定になった。永野の行く先々に現れては、異常な行動で永野への重圧をかけようとする。新宮市で講演会があった時など、太地の「くじらの博物館」で勢子の人形に銛を突き刺した。関係者のあいだだけで囁《ささや》かれたような事件で、「犯人」が誰かも分からず仕舞い、新聞沙汰《ざた》にもならなかったが、永野にはその「いたずら」が亜希子の自分に対する嫌がらせであることはすぐに分かった。

亜希子の永野に対するプレッシャーは、それ以外にも、清時香純が生前、愛用していたような「青いコート」を着て、太地の岬に出没してみせたり、浅見順子に電話をかけたりと、さまざまな形で行なわれた。「怪電話」は太閤丸の清時家にもかかっていたそうだ。

過去の殺人事件を脅しの材料に使ったのは笹尾が先である。笹尾は自分が犯した「偽装心中殺人」を逆手に取って、永野を恐喝しようとした。結局、永野によって「返り討ち」に遭うのだが、その脅しのやり取りは亜希子の知るところとなってしまう。いずれにせよ、笹尾の手法を真似たわけではないにしても、亜希子は旧悪をチラつかせることで、永野にストレスを与えつづけた。

このまま暴走させていては破局に繋《つな》がる。永野が亜希子の「清算」を考えたことは、想像に難くない。だが、それは柴田母娘にとっては逆に「復讐《ふくしゅう》」のチャンスでもあった。

こうして、永野と柴田母娘はそれぞれの殺意を胸に秘めて太地に来た。

永野から亜希子に「二人で太地に旅行しよう」という誘いがあった時から、恵美子と亜希子とのあいだでは永野に復讐する計画が語られていたそうだ。母娘は今回の太地行きを永野の誠意を確かめる最後のチャンスと捉《とら》えていたらしい。ひょっとすると、永野が亜希子を誘った目的が、「別れ話をするため」だと勘づいていたのかもしれない。

恵美子は亜希子や永野よりひと足先に、前日から那智勝浦町に投宿していた。亜希子から電話があった時、恵美子は刑事たちの前でいかにも自分は太地へは行かないように演技してみせている。どうせ刑事は亜希子を追って太地へ行くだろう。刑事の目を亜希子に向けさせておいて、自分は永野と落ち合い、永野の真意を確かめ、あるいは永野に亜希子の元に戻ってくるよう懇願することにしていた。その返事しだいでは、永野を道連れに死ぬ覚悟ができていたにちがいない。母親の死を聞いた時の亜希子の反応を見ると、その可能性も十分あったかのように思える。結局、恵美子は身を捨てて永野を殺し、娘の生命とプライドを守ろうとしたのだ。

　那智勝浦港に着いた後、亜希子が青岸渡寺に行った目的は何だったのか、浅見はその時は想像がつかなかった。境内に佇《たたず》んで、すぐには参拝する気配もなかったので、単なる時間つぶしかとも思えたのだが、彼女はあの時点で尾行者に気づいていたのかもしれない。いや、ことによると、青岸渡寺が母親との落ち合い場所だった可能性もある。あの場所にすでに恵美子が来ていれば、尾行者が刑事であることを亜希子に告げたはずだ。そして亜希子は「くじらの博物館」で刑事の注意を引きつけておいて、カゴ抜け詐欺よろしく、あざやかに恵美子に車をバトンタッチした。

　恵美子がどこでどうやって永野を乗せたのかなど、最期の瞬間に至る経緯については、これからの永野の供述を待つことになるが、永野にしても、よもや恵美子が、車ごと断《だん》崖《がい》からダイビングするとは予想もつかなかっただろう。間一髪、助かったのは悪運の強さというほかはない。

エピローグ

十二月三十一日の夜、浅見はようやく南紀から戻り、その足で秩父の浅見家を訪問した。太地の事件の後始末のために、ずっと足止めを食らっていた。秩父署からは応援部隊が駆けつけ、現場検証のため、鈴木部長刑事を含めた十数名が、現地で正月を迎えることになったそうだ。

「和生さんと香純さんの心中事件は、偽装殺人事件であることが立証されました。六年ぶりにお二人の名誉は回復されたのです。とりあえず、そのことだけでもご報告したくて、お邪魔しました」

浅見俊昭、順子親子を前に、浅見はかたちを正してそう言った。

「そうですか、そうでしたか……いや、ありがとうございました。本当にありがたいことです。ありがとう、家内にも伝えてやりたかった。本当にありがとう」

俊昭は何度も頭を下げた。順子はただ黙って、涙を拭《ぬぐ》っていた。名誉は回復されたといっても、亡くなった和生が戻ってくるわけではない。失われたものは彼の生命だけにとどまらない。和生が持っていたあらゆる可能性や希望や、家族をはじめ周囲の人々と分かちあえたであろう幸福など、計ることのできない大きな価値が、もはや二度と還《かえ》ることはないのである。

しばらくは、俊昭と順子の口から、和生の思い出話が語られた。

「繰り言を話しても詮《せん》ないことですな」

俊昭は苦笑して、「そうだ浅見さん、あなた除夜の鐘を聴いて行きませんか」と話題を変えた。

「秩父は蕎麦《そば》が旨《うま》いと評判でしてな。武蔵屋という、うちの馴染《なじ》みの店の自慢の年越し蕎麦をご馳走《ちそう》しますよ。な、順子、それがいいだろう。おまえの手作りのお節料理もお出しするといい」

矛先を向けられて、順子はなぜか顔を赤らめた。

「それはいいけど、でも、浅見さんのご都合もお聞きしなければ」

「そうか、そうだな。浅見さんどうですか、どうせあなたもお独りなんだから、一緒に年を越しませんか。それとも、どなたかとお約束でもあるのかな?」

「いえ、残念ながらそんなものはありませんが、じつはまだ自宅に戻っていないのです。おまけに、おふくろがなかなか煩《うるさ》くて、居候なら新年ぐらい家族と一緒に迎えなさいと、きつーく命令されておりまして」

それは必ずしも嘘ではない。家族揃って除夜の鐘を聴くのは、浅見家の不文律といってよかった。

「そうですか、それは残念」

俊昭も順子も、心底、残念そうな顔をしていた。

帰宅は午後十時を回っていた。兄・陽一郎を含む浅見家の全員がリビングルームに顔を揃えていた。「紅白」で盛り上がるテレビの画面から、いっせいに振り返って、次男坊の帰宅を迎えた。甥《おい》の雅人が「叔父《おじ》さん、お土産は？」と訊《き》いた。

「雅人、なんですか」

兄嫁の和子が叱責《しっせき》した。

「お土産はなし。クジラ肉を買ってこようかと思ったけど、みんなが反対すると思ってやめたんだ。僕は食べてきたけどね」

「なあんだ、つまんない。ぼくも食べてみたかったんだけどな」

「きみはクジラは食べない主義だったはずだぞ」

「主義と現実は一致しないんです」

「ははは、生意気を言うな。それより須美ちゃん、晩飯を食べていないんだ。まだ年越し蕎麦には時間が早すぎるのかな」

「いいですよ、坊ちゃまが召し上がりたいのでしたら、お作りしますけど。でも、どういたしましょうか？」

須美子は大奥様の雪江に伺いを立てた。

「そうね、そろそろいいんじゃないかしら、雅人と智美はおねむの時間でしょうし」

「あら、私は眠くなんかありませんよ」

「ぼくだって」

浅見はそういうやり取りに背を向けて、自室に着替えに入った。浅見家のこの幸せな雰囲気に浸っていることが、何かひどい罪悪であるようにさえ思えた。

ドアがノックされて、開けると兄が佇んでいた。

「太地は終わったのか」

「ええ、お蔭様《かげさま》で」

「お蔭様はないよ、ご苦労さんだった」

それだけ言って、刑事局長は立ち去った。たったそれだけのことで、「きみの捜査は終わった」と宣言されたような気分だった。

自作解説

妙な話だが、本書『鯨の哭《な》く海』の圧巻は、第一章の冒頭に出てくる浅見《あさみ》家の食卓風景の中で「鯨を食べるべきか否か」について語られる、雪江《ゆきえ》と孫の雅人《まさと》の会話である。戦前派の雪江は、かつて鯨を常食にし、旨《うま》いと思った時代を生きてきた。対する雅人は、現代っ子で、鯨を食べた経験はもちろん、食べたいと思う欲求も持たない。その中間のような時代に育った浅見光彦《みつひこ》は、両方を等距離で見ることができるし、それぞれの意見にそれなりの共感を抱ける──という立場だ。この三者三様に対立した構図が、作品の全編に流れているのだが、捕鯨問題がミステリーのモチーフになるなどとは、あまり考えつくものではないと思う。

一九八二年、国際捕鯨委員会が商業捕鯨の一時禁止を決議し、八八年に実施されてから現在に至るまで、捕鯨は「一時禁止」状態のまま推移している。わが国では「調査捕鯨」に名を借りて、限られた頭数のミンククジラを捕獲、その肉が市場に流通しているが、建前としては商業捕鯨は行なわれていないし、今後いつ再開されるかもメドが立っていない。なぜなら、捕鯨国はごく少数派であって、アメリカ、オーストラリア、イギリスなど、ほとんどの国が頑《かたくな》に捕鯨禁止を主張し続けているからだ。

こういう状況を背景にして、物語は展開する。舞台は「捕鯨のふるさと」ともいうべき和歌山県太地《たいじ》である。ところが、プロローグは埼玉県秩父《ちちぶ》、海なし県の山間《やまあい》の町からスタートする。まるで対照的な二つの土地が、やがて一本の糸で結ばれてゆく。この意外性に満ちた設定の面白さが「旅情ミステリー」の醍醐味《だいごみ》かもしれない。『鯨の哭く海』は自分で言うとおこがましいが、掛け値なしに面白い。しかし、この作品が誕生するまでの経緯には、これまであまり語ることのなかった秘話（？）がある。

『鯨の哭く海』は六百枚を超える長編だが、じつはこれと同名の百枚の短編小説を十五年前に「別冊婦人公論」誌上に発表している。いまでこそ「短編書かない主義」を標榜《ひょうぼう》し、実行しているが、当時はそこそこ、短編小説にも手を染めてはいた。雑誌社からの要望もあったが、多少、露悪的に言えば、新聞紙面に雑誌の広告が出た時、著者名が麗々しく載るのが魅力という、ばかげた動機も手伝っていた。「別冊婦人公論」には一九九〇年春号から一九九一年春号にかけて「南紀ミステリー紀行」と銘打ち、『還らざる柩』『鯨の哭く海』『龍神の女』を書いたのだが、とどのつまり、これがきっかけとなって「短編書かない主義」に急速に傾いていったような気がする。理由は「面白くない」からである。作品自体が面白くないこともあるけれど、短編小説を書く作業がどうにも性に合わず、面白くなかった。

機会あるごとに表明しているように、僕はあらかじめプロット・粗筋を用意しないで小説を書く。取材メモを取らないし、ましてストーリーを構築してノートに書き綴《つづ》るようなことは一切しない。登場人物も事件も、思いつくままに書いてゆく。主義や目的があってそうだというのではなく、単にそういう作業が苦手——というのが本当の理由だ。

モチーフやテーマを思い浮かべたら、それに必要な資料を集め、取材する。逆に取材先でモチーフに出会い、テーマを思いつくこともある。連載開始時期が迫っている場合にはすぐに執筆を開始するが、大抵は取材だけ済ませて、しばらく放置しておく。そのあいだに新たな情報が追加され、醸成もされる。いずれにしても、書き始める時はプロットを用意していない。書き下ろしの場合など、タイトルも決まっていないことさえ珍しくない。要するに五里霧中、手さぐり状態で書き進めてゆくのである。

こういう創作法は長編小説の場合には具合がいいのだが、短編で枚数制限があると、なかなか難しい。ある程度、設計図ができていないと、どこまではみ出してしまうか、収拾がつかなくなりかねない。その典型的な例が『鯨の哭く海』の短編版だった。

いやだいやだと思いながら、締切りに迫られ、心ならずも作品を発表してしまう。そんなことはそう何度もあるわけではないし、自分で思うほど、出来上がりが悪くないケースもあるのだが、『鯨の哭く海』に関しては自信を持って（？）不出来だと思った。許されるならボツにしてもらいたかったのだが、雑誌の紙面を白紙にするわけにもいかず、そのまま掲載された。ただし、本来なら「南紀ミステリー紀行」三部作を纏《まと》めて、単行本化する予定の出版計画は白紙にしてもらった。

この「悲劇」には後日談があって、『還らざる柩』と『龍神の女』の二作を合体させて『熊野古道殺人事件』という長編小説に仕立てた。一九九一年秋のことである。

雑誌に書きっぱなしで単行本にしないというのでは、出版社は困る。その事情はよく承知しているから、何とかしてその要望に応《こた》えるのが作家業者の務めだと思っていた。「南紀ミステリー紀行」の連載が終わった直後には、すでにその作業にかかっている。この短編二作はまずまずの出来だったのだが、単行本にするには枚数が不足していたために、窮余の一策として長編化したという裏事情もある。それはそれとして『熊野——』は面白い作品になった。その詳しい経緯については、中公文庫版の『熊野古道殺人事件』に自作解説を載せているので、機会があればお読みいただきたい。

さて、継子《ままこ》扱いされた『鯨の哭く海』はその後も長いこと陽の当たらぬままだった。ただし、小説としては気に入らなかったとはいっても、鯨をモチーフにしたアイデアそのものは悪くなかったのだ。ことに捕鯨禁止問題は、僕の得意な分野である社会派ミステリーのテーマとして捨て難いものがあった。ちょうどその頃、祥伝社で長編ミステリーを書き下ろす時期にあったことから、担当編集者の辻浩明氏にその話をしたのがきっかけで、短編『鯨の哭く海』の長編化を進めることが決定した。

とは言っても、短編の『鯨の哭く海』は、長編『鯨の哭く海』ではほんの一部、太地町で起きた事件のエピソードとして使われているにすぎない。作品のほとんどは新たな発想と取材によって創作された。ことに秩父で発生した殺人事件が太地の事件と結びついてゆく展開の意外性には、書いている本人が引き込まれた。こんな風に、この先はどうなるのだろう――と思いながら書き進めるのが、長編小説を書く者にとって至福の時なのであって、プロットを用意してしまっては、それを自ら放棄するようなものだと僕は思う。

狂言回し役を務める浅見光彦の行動も、僕の創作法同様、先が見えない状態で進んでゆく。だからこそ、浅見の眼前に現れる状況は驚きと発見に溢《あふ》れている。これが面白くないはずはない。しかも、浅見は現に見えているものばかりでなく、その背後に隠されたものまで視野に入れ、推理し、やがては奇想天外な事実を明らかにしてくれる。単なる謎解きで終わるわけではないのもいい。とりわけ、第二章のラストで国民宿舎やかんぽの宿等、官主導の施設が官吏の天下り先であったり、民間企業を圧迫し、国庫の赤字体質を生み出していることに言及するなど、社会派探偵の面目躍如たるものがある。

かくて『鯨の哭く海』は壮大な物語として完結した。

――と紹介すると、いかにも天才作家のごとく思えるけれど、じつはそんなに鮮やかなものではなかった。脱稿した後、数度の著者校正が行なわれるのだが、そのつど、矛盾点が続出して、大幅な改稿を余儀なくされた。意外性に富んでいるだけに、矛盾点も複雑で、しかも連鎖的だから、一箇所を修正すると、また別の箇所で辻褄《つじつま》が合わなくなってくる。おそらく改稿は二百枚分にも及んだのではないかと思う。刊行予定日が迫る中、連日の徹夜作業で完璧《かんぺき》な作品に仕上がったのを確かめた時は、辻氏と僕の助手の大《おお》林由梨《ばやしゆり》と三人で歓声をあげたものである。

『鯨の哭く海』は二〇〇一年四月に刊行された。短編『鯨の哭く海』を発表してから十年以上を経過していた。長編化する過程で、当然のことながら、短編の原型は僅《わず》かに形骸《けいがい》を残すのみになったものの、思想の底流に鯨への愛着と、捕鯨国ニッポンとの狭間《はざま》で揺れる思いがあることは、長短二つの作品に共通している。事件の背後にある複雑な人間関係として描いた男と女、親と子の悲しい物語でもあった。

過去には「別冊文藝春秋」誌上で百七十枚の中編として発表した『細い糸』という作品を、その後、光文社文庫で三百五十枚の長編『多摩湖畔殺人事件』として刊行した（一九八四年）ことはある。しかし、「南紀ミステリー紀行」の三つの短編から『熊野古道殺人事件』と本書『鯨の哭く海』を生み出したことは、それとは異なる貴重な体験になった。作業を通じて、創作は力業でもあることを学んだ。苦難もあったが、得るものも大きく、何よりも終始楽しく仕事ができたことで、満足感も格別のものがあった。この経験が、僕の「長編至上主義」を決定的なものにしたと思っている。

二〇〇五年八月

内田　康夫

解説

山《やま》前《まえ》　譲《ゆずる》

何かとマスコミの話題になる世界遺産に比べると、まだ知名度が低いかもしれないが、二〇一五年に日本遺産の認定がスタートしている。認定するのは文化庁で、日本遺産ポータルサイトによれば、〝地域の歴史的魅力や特色を通じて我が国の文化・伝統を語るストーリーを「日本遺産（Japan Heritage）」として認定し、ストーリーを語る上で不可欠な魅力ある有形・無形の様々な文化財群を総合的に活用する取組を支援します〟とのことだ。

以後、「日本遺産」は毎年、十箇所以上認定されている。その「日本遺産」に二〇一六年に認定されたのが、和歌山県の新宮市《しんぐう》、那智勝浦町《なちかつうら》、太地町《たいじ》、串本町《くしもと》を対象地域とした「鯨とともに生きる」だ。熊野灘《くまのなだ》沿岸で盛んだった捕鯨にまつわる旧跡、祭りや伝統芸能、そして食文化にスポットライトが当てられている。

二〇〇一年四月に祥伝社より書き下ろし刊行された内田康夫《うちだやすお》氏の『鯨の哭く海』は、そのタイトル通り、クジラがメインテーマだ。浅見光彦《あさみみつひこ》が、例によって「旅と歴史」から原稿の依頼を受け、紀伊《きい》半島の南西部に位置する太地町を取材で訪れている。

ところが、「プロローグ」はなんと、まったく海に面していない埼玉県の秩父《ちちぶ》市なのだ。秩父夜祭りで賑《にぎ》わうなか、スリやかっぱらいの警戒に当たっていた秩父警察署の刑事が不審な男に気付く。祭りにあまり関心を見せていなかったからだが、何かをするわけでもなく喫茶店に入っていった。見込み違いだったか——。ところが翌朝、その男の絞殺死体が公園で発見される。コートには「SEKO」というネーム刺繍《ししゅう》があったけれど、身元はまったく分からない……。

一方、渋谷《しぶや》の名店で（実在している）、「旅と歴史」の藤田《ふじた》編集長の奢《おご》りでクジラ料理を堪能《たんのう》したのが浅見光彦だ。煮物、揚げ物、刺身、鉄板焼き——それは美味だったが、ちょうど浅見家ではクジラ問題で家族会議があったばかりで、浅見の心境はなんとも複雑である。そして藤田編集長は、国際的な大問題となっているクジラをテーマにしたルポを依頼するのだった。

藤田編集長の「理論」の出所である水産庁OBの永野《ながの》に取材したあと、予想外の取材費を手にして浅見は、フェリーで那智勝浦へと向かう。かつて『平家伝説殺人事件』で、稲田佐和《いなださわ》の住む高知に向かう際に利用したルートだ。そして訪れた太地町の「くじらの博物館」で、展示されていた勢子《せこ》船の漁師の背中に、銛《もり》が突き刺さっているのに気付く。それが名探偵の琴線を刺激する。

役場の企画観光課の課長補佐に取材し、クジラ料理が自慢の国民宿舎に宿を取った。だが、二年半前に背中を銛で刺された未解決事件があり、さらに六年前には旧家の娘と新聞記者の不可解な「心中」事件が起こっていると知っては、名探偵の興味がクジラから謎解きへと移ってしまうのは仕方ないだろう。心中した新聞記者は浅見和生《アザミ》といい、秩父の出身だった。こうして名探偵は秩父へも足を延ばすことになるのだ。

島国である日本が、古来より海の幸を食料源としてきたのは当然だろう。太平洋を回遊しているクジラも貴重なタンパク源となっていた。もちろんかつてはそんな知識はなかっただろうが、昨今の健康ブームで何かと話題になっているDHAやEPAといった不飽和脂肪酸の、単位グラムあたりの含有量はクジラはトップクラスなのだ。また、動脈硬化を防ぐDPAも豊富だという。

太地町では江戸時代初期に組織的なクジラ漁が始まっている。それは日本初だった。一六七五（延宝三）年には画期的な網捕法（網掛突捕法）も太地町で発明されている。作中で触れられているような大きな海難事故はあったものの、太地沿岸での捕鯨はずっと続けられた。だが、国際捕鯨委員会を中心にした規制により、一九八八年に沿岸のミンククジラ漁を含むヒゲクジラの商業捕鯨が中断されてしまう。

それでもゴンドウクジラ類やツチクジラを捕獲する小型捕鯨業と、追い込み漁などの「イルカ漁業」は行われていた。そのイルカ漁（だいたい全長四メートル以下のクジラをイルカと称する）が残酷だと世界的に注目されたのは、『鯨の哭く海』の刊行から八年後、二〇〇九年に公開された映画『ザ・コーヴ』によってだ。さらには『ビハインド・ザ・コーヴ～捕鯨問題の謎に迫る～』（二〇一五）や『おクジラさま　ふたつの正義の物語』（二〇一六）と、その実態を伝えた映画が製作されているが、『ザ・コーヴ』がさまざまな問題を提起したのは間違いない。

では、クジラを食することは是なのか否なのか。二〇〇三年二月に刊行されたノン・ノベル版『鯨が哭く海』に寄せた〈著者のことば〉で内田氏は、人間が自然界の食物連鎖の頂点に位置する生物である現状を踏まえて、〝そういう「やらずぶったくり」の生物は人間である。その人間が賢《さか》しらな理屈を捏《こ》ねて、鯨を食うことを是とするのは、まことに理不尽だ――と鯨は慟哭《どうこく》し、悲しげに潮を吹き上げる〟と記していた。

日本人の食文化に問題を投げかけたこの『鯨が哭く海』の執筆の事情については、巻末の「自作解説」に詳しく語られている。簡単にまとめれば、『湯布院殺人事件』（一九八九）と『釧路湿原殺人事件』（一九八九）で探偵役を務めている和泉《いずみ》教授夫妻のシリーズとして発表した「還らざる柩」、「鯨の哭く海」、「龍神の女」の三短編を、浅見光彦シリーズに再構成したのだ。「還らざる柩」と「龍神の女」は一九九一年十一月に書き下ろし刊行された『熊野古道殺人事件』に、そして「鯨の哭く海」は本書に改稿された。

二〇〇四年に「紀伊山地の霊場と参詣道《さんけいみち》」の一部として世界遺産に登録され、紀伊半島の熊野古道《くまのこどう》は有名になった。それに先んじたのが『熊野古道殺人事件』で、刊行されたころにはまだ、熊野古道は知る人ぞ知る観光スポットだった。軽井沢のセンセこと推理作家内田康夫が、友人の教授から補陀落渡海《ふだらくとかい》伝説を再現するイベントへの危惧《きぐ》を相談される。そして推理作家と名探偵の珍道中（！）が始まった。アリバイや毒殺トリックなど、ミステリーとしての趣向がたっぷりだが、浅見光彦のファンにとってはとんでもない事故が起こった作品として記憶に残っているに違いない。

熊野古道はミステリー作家の琴線を刺激するのだろうか。西村京太郎《にしむらきょうたろう》氏にも『悲運の皇子と若き天才の死』（二〇〇九）があるが、内田氏は二〇一四年十二月から毎日新聞に連載された『孤道』でも再び熊野古道を舞台にした。ただ残念なことに、この長編は作者の病気のため連載は中断してしまったけれど、完結編を公募するというユニークな企画に発展している。

『鯨の哭く海』に『熊野古道殺人事件』と『孤道』を合わせて読めば、紀伊半島の歴史的背景がよく分かるだろう。しかし、この三長編はあくまでもミステリーである。メインは犯罪の謎解きだ。『鯨の哭く海』でも、クジラをめぐる内外の諸問題を取材しつつ、浅見光彦は過去と現在の犯罪を結びつけていく。名探偵はかなり早くから事件の構図を見抜いている。けれど、太地町のクジラ漁の歴史と絡んでの、謎解きの本筋にはなかなか気付かない。謎解きの伏線はそこかしこに張られている。もしかしたら浅見光彦より早く、その真相に辿《たど》り着《つ》けるかもしれない。

日本遺産のコンセプトは、浅見光彦シリーズの魅力そのものだろう。名探偵の謎解きの旅のなかで、読者は日本を再発見してきたに違いない。そして、日本の伝統と現代社会の相克で、はからずも育《はぐく》まれてしまった殺意が『鯨の哭く海』で描かれている。

参考文献

『クジラは食べていい！』　小松正之　宝島社新書
『鯨に挑む町　熊野の太地』　熊野太地浦捕鯨史編纂委員会編　平凡社
『熊野太地浦捕鯨乃話』　太地五郎作　紀州人社
『南氷洋捕鯨史』　板橋守邦　中公新書

※本作品はフィクションであり、作中に登場する個人名、団体名などはすべて架空のものです。なお、建造物、風景などの描写には事実と相違する点があることをご了承下さい。

単行本　二〇〇一年四月　祥伝社刊
ノベルス　二〇〇三年二月　祥伝社ノン・ノベル刊
文庫　二〇〇五年九月　祥伝社文庫刊
二〇〇八年十一月　文春文庫刊

鯨《くじら》の哭《な》く海《うみ》

内《うち》田《だ》康《やす》夫《お》

平成30年 1月25日　初版発行
令和6年 6月15日　7版発行

発行者●山下直久

発行●株式会社KADOKAWA
〒102-8177　東京都千代田区富士見2-13-3
電話　0570-002-301（ナビダイヤル）

角川文庫 20731

印刷所●株式会社KADOKAWA
製本所●株式会社KADOKAWA

表紙画●和田三造

●お問い合わせ
https://www.kadokawa.co.jp/（「お問い合わせ」へお進みください）
※内容によっては、お答えできない場合があります。
※サポートは日本国内のみとさせていただきます。
※Japanese text only

ISBN978-4-04-106433-7　C0193

◆◇◇

角川文庫発刊に際して

角川源義

第二次世界大戦の敗北は、軍事力の敗北であった以上に、私たちの若い文化力の敗退であった。私たちの文化が戦争に対して如何に無力であり、単なるあだ花に過ぎなかったかを、私たちは身を以て体験し痛感した。西洋近代文化の摂取にとって、明治以後八十年の歳月は決して短かすぎたとは言えない。にもかかわらず、近代文化の伝統を確立し、自由な批判と柔軟な良識に富む文化層として自らを形成することに私たちは失敗して来た。そしてこれは、各層への文化の普及滲透を任務とする出版人の責任でもあった。

一九四五年以来、私たちは再び振出しに戻り、第一歩から踏み出すことを余儀なくされた。これは大きな不幸ではあるが、反面、これまでの混沌・未熟・歪曲の中にあった我が国の文化に秩序と確たる基礎を齎らすためには絶好の機会でもある。角川書店は、このような祖国の文化的危機にあたり、微力をも顧みず再建の礎石たるべき抱負と決意とをもって出発したが、ここに創立以来の念願を果すべく角川文庫を発刊する。これまで刊行されたあらゆる全集叢書文庫類の長所と短所とを検討し、古今東西の不朽の典籍を、良心的編集のもとに、廉価に、そして書架にふさわしい美本として、多くのひとびとに提供しようとする。しかし私たちは徒らに百科全書的な知識のジレッタントを作ることを目的とせず、あくまで祖国の文化に秩序と再建への道を示し、この文庫を角川書店の栄ある事業として、今後永久に継続発展せしめ、学芸と教養との殿堂として大成せんことを期したい。多くの読書子の愛情ある忠言と支持とによって、この希望と抱負とを完遂せしめられんことを願う。

一九四九年五月三日